HOPE

Just let me go, I'll be gladder than before.
Cause in this town there's no one to adore.
I won't belong to no one.
Just let me go, there is nothing here and
I feel that back home there's no one who is real.
Please bring me back to the town where I was born.
To the town where I don't belong.

Dúné – Please Bring Me Back

Bibliografische Information der Deutschen Nationalbibliothek:
Die Deutsche Nationalbibliothek verzeichnet diese Publikation in
der Deutschen Nationalbibliografie; detaillierte bibliografische
Daten sind im Internet über dnb.dnb.de abrufbar.

© 2021 Jessica Stute
Herstellung und Verlag: BoD – Books on Demand, Norderstedt
Titelgestaltung: © shutterstock.com – lucasinacio.com
Bibelverse: © dailyverses.net

ISBN: 9783753441054

August 1998 – Irgendwo in Arizona

Mindy wusste nicht mehr, wie lange sie so da saß. Die Füße hochgelegt auf das von der Sonne aufgeheizte Armaturenbrett des Range Rovers. Die Jeansshorts mit den gewollt ausgefransten Löchern auf den Oberschenkeln, noch weiter hochgezogen als eigentlich möglich. Die Träger ihres violetten Tops rutschten regelmäßig bei jeder Bodenwelle von ihrer leicht gebräunten, sommersprossigen Schulter und seit einer gefühlten Ewigkeit schaute sie im gleichen Winkel aus dem Beifahrerfenster, an dem die ganze Zeit die gleichen Sträucher und Begrenzungspfeiler vorbeizogen. Aber sie nahm das alles gar nicht so wirklich wahr. Sie war wie in einer Blase. In einer viel zu heißen Blase, seitdem auch noch die Klimaanlage streikte. Wozu hatte man bitte so ein teures Auto, wenn es bei den simpelsten Funktionen schon versagte? Dann, wenn man es mal wirklich brauchte. Die Hitze hier draußen war unerträglich im Vergleich zum Klima zu Hause. *Zu Hause.*
Der Ort, wo ihre Mom Deborah mit ihr hinwollte, würde sie niemals als ihr zu Hause bezeichnen können. Und solange sie hier auf diesem unendlich langen Highway unterwegs waren, fühlte sie sich irgendwie heimatlos. Gestrandet im Nirgendwo zwischen Palm Springs und Phoenix. Gestern war ihr zu Hause noch in Los Angeles gewesen. Brentwood Park, Maybrook Street 4562.
Eine lange Auffahrt aus Sand, gesäumt von Pappeln, geschwungen in einer leichten S-Kurve, die den Blick auf das Haus von der Straße aus verhinderte.
Ein weißer Bungalow im klassisch-modernen Stil mit dunkelbraunen Sprossenfenstern, eingerahmt von blühenden Geranien, gerade so angepflanzt, als würden Sie zufällig und wild wuchern und die stundenlange Arbeit des Gärtners vertuschen.
Hinter dem Haus ein türkisblauer halbrunder Pool, rundherum ein fein säuberlich geschnittener und vor sattem Grün triefender Rasen. Mindy fand, dass all die dekadenten Rasenflächen dieser Grundstücke in ihrer Nachbarschaft im Kontrast standen zu dem häufig in den Sommermonaten auftretenden Wassermangel und

dem ausgetrockneten Fluss, der einst durch Los Angeles floss. Aber wie bei so vielen Dingen, machte Geld eben alles möglich. Auch der Natur zu trotzen.

Hauptsache Mom und Dad konnten bei einer ihrer Grillpartys allen Gästen von der harten Arbeit erzählen, die sie mit drei verschiedenen Gärtnern hatten, bis die Beete und Grünflächenanlagen so arrangiert waren, wie sie es sich vorgestellt hatten.

Am anderen Ende verlief sich das Grundstück in einen kleinen Hang, mit einer Baumgruppe aus weiteren Pappeln und Palmen, die die Sicht auf das nächste, angrenzende Haus vermied.

Genau diese Sicht hatte Mindy aus den bodentiefen Fenstern ihres Zimmers gehabt. Wie oft hatte sie dort aus genau diesen Fenstern geschaut, an ihrem Schreibtisch sitzend, widerwillig Mathematik lernend, und sich gewünscht, am Nachmittag mit ihrer besten Freundin Nicole auf den Liegen am Pool zu entspannen und sich über die nächste Party oder den Streit zwischen Brad und Zoey heute in der Schule auszutauschen.

Meist schlug sie auch nach einer qualvollen halben Stunde Alibi-Lernen das Buch vor sich zu, warf es zurück in Ihre Lieblings-Handtasche, die auch als Schultasche dienen musste, und setzte ihre Wunschvorstellungen von einem gelungenen Nachmittag in die Tat um. Wenigstens gab ihre Mom dann Ruhe, wenn Sie vorgab, bereits gelernt zu haben.

Mindy blickte gedankenverloren aus dem Seitenfenster.

Ihre Mom saß neben ihr am Steuer des Range Rovers und starrte stur geradeaus auf die Fahrbahn. Vor ihr nichts weiter als flimmernder, aufgeplatzter Asphalt und die gelben, meist abgebröckelten Begrenzungsstreifen in der Mitte.

„Wieso hast du Tante Suzy nicht vorher angerufen?", Mindy hatte so lange kein Wort gesprochen, dass ihre Lippen vor Trockenheit aufeinander kleben blieben und sich ihre Zunge nur schwer vom Gaumen lösen wollte.

Ihre Mom wendete den Blick nicht von der Straße.

Sie fuhr nur sehr ungern so weite Strecken und bewegte sich normalerweise nur im Radius ihrer vertrauten Umgebung ihres Hauses in Brentwood Park.

Shopping Mall, Country Club, Freundinnen besuchen oder Dad im Büro überraschen, um mit ihm einen kleinen Lunch bei dem urigen Italiener am Sunset Boulevard einzunehmen.

Die typische Rich-Housewive-Blase.

Bis gestern hatte sie noch gedacht, Mindy würde einmal genau so werden wie Ihre Mom. Dabei hätten die beiden gegensätzlicher nicht sein können.

„Ach, du weißt doch, wie Susan ist", winkte Deborah ab.

Das wusste Mindy nicht, ehrlich gesagt. Sie hatte Tante Suzy vielleicht zuletzt vor zehn Jahren auf einer Geburtstagsfeier gesehen und da war sie schließlich gerade erst sieben Jahre alt.

„Hat sie überhaupt genügend Platz für uns? Warum hätten wir nicht in L.A. bei Nicole und ihren Eltern bleiben können?"

Soweit Mindy wusste, lebte Tante Suzy am Rande von Montgomery in Alabama, alleinerziehend mit zwei kleinen Jungs. Mindy graute es schon davor, wochenlang nur auf einer Schlafcouch mit zwei Nervensägen in einem Zimmer zu wohnen, die sie rund um die Uhr beanspruchten. Die beiden Cousins wären womöglich die einzigen, die sich über den Besuch freuen würden. Alle anderen müssten sich arrangieren.

Tante Suzy würde sicherlich ziemlich überrumpelt sein, wenn Mindy und ihre Mom urplötzlich vor der Tür standen. Seitdem Deborah in die High Society von Los Angeles eingeheiratet hatte, hatten sie und ihre Schwester Susan nicht mehr so viel gemein und sich aus den Augen verloren.

Dabei hätte Deborah Susan in vielerlei Hinsicht unterstützen können. Die finanziellen Mittel dazu lagen ihr ja förmlich zu Füßen. Wohingegen Susan allein mit zwei Jobs und zwei Kindern in einem Vorort von Montgomery kaum noch wusste, wo ihr der Kopf stand. Tante Suzy hatte sicherlich andere Sorgen, als ihre Schwester mit offenen Armen zu empfangen, jetzt wo sie plötzlich genauso mittelos dastand wie sie selbst. Das war zumindest Mindys Gedanke.

Ihre Mom war manchmal einfach so naiv und egoistisch und glaubte, andere seien immer selbstlos genug, ihr jeden Gefallen zu tun.

„Das wird sich schon ergeben. Blut ist immer noch dicker als Wasser, Honey. Und wir können Tante Suzy ja auch im Haushalt und mit den Kindern unter die Arme greifen. So hätte sie wieder mehr Zeit für sich. Und zur Schule kannst du dort nach den Sommerferien auch gehen." Deborah wischte sich eine schweißnasse Haarsträhne aus der Stirn und seufzte leise. *Schönreden war eines ihrer Stärken.*
Und vor einer anderen High School graute es Mindy.

„Außerdem möchte ich keinem unserer Freunde aus der Nachbarschaft zur Last fallen. Und du weißt doch, wie es dort ist. Die Leute sind wie Hyänen, sobald sie ein gefundenes Fressen haben, auf das sie sich stürzen können. Wir wären Thema Nummer Eins, wenn sie erfahren, dass dein Dad auf und davon ist. Willst du dir das antun? In der Schule? Im Country Club? Das wäre einfach erniedrigend."
Mindy verzog das Gesicht.
Ja, für ihre Mutter wäre so etwas der Weltuntergang.
Aber hatte auch mal jemand an Mindy gedacht?

-

Ihr Dad, Clark McStafford, hatte sich von einem Tag auf den anderen einfach aus dem Staub gemacht. War einfach untergetaucht.
Mindy war schon von klein auf ein Papa-Kind gewesen. Ihr Dad war immer der Fels in der Brandung, der Entdecker, mit dem sie als kleines Mädchen Ausflüge in die Wälder des Topanga State Parks unternommen hatte. Der Beschützer und Seelentröster, wenn die blöden Jungs aus der Nachbarschaft sie früher geärgert hatten und sie weinend und mit aufgeschürftem Knie ins Haus gerannt kam.
Der Nachgiebige, wenn seine Prinzessin, seine *Minnie*, wie er sie schon immer nannte, schon die zweite Prada-Handtasche in einem Monat in der Mall kaufen wollte. Oder sie trotz einer Fünf in Mathe am Samstagabend zur Poolparty zu Brad gehen wollte.
Ihre Mom hatte keine dieser Eigenschaften. Sie war nur da, um

sie zu belehren, sie zu ermahnen und ihr Sachen zu verbieten. Sie in ihrer Blase gefangen zu halten und sich über alles Sorgen zu machen.

Zumindest war es die meiste Zeit über immer so gewesen, bis sich im Laufe des letzten Jahres die Stimmung ihres Dads verändert hatte. Er war kurz angebunden, zerstreut, ging schnell bei jeder Kleinigkeit an die Decke und vergrub sich hinter seiner Arbeit im Arbeitszimmer oder in seinem Büro in Bevery Hills.

Mindy war das alles aufgefallen, hatte aber nichts hinterfragt. Auch sie war zu sehr mit sich selbst beschäftigt. Mit Schule, Freunden und heimlichen Partys. Und mit Miguel.

Das andere waren Dinge ihrer Eltern, das war Arbeit. Das ging sie nichts an. Danach erkundigte sie sich gar nicht mehr, denn bei diesem Thema bekam sie sowieso nie eine vernünftige Antwort von ihrem Dad.

Bei allen anderen Dingen bezog er sie mit ein. Sie war sein Ein und Alles, seine Prinzessin und daher hob sie ihn nach wie vor auf einen Thron, egal was er getan hatte.

Heute weiß sie, dass seine Verschwiegenheit zu seiner Arbeit ihr und ihrer Mom gegenüber nur dazu diente, sie nirgendwo mit reinzuziehen, sie nicht auch zu belasten. Wer nichts weiß, kann auch nichts erzählen. Wer nichts weiß, muss keine Aussage machen. Damit waren sie und Deborah fein raus.

So hatte Dad sich das zumindest gedacht.

Was es allerdings mit sich brachte, wenn der eigene Mann und der eigene Vater Hals über Kopf verschwindet, man innerhalb weniger Tage das von der Bank gepfändete Haus verlassen muss, das wusste er nicht. Wie es sich anfühlte, wenn auf einmal alle drei Kreditkarten gesperrt und überzogen waren. Und wie es war, mit gerade mal sechshundert Dollar Bargeld im Range Rover auf dem Weg in die Pampa zu sein, das hatte Clark McStafford alles nicht bedacht.

Warum er nicht auch für seine Familie einen Plan B ausgeheckt hatte, fragte sich Mindy seitdem er weg war. Und besonders seit sie sich zu Hause in den Range Rover gepfercht hatte. Das einzige Prestige-Objekt, das ihnen geblieben war, neben ihrem Koffer voller

Markenklamotten und Schuhen. Seit sie sich durch den alltäglichen Verkehrswahnsinn von Los Angeles gewunden hatten und nun hier kurz vor der Grenze Arizonas über den glühenden Asphalt düsten.

Warum hatte er sie nicht mitgenommen? Dahin, wo er jetzt ist. Wo auch immer das war. So sehr sie ihren Dad liebte, so sehr hasste sie ihn für diese Entscheidung.

Eine Woche zuvor, Brentwood Park, Los Angeles

Jetzt klingelte es schon das dritte Mal. Warum öffnete denn niemand die Tür?

„Miguel, ich muss auflegen, es ist jemand an der Tür." Mindy sprang von ihrem Bett auf, das in der Mitte des Raumes platziert war. Links davon stand ein kleines, weißes Tischchen, auf dem die Telefonstation stand. Sie hatte endlich ihren eigenen Festnetzanschluss mit eigener Nummer, sodass ihre Eltern die Telefonate nicht mitbekamen oder mithören konnten.

Auch dies war eines der Dinge, die ihr Dad ihr vor einiger Zeit nach langem Flehen und Betteln eingerichtet hatte. Natürlich gegen den Willen ihrer Mom. Genauso wie das neuste Nokia-Handy – endlich konnte sie wie Nicole auch SMS schreiben.

„Was glaubst du, was sie damit vorhat? Sie hat doch nur Jungs und Partys im Kopf", hörte Mindy damals ihre Mom aus der Küche zetern.

Und ihr Dad versuchte sie zu beschwichtigen, „Debb, Minnie ist sechzehn, sie braucht auch ihren Freiraum. Du kannst sie nicht immer noch behandeln wie ein Kleinkind."

Mindys Mom wollte gerade etwas erwidern.

„Überleg doch mal, wie du in ihrem Alter warst", schob Clark noch hinterher. Dieser Satz war allerdings falsch gewählt. Das sagte man immer so daher, aber auf Deborah traf das so nicht zu, was er imer wieder vergaß. Sogleich biss er sich auf die Lippe und bereute, sie mit dieser Aussage überzeugt haben zu wollen.

„Als ich sechzehn war, war ich in Alabama und in der kirchlichen Mädchenschule. Ich muss dir nicht immer wieder erklären, dass das eine völlig andere Welt war, als hier in Kalifornien. Meine Haltung dazu kennst du ja, Clark."

Um weitere Diskussionen über Herkunft, Religion und Unterschiede zwischen den konservativen Südstaaten in den sechziger Jahren und dem liberalen Leben an der Westküste zu umgehen, hob Clark nur beschwichtigend die Hände.

Sie war dieser Welt im Bible Belt zwar mit Anfang zwanzig entflohen, um in einer anderen, offeneren Gegend Fuß zu fassen,

11

aber ganz würde Deborah ihre Erziehung und ihre Prinzipien, die man ihr von klein auf vorgelebt hatte, wohl nie ablegen können. Das sollte er nach zwanzig Jahren Ehe doch endlich mal begriffen haben.

Die Freilebigkeit der heutigen Jugend und Deborahs Vorstellungen von einem christlich erzogenen Mädchen, führten immer wieder zu Debatten zwischen ihm, Deborah und Mindy. Und diese Debatten hatte Clark schon oft genug verloren.

-

Mindy ließ das Telefon beim Gehen auf ihre violette Tagesdecke plumpsen und lief den langen Flur entlang bis zur Tür.

Während dieser wenigen Sekunden hatte es bereits noch einmal geklingelt.

Sie verdrehte die Augen. Dass Ihre Mutter gerade beim Buchclub mit ihren Freundinnen war, wusste Mindy. Aber ihr Dad hatte bis vor Kurzem noch in seinem Büro gesessen, um zu arbeiten. Warum also machte er nicht selbst auf?

Diese Gelegenheit hatte Mindy genutzt, um eine Weile ungestört mit Miguel zu telefonieren. Es war schrecklich, dass sie sich immer nur zu so unregelmäßigen Zeiten verabreden konnten. Aber anders war es einfach nicht möglich. Ihre Mom würde ausflippen. Ein Freund in *ihrem* Alter war für sie undenkbar.

An der rechten Seite der Eingangstür verlief eine schmale Fensterfläche, die aus vielen kleinen, transparenten Mosaiksteinen bestand. Dies diente eher dem Lichteinfall, als dass man hindurchsehen konnte, wer vor der Tür stand. Sie konnte nur erkennen, dass es zwei Personen waren. Mindy riss etwas genervt die dunkelbraune Holztür auf.

„Guten Tag, Miss. Sind Sie Miss McStafford?", fragte einer der Männer.

Beide waren in dunklen, seriösen Anzügen gekleidet und hatten ernste Mienen aufgelegt. Lediglich der Mann, der zu ihr sprach, versuchte eine gewisse Milde in seine Stimme zu legen als er die junge Mindy sah. Mindy musste wohl ziemlich skeptisch ausgesehen haben. Sie wirkten wie zwei Typen aus dem Kinofilm *Men in Black*, den sie kürzlich mit Brad und Nicole im Kino angeschaut hatte.

„Ja, das bin ich", sagte Mindy vorsichtig.

„Ist Ihr...", der Mann zögerte kurz, wahrscheinlich um das Alter von Mindy abzuschätzen. „Ist Ihr Vater auch zu sprechen?"

Mindy warf einen Blick über die Schulter, aber der leere Flur brachte nicht plötzlich ihren Vater zum Vorschein.

„Einen Moment, bitte", Mindy schloss sicherheitshalber die Tür. Trotz der seriösen Anzüge traute sie den Männern nicht über den Weg. Sie lief links den Flur entlang bis zum Arbeitszimmer ihres Dads.

„Dad?", rief sie.

Sie öffnete das Büro, aber es war leer. Die Glastür nach draußen zum Pool war angelehnt. Vorsichtshalber rief Sie noch einmal.

„Dad?" Dieses Mal etwas zaghafter.

Ein Blick nach draußen in den Garten verriet ihr schnell, dass er sich auch nicht für eine kurze Siesta auf die Liege in den Schatten gelegt hatte.

Schön, dass man sie darüber informierte, wenn ihr Dad einfach wegfuhr, um Gott weiß was zu erledigen.

Aber was sollte sie sich beschweren? Sie erzählte ihren Eltern ja auch nie, wann sie sich abends heimlich davonstahl, oder was sie in den zwei Stunden zwischen Schulschluss und Heimkehr trieb.

Sie seufzte und schlurfte zurück zur Tür.

Zu ihrem Bedauern waren die Männer nicht einfach wieder verschwunden, weil es ihnen zu lange dauerte.

„Er ist nicht da, tut mir leid. Kann ich ihm etwas ausrichten?"

Die Männer verneinten, entschuldigten sich für die Störung und waren bereits mit einem Bein wieder in ihrer Mercedes-Limousine verschwunden.

„Wir melden uns", sagte der Andere knapp.

Mindy schaute verdutzt dem davonbrausenden, schwarzen Fahrzeug mit verdunkelten Scheiben nach.

Wenn sie genauer darüber nachdachte, hatte sie dieses Fahrzeug in den letzten Tagen bereits öfter in ihrer Straße parken sehen.

„Dad, wo warst du vorhin? Es waren zwei Männer an der Tür, die wollten dich sprechen."

Mindy war gerade in die Küche gekommen, als sie ihren Dad an der Kochinsel antraf, der gedankenverloren seinen Kaffeebecher umrührte und dabei mit seinem Löffel am Tassenrand klimperte.

„*Minnie, Honey*, hey", antwortete er, ganz aus seinen Tagträumereien gerissen.

„Mir war plötzlich eingefallen, dass ich etwas Wichtiges im Büro vergessen hatte und bin noch mal schnell hingefahren."

„Und dann bist du durch die Terrassentür raus?", mutmaßte Mindy verwirrt.

Sie war sich sicher, dass sie weder die schwere Eingangstür ins Schloss fallen gehört hatte, während sie mit Miguel telefonierte, noch Dads Porsche mit dem blubbernden Auspuff, der immer noch nachhallte, wenn er aus der Garage fuhr. Aber sie hatte auch Musik angehabt, das neuste Album von NSYNC.

„Ja genau", murmelte ihr Dad und schaute sie nicht mehr an, sondern kramte mühselig in der Schublade mit den Cookies.

„Ich wollte vorher noch kurz nachsehen, ob der Gärtner auch den Wasserhahn wieder zugedreht hatte, du weißt schon. Nicht, dass wieder so ein Malheur passiert wie neulich." Er lachte. Aber das Lachen war nicht echt.

Mindy zuckte mit den Schultern.

Solch eine Abkühlung hätte sie heute gut gebrauchen können. Das Thermometer stand schon wieder bei über fünfunddreißig Grad.

„Die wollen sich wieder bei dir melden", fügte Mindy noch gelangweilt hinzu.

„Sicherlich irgendwelche Klienten", erklärte er Mindy.

Mindy bemerkte genau, dass ihr Dad verunsichert war und sie anlog. Sie wusste genau, was das für Typen an der Tür gewesen waren. Sie war ja nicht blöd. Aber was auch immer sie von ihrem Dad wollten, es würde sich sicherlich aufklären.

„Ich geh in den Pool", warf Mindy gleich hinterher in den

Raum, ohne weiter auf das Gespräch mit ihrem Dad einzugehen. Sie tappte durch die offene Terrassentür aus der Küche in den Garten hinaus. Während des Gehens zog sie ihr Tanktop über den Kopf und warf es auf die Liege draußen neben dem Pool. Ihren Bikini hatte sie bei der Hitze täglich statt eines BHs unter ihrer Kleidung.

Clark starrte ihr hinterher, schaute aber ins Leere. Nachdem er sich endlich für einen passenden Cookie zu seinem Kaffee entschieden hatte, stützte er sich auf der Arbeitsplatte ab. Auf seiner Stirn waren Schweißperlen. Aber nicht wegen der Hitze, sondern der Männer vom FBI, die ihm an den Kragen wollten. Am nächsten Tag war er weg.

August 1998, Irgendwo in Arizona

Mindy dachte an die Geschehnisse der letzten Tage. Sie hatten ihr und ihrer Mom gerade mal eine Woche Zeit gelassen, alles zu regeln. Aber statt sich dagegen zu wehren, Einspruch zu erheben oder sich nach anderen Möglichkeiten umzusehen, hatte ihre Mom sich in diesen letzten Tagen zu Hause wie ein Geist verhalten. Sie hatte jeden Tag dunkel unterlaufene Augen, von zu wenig Schlaf und zu viel Heulerei.

Mindy heulte auch, aber nur heimlich und dank Make-Up sah man es ihr am nächsten Morgen nicht an.

Mindy sagte ihrer Mom, sie solle noch einmal bei Dads Anwalt anrufen. Aber dieser blieb verhalten und wies immer nur wieder darauf hin, dass es fürs Erste das Beste sei, allen Aufforderungen nachzukommen und das Haus zu räumen. Er würde sehen, was er für sie tun konnte. Alles bräuchte Zeit und man müsse abwarten, was der Prozess bringt. Was für ein Prozess, wenn ihr Dad doch verschwunden war? Wie lange dauerte so etwas? Ein paar Wochen? Ein paar Monate? Jahre?

Würde das Haus so lange leer stehen oder würde eine andere nach außen hin glücklich erscheinende Familie dort einziehen und sich über die perfekte Lage und den tollen, gepflegten Garten freuen?

Und dann all diese Männer überall. All diese Männer in ihren schwarzen Anzügen, genau wie die, die damals vor der Tür standen. Sie waren im ganzen Haus und durchforsteten Dads Arbeitszimmer nach weiteren Beweisen oder was auch immer.

Steuerhinterziehungen, Kundenbetrug, Geldunterschlagungen, waren nur drei der Vorwürfe, die immer wieder im Raum standen. Mindy hatte von solchen Sachen überhaupt keine Ahnung. Aber am liebsten hätte sie geschrien, dass sie sich alle aus ihrem Haus verpissen sollen. Doch es war all diesen Männern erlaubt, überall in den privaten Sachen herumzuwühlen. Die Polizei hatte es so angeordnet. Sie konnte nur zusehen und in ihr Schlafzimmer flüchten.

Von ihrer Mom bekam Mindy kaum etwas zu hören außer: „Ich

habe es doch gewusst, die ganze Zeit habe ich es geahnt und nichts gesagt."

Was sollte Mindy dazu sagen? Sie hatte die ganze Zeit davon überhaupt nichts gewusst oder geahnt. Welches Kind machte sich schon Gedanken, woher sein Dad das ganze Geld hatte, was sie zum Fenster rauswarfen? Für Urlaube in die Karibik, für Golf-Ausstattungen vom Feinsten, für unzählige Handtaschen und Schuhe. So viele Schuhe.

Mindy glaubte, dass sie die meisten materiellen Dinge ihrer Familie besaß. Sie hatte keinen Bezug zu Geld und somit kein Maß. Es war ja immer da. Sie ging zu ihrem Dad und fragte nach einhundert Dollar. Und sie bekam die einhundert Dollar. Wohin die verschwanden? Das konnte sie im Nachhinein so genau gar nicht mehr sagen.

Und jetzt lag im Kofferraum des Range Rovers ein großer Trolley mit den Sachen, die sie hatte mitnehmen können.

Ein paar einzelne, kleine Möbelstücke hatte Mindys Mom noch einpacken dürfen. Das, was nicht gepfändet war, weil es an sich keinen wirklichen Wert hatte. Zumindest für diese Anzugträger nicht.

Noch einhundertdreißig Meilen bis Phoenix.

Sie ließ das Fenster runter, aber der Wind war genau so heiß wie die Luft im Auto.

„In Phoenix können wir eine Pause machen und etwas essen", ihre Mom hatte das Schild ebenfalls wahrgenommen und versuchte fröhlich zu klingen. So, als würden sie in den Urlaub fahren und eine Rast machen.

„Mir egal", sagte Mindy fast tonlos.

Ihre Gespräche hatten sich in den letzten drei Stunden auf ein Minimum beschränkt. Sie konnte es immer noch nicht fassen, dass ihre Mom sie tatsächlich hier durch die Wüste manövrierte. Es hätte sicherlich einen Weg gegeben, in Los Angeles zu bleiben. Vielleicht nicht in Brentwood Park, vielleicht nicht bei Nicoles Eltern, aber immerhin in einem Motel in einem anderen Stadtteil oder so.

Aber dafür hatten sie vermutlich nicht genug Geld übrig.

Sechshundert Dollar. So viel kostete das Kleid, das ich letztes Jahr zum Schulball anhatte. Und das hatte sie nicht mal mitgenommen. Wahrscheinlich würde es versteigert werden zu einem guten Zweck oder so.

„Verflucht, was ist das?", rief Deborah. Das war das schlimmste, das sie als Schimpfwort in den Mund nahm, also musste es ernst sein. Mindy drehte sich im Beifahrersitz um und wandte sich nach links zu ihrer Mom.

Ihre nackte Haut klebte am Ledersitz und es tat fast weh.

„Was ist los, Mom?"

„Es blinken ganz viele Lichter dort in der Anzeige, siehst du?" Ihre Stimme klang hektisch.

Mit der einen Hand deutete sie auf die Digitalanzeige zwischen der Geschwindigkeitsanzeige und dem Drehzahlmesser.

Mindy hatte erst letztes Jahr ihren Führerschein gemacht und musste ein paar Dinge über Autos und die Bedeutung der einzelnen Symbole lernen.

Aber wenn *alle* aufleuchteten, schien das kein gutes Zeichen zu sein. Das einzige, was ihr auffiel, war, dass die Temperaturanzeige des Autos über dem Normalwert im roten Bereich lag. Das Auto war anscheinend überhitzt.

„Mom, du solltest anhalten. Das Auto ist zu heiß. Davon kann der Motor kaputtgehen."

„*Waaas*?", Deborah schaute von der Digitalanzeige zu Mindy und wieder zurück. „Bist du sicher?"

Ihre Mom und Autos. Das war noch nie gut gegangen. Ein Wunder, dass sie es fast bis Phoenix geschafft hatten, ohne einen Unfall zu bauen.

Als Mindys Dad ihrer Mom vor einigen Jahren den riesigen Range Rover zum Geburtstag geschenkt hatte, hatte ihre Mom sich nur mäßig gefreut. Sie hätte sich lieber ein kleineres, nicht ganz so wertvolles Fahrzeug gewünscht. Aber ihr Dad war der Ansicht, mit einem so großen, sicheren Auto würde sie sich auch automatisch sicherer im Straßenverkehr fühlen.

„Ich bin doch nicht lebensmüde und halte hier mitten auf dem Highway im Nichts an", blökte sie. „Es kommt sicher gleich eine

Tankstelle." Sie versuchte sich selbst zu beruhigen und hielt das Steuer fest umklammert. Die Lichter blinkten und die Nadel der Temperaturanzeige stieg merklich immer weiter an. Mindy ließ es die ganze Zeit nicht aus den Augen und fühlte sich sichtlich unbehaglich.

„Mom, bitte", beharrte sie. „Bestimmt kommt jemand vorbei und hilft uns."

„Du siehst doch, was hier los ist. Es ist sicher eine halbe Stunde her, dass uns ein Auto entgegengekommen ist", entgegnete Deborah.

„Mach eine Pause, Mom. Du und das Auto, ihr braucht beide eine Auszeit."

„Ich brauche keine Auszeit. Ich brauche wieder ein normales Leben."

Jetzt kam also auch noch wieder Selbstmitleid hinzu.

Mindy sah sich nach hinten um. Kein Auto hinter ihr. Kein Auto vor ihr. Nur flimmernder Asphalt. Links und rechts Steppe, ein paar Kakteen und Sträucher. Einhundertzwanzig Meilen bis Phoenix. Mindy sog die heiße Luft ein.

„Mom!", rief sie, als der Wagen immer weiter röchelte.

„Schon gut, schon gut." Ihre Lautstärke war angehoben.

In dem Moment drang ein lautes Ächzen aus dem Motorraum nach innen. Deborah drückte weiterhin auf das Gas, aber das Auto wurde dennoch immer langsamer.

„Was passiert nun?", rief Deboah aufgelöst.

Mindy verdrehte die Augen. „Ich hab doch *gesagt*, du sollst anhalten."

Das Auto reagierte nicht mehr und rollte langsam aus.

Mindy dachte noch daran, Warnblinklicht anzumachen und befahl ihrer Mom sich wenigstens die letzten Meter auf den rechten Fahrbahnrand zu befördern, bis der Range Rover ganz aufgab. Ein leichtes Qualmen drang aus der Haube.

„Es brennt, es brennt!", schrie Debbie panisch.

Aber Mindy war sich sicher, dass es nicht brannte, sondern einfach nur überhitzt war. Trotzdem stiegen beide schleunigst aus und gingen sicherheitshalber ein paar Meter vom Auto weg.

Die Sonne knallte direkt über ihnen.

Mindy hatte eine trockene Kehle. Sie nahm einen letzten Schluck Wasser aus ihrer Plastikflasche, die sie die ganze Zeit über fest umklammerte. Es war pisswarm.

Nachdem sie einen Augenblick gewartet hatten, ließ der Rauch über der Motorhaube nach. Deborah versuchte, diese zu öffnen, verbrannte sich aber die Finger, da der Lack von der gleißenden Sonne total aufgeheizt war. Sie zuckte zurück und fluchte erneut leise vor sich hin.

Mindy suchte den Schatten des Autos und setzte sich im Schneidersitz auf die Kante des Asphalts, wo das harte strohige Gras anfing zu wachsen. Sie rupfte ein paar verdorrte Halme heraus und warf diese vor ihre Füße, schloss die Augen und seufzte.

Genau das hatte ihnen jetzt gerade noch gefehlt.

Deborah ging ein paar Meter immer auf und ab.

„Du könntest Tante Suzy anrufen, Mom", murmelte Mindy, „und ihr alles erzählen. Vielleicht kann sie uns helfen."

„Was sollte sie aus Alabama denn schon bewirken, was uns helfen würde?"

Das wusste Mindy auch nicht. Sie holte ihr Nokia 5110 heraus und streckte es in die Luft. Es zeigte keinen einzigen Balken Empfang an. Sie sprang auf und wanderte ein paar Meter querfeldein in die Steppe, immer den Arm mit dem Handy dabei in die Höhe gereckt. Nichts.

„Wir müssen einfach eine Weile warten. Entweder ist das Auto dann wieder abgekühlt oder es kommt jemand vorbei, der uns hilft", rief Deborah ihrer Tochter zu, um sich selbst etwas zu beruhigen. Mindy kam zurück zum Auto geschlendert und zuckte mit den Schultern.

„Ich habe mal gehört, man soll ein weißes Kleidungsstück auf das Autodach legen. Dann sehen einen vielleicht die Polizei-Flugzeuge, die die Highways überwachen." Mindy öffnete den Kofferraum. Ein Glück war dort noch eine Flasche Wasser, aber auch diese war fast kochend heiß. Egal. Sie zurrte am Reißverschluss ihres Koffers und zupfte ein weißes Top heraus, breitete es auf dem Autodach aus.

„Wenigstens etwas."

August 1998, Irgendwo in Arizona

Zwei Autos und ein Truck hatten nicht angehalten, obwohl Mindy und ihre Mom wie wild mit den Armen gewedelt hatten. Mittlerweile war es fast sieben Uhr abends und die Sonne stand schon um einiges tiefer.

Mindy war völlig fertig und zu Tode gelangweilt. Sollten sie hier die Nacht verbringen? Sie hatten auch nur noch eine Pfütze Wasser. Noch einmal prüfte sie ihr Handy, aber es war unverändert. Kein Netz.

Wie weit war es zurück bis in den nächsten Ort? Sie konnte sich nicht erinnern, an einem Ort vorbei gekommen zu sein.

„Lass uns losgehen, in Richtung Phoenix", schlug Deborah nach einer halben Ewigkeit des Schweigens vor.

„Spinnst du?", entfuhr es Mindy, auch wenn sie gerade dasselbe gedacht hatte. Aber sie musste ja grundsätzlich ihrer Mom widersprechen. „Wenn wir jetzt loslaufen, geraten wir mitten auf den Weg in die Dunkelheit und dann siehst du die Hand vor Augen nicht mehr. Dann schlaf ich lieber im Auto." Sie verschränkte die Arme und lehnte sich an die Tür.

Ihre Mom erwiderte nichts.

„Gib mir mal den Schlüssel", murmelte Mindy.

„Der steckt. Wieso?"

„Ich will nur mal testen, ob er wieder anspringt."

„Ich weiß ja nicht, ob das so eine gute Idee ist."

„Ich auch nicht, aber ich will alle Möglichkeiten ausschöpfen. Schlimmer kann es ja fast nicht werden." Mindy tappte um das klobige Fahrzeug herum auf die Fahrerseite und setzte sich halb auf den Sitz. Vorsichtig drehte sie den Schlüssel, gefasst auf alles, was passieren konnte.

Er rödelte und keuchte und dann war er wieder ruhig.

Ein Versuch noch. Das gleiche Rödeln und Keuchen.

Mindy seufzte.

Dann hörte Sie tatsächlich ein Motorgeräusch. Aber es kam nicht von ihrem Wagen, es kam von weit her aus der Ferne.

Mindy sprang hastig auf.

Dieses Mal fährt hier niemand einfach an uns vorbei.
Sie stellte sich genau in die Mitte der Fahrbahn und streckte die Arme nach links und rechts aus.

Zunächst passierte nichts und das Auto, das mittlerweile als Pick-Up zu erkennen war, fuhr mit stetiger Geschwindigkeit weiter. Erst als Deborah ihr zurief und Mindy ebenfalls kurz davor war, doch noch an den Rand zu springen, bremste der Pick-Up abrupt ab und das Fenster wurde heruntergekurbelt.

Ein älterer Mann mit einem grauen, dünnen, nach hinten gekämmten Zopf und Drei-Tage-Bart kam zum Vorschein. Er hatte gegerbte Haut und kleine Falten um die Augenpartie. Er war ein bisschen untersetzt und sein fleischiger Unterarm ließ sich auf dem Fensterrahmen nieder.

„Gibt es ein Problem, Ladies?"

„Allerdings", antwortete Deborah, die sich aus ihrer Starre gelöst hatte und auf den Pick-Up zukam.

„Unser Auto springt nicht mehr an, ist plötzlich ausgegangen, wohl zu heiß hier."

Der Mann lachte auf. „Menschen und Autos aus der City sind die raue Hitze hier draußen scheinbar nicht gewöhnt."

Er beäugte Mindy und Deborah etwas amüsiert, wie sie völlig verschwitzt und zerzaust da standen neben ihrer bonzigen Karre mit dem Autokennzeichen aus Los Angeles.

Mindy war nicht nach Späßen zumute.

„Können Sie uns denn helfen?", flapste sie.

Aber als sie merkte, dass ihr Ton etwas mürrisch klang, hängte sie noch ein zaghaftes „bitte" hinten dran.

Der Mann stieg umständlich aus seiner erhöhten Sitzposition aus dem Auto und kam zu den beiden herum. Er trug ein ausgeblichenes T-Shirt der University of Arizona und dazu dunkle Jeans mit einem– zum Glück – leeren Holster und ein paar ausgelatschte Cowboy-Stiefel.

Einen komischen, bewaffneten Kauz konnten sie jetzt nun wirklich nicht allein hier draußen gebrauchen.

Der Mann ging zunächst einen Schritt auf Mindys Mom zu und streckte ihr die Hand entgegen. „Kenneth Cannaghan, Ma'am."

Deborah nahm seine schwielige Hand und schüttelte sie schlapp. Unter seinen Nägeln war dunkler Schmutz. Anscheinend hatte es ihr die Sprache verschlagen.

Danach schüttelte er auch Mindys Hand.

„Mindy McStafford und das ist meine Mom, Deborah."

Als Erwiderung bekamen sie nur ein leises Grunzen.

Er war wohl auch kein Mann großer Worte.

Ohne zu fragen ging er auf den Range Rover zu und tat dasselbe, was Mindy kurz zuvor schon getan hatte. Er drehte den Schlüssel im Schloss herum.

Aber es war das gleiche Resultat wie auch schon bei Mindy. Wieder ein Grunzen oder Stöhnen, als der großgewachsene Mann sich wieder aus dem Fahrersitz schälte.

„Tja, läuft nicht", stellte er fest.

Ach was. Ganz schlauer Typ, dieser Hillbilly.

„Da es schon bald dämmert, würde ich vorschlagen, Sie kommen mit mir mit. Ich nehme Sie mit ins nächste Dorf. Um den Wagen können wir uns auch morgen noch kümmern."

Er zog den Schlüssel aus der Zündung, schloss die Tür und verriegelte den Range Rover manuell.

„Brauchen Sie noch was aus dem Wagen?"

Mindy nickte und holte ihr Gepäck und das ihrer Mom aus dem Kofferraum. Debbie zögerte noch etwas.

„Wir können doch das Auto nicht hier stehen lassen und einfach bei Ihnen mitfahren? Ich kenne Sie ja gar nicht."

„Ma'am, bis in den nächsten Ort sind es zehn Meilen, ich bringe Sie dort hin, Sie schlafen sich aus und morgen organisiere ich Ihnen einen Abschlepper. Oder haben Sie eine bessere Idee?"

Die hatte Deborah in der Tat nicht. Erneut hielt Mr. Cannaghan ihr die Hand hin, als Symbol, dass der Deal galt.

Debbie sah Mindy an und Mindy nickte und zuckte gleichzeitig mit den Schultern. Was blieb ihnen anderes übrig?

Debbie nahm erneut seine Hand, die er fast zerdrückte.

„Okay", sagte sie dankbar, aber mit schmerzverzerrtem Gesicht.

Als Debbie und Mindy zusammengefercht auf der Rückbank des Pick-Ups saßen, war die Sonne bereits am Horizont hinter den roten Felsformationen verschwunden. Diese wurden von hinten hell erleuchtet und sahen unwirklich aus, wie sie dort in der Ferne urplötzlich aus dem Erdboden ragten. Davor nichts als karge Steppe.

Der Van holperte über den Asphalt und bog nach einer Weile links auf einen schmaleren, noch unebeneren Weg ab.

„Entschuldigen Sie, Mr. Cannaghan, aber wo genau fahren wir hin?", fragte Debbie vorsichtig und blickte dem Highway 10 hinterher, der langsam hinter ihr verschwand.

„Keine Sorge Ma'am, wir fahren in den nächsten Ort. Nur dass dieser nicht direkt am Highway liegt, sondern abseits hier an dieser Straße. In zehn Minuten sind wir da."

Mindy beobachtete wie ihre beiden Koffer hinten auf der Ladefläche auf und ab hüpften. Sie hoffte, dass diese nicht all zu schmutzig werden würden neben dem Ölkanister und dem Spaten voller Erde, der dort ebenfalls herumpolterte und von einer Seite zur anderen rutschte, wenn sie eine engere Kurve fuhren.

Mindy fühlte sich so dreckig wie noch nie. Sie glaubte, nie wieder richtig sauber zu werden, nach all dem Schweiß, dem Staub und dem Schmutz dieser aufgewetzten, muffigen Sitzbank, die an ihren Schenkeln und ihren Armen klebte.

Sie blies sich eine Haarsträhne aus dem Gesicht und schloss für eine Weile die Augen. Sie wusste nicht, was sie in dem Ort erwartete, aber sie hoffte inständig auf ein Motel mit einem King Size Bett nur für sie allein.

Mittlerweile war es soweit heruntergekühlt hinter all den zwischendurch aufragenden Felsen am Straßenrand, dass sie beinahe fröstelte. Unfassbar nach all der Hitze vom Tag.

Aber sie war abgespannt und alles war ungewiss. Sowas schlug auch auf den Körper um.

„Was führt sie eigentlich in die Gegend, Ma'am?", fragte Mr. Cannaghan nach einer Weile, und fühlte sich dabei scheinbar gezwungen eine Konversation zu führen. Selten saßen zwei so städtisch und hübsch aussehende Frauen bei ihm auf der Rückbank. Das verunsicherte selbst einen gestandenen Mann wie Kenneth Cannaghan.

Bevor Mindy ihr zuvorkommen konnte, erwiderte Deborah wahrheitsgemäß. „Wir sind auf dem Weg zu meiner Schwester nach Alabama." Das musste vorerst reichen.

„Alabama, so so", murmelte Kenneth, „na, da haben Sie ja noch einen weiten Weg vor sich."

„Ja", seufzte Deborah. „Hoffentlich bekommen wir unseren Wagen morgen wieder zum Laufen und können unsere Fahrt fortsetzen."

„Ich werde sehen, was ich tun kann, Ma'am."

„Vielen Dank noch mal, Mr. Cannaghan. Ohne Sie hätten wir nicht gewusst, was wir tun sollen." Deborah beugte sich zwischen dem Fahrersitz und dem Beifahrersitz etwas vor und lächelte leicht.

Kenneth schaute durch den Rückspiegel nach hinten und sein Mundwinkel zuckte ganz leicht. „Dafür nicht, Ma'am."

Er schaute wieder nach vorne und rief dann: „Schauen Sie, da vorne sind die ersten Häuser, wir sind in wenigen Minuten da."

Mindy schaute durch das offene Seitenfenster heraus, der Wind wehte ihr die dunkelblonden Haare nach hinten.

Es ging eine leichte Anhöhe hinauf und tatsächlich konnte man erste Anzeichen von Zivilisation dort am Hang erahnen. Kleine windschiefe Häuser mit Veranda, notdürftig mit Maschendraht umzäunt, mit Wellblechdach versehen. Vor den Häusern auf dem Hof jeweils einen ähnlichen Pick-Up, der eine in besserem und der andere in schlechterem Zustand als dieser, in dem sie gerade saßen.

„Ladies, willkommen in Hope", rief Kenneth erfreut aus und klopfte mit beiden Händen auf das klobige Lenkrad.

Hope. Welch Ironie des Schicksals.

August 1998, Hope, Arizona

Es war dunkel geworden, als Kenneth Cannaghan die beiden schweren Reisetrolleys von der Ladefläche des Pick-Ups hob und ungalant auf den staubigen Schotterboden poltern ließ. Mindy und Deborah standen etwas unbeholfen auf dem Hof vor seinem Haus. Kurz bevor sie geparkt hatten, hatte Mr. Cannaghan ihnen angeboten, auf seiner Couch zu übernachten.

„Das ist wirklich nicht nötig, Mr. Cannaghan, wir werden uns ein Motel suchen", beharrte Deborah.

Da lachte Kenneth lauthals auf. „Das nächste Motel liegt zwanzig Meilen östlich am Highway 60. Hier in Hope gibt es kein Motel, hier gibt's nur etwa fünfzig Häuser. Und in einem davon wäre ich bereit, Ihnen meine Couch anzubieten, Ma'am. Es sei denn, Sie ziehen es vor, draußen in meiner Hängematte zu schlafen." Sein Lachen wurde zu einem Grunzen, aber als er Deborahs aufgebrachtes Gesicht sah, wurde er wieder ernst.

„Ehrlich, Ma'am, das ist überhaupt kein Problem. Es ist zwar nicht alles aufgeräumt, da ich heute nicht mit Besuch gerechnet hatte, aber wenn Sie ein paar leere Konserven und etwas Werkzeug nicht stören", er wirkte etwas verlegen, „ich habe doch tatsächlich heute versucht, meine Mikrowelle zu reparieren – leider erfolglos bisher."

Deborah gab nach und willigte ein.

Kenneth's Haus war ein einfaches Holzhaus, ungestrichen in der original Holzfarbe und mit roten Dachschindeln. Die Veranda davor sah so aus, als wäre sie erst nachträglich angebaut worden, da hier das Holz noch eine nicht ganz so dunkle Verfärbung von der Witterung aufwies.

Das Grundstück um das Haus herum war verwildert, es wuchs eigentlich so gut wie kein Rasen, eher trockene Sträucher, weiter hinten ein paar ineinander verwobene Kakteen. Tatsächlich hing an einem Baum und an einem Pflock eine Hängematte. Das konnte Mindy in dem schummerigen Licht noch erkennen. Eine kleine Laterne war an der einen Häuserecke angebracht und warf einen kleinen Lichtkegel.

Ein einsamer Klappstuhl stand vor dem Haus, daneben allerlei Unrat und um die andere Häuserecke konnte man einen weiteren Pick-Up erahnen, bei dem allerdings die Reifen fehlten und der zum Teil mit einer Plane abgedeckt war.

Ein bisschen unheimlich kam ihr die hinterwäldlerische Umgebung ja schon vor, aber sie war sich sicher, dass Mr. Cannaghan kein Serienmörder war, sondern einfach nur ein alleinstehender Kauz.

Und als hätte ihre Mom Mindys Gedanken gelesen, fragte sie: „Haben Sie Familie, Mr. Cannaghan?" Sie trat mühselig mit ihrem Koffer auf die erste Stufe der Eingangstür, und Kenneth drückte von hinten mit seiner Hand die Fliegengittertür auf, damit sie besser hindurchschreiten konnte.

„Nein, ich bin alleinstehend. Hier auf dem Lande ist es schwer, jemanden kennenzulernen."

Bevor Deborah etwas erwidern konnte, wurde sie davon abgelenkt, sich im Wohnzimmer umzuschauen.

Links und rechts vom Raum standen zwei riesige Regale und Anrichten aus dunklem Holz mit allerlei Krimskrams, Büchern und Zetteln, Dekofiguren, wie Adler oder Braunbären, Porzellanschüsseln und Tassen, ein paar verstaubte Bilderrahmen, teilweise Schwarz-Weiß-Bilder und eine einsame Zimmerpflanze, die den Kopf hängen ließ.

Über der Anrichte hing ein großer ausgestopfter Kopf eines Wapitis und daneben hingen zwei unterschiedlich große Gewehre. Geradeaus stand ein im Kontrast geradezu modern wirkendes Sofa, wie man es in einem durchschnittlichen Möbelhaus erstehen konnte.

Davor ein Tisch mit zwei leeren Dosen weiße Bohnen und schmuddeliges Werkzeug. Die kaputte Mikrowelle stand mit abgetrennter Tür auf dem Fußboden vor einem Lesesessel.

„Die Couch hat eine Schlaffunktion", verkündete er stolz.

„Ich besorge ein paar Decken. Die Tür da vorne rechts ist das Badezimmer. Daneben ist mein Schlafzimmer."

Mindy wusch sich das verschwitzte und gerötete Gesicht.

Als sie wieder ins Wohnzimmer trat, klopfte ihre Mom gerade

zwei Kissen aus und legte die Decken zurecht. Sie war hundemüde.

„Möchten Sie noch etwas essen?", fragte Kenneth, aber nachdem Deborah eine Weile die leeren Konserven mit weißen Bohnen betrachtete, schüttelte sie mit dem Kopf. „Nein, vielen Dank. Schlaf ist alles, was wir jetzt gebrauchen können."

„Dann wünsche ich eine gute Nacht, die Damen."

-

Deborah war viel zu früh wach, trotz des anstrengenden, vergangenen Tages. Dass sie nach den letzten aufwühlenden Tagen, die sie zu Hause durchlebt, geweint, gestritten und sich vor der Zukunft gefürchtet hatte, nun irgendwo in Arizona auf dem Sofa eines wildfremden Cowboys unter einer kratzigen, grauen Wolldecke aufwachen würde und von blökenden Schafen draußen geweckt wurde, hätte sie sich allerdings nie vorgestellt.

Sie versuchte sich, ohne Mindy zu wecken, aus der Decke zu befreien und stand umständlich auf, schlüpfte in ihre Sneakers von gestern und tappte vorsichtig aus dem Wohnzimmer.

Die frühen Sonnenstrahlen fielen durch den Gardinenschlitz des Fensters und wärmten bereits ihre Wangen.

Die Tür quietschte beim Öffnen und sie sah sich besorgt noch einmal nach Mindy um, aber sie regte sich kein Stück.

Es war schon jetzt sehr warm, obwohl die Sonne gerade erst hinter einem der rotbraunen Felsen hinter dem Haus hervorlugte. Deborah hielt sich zum Schutz die Hand über die Stirn und blickte sich um. Gestern Abend im Dunkeln hatte sie gar nichts mehr von der Umgebung wahrgenommen. Sie war mit den Gedanken auch völlig woanders gewesen.

Nun hatte sie freie Sicht auf die gesamte Ebene vor ihr.

Der Schotterweg, der zum Hof führte, schlängelte sich ein paar Mal etwas bergab, dort waren noch mehrere, einzelne Häuser zu sehen, ähnlich wie das von Mr. Cannaghan. Alle standen weit auseinander, als hätte sie zufällig jemand hier und dort verstreut. Das eine Haus stand längs, das andere wieder quer. Dem anderen hatte jemand provisorisch ein zweites Geschoss auf den kleinen Bungalow gebaut.

Ein leichter, staubiger Wind zog über die Ebene und verlief sich in manchen Sträuchern und Gräsern, die vereinzelt in der braunen, lehmigen Erde wuchsen.

Schaute man in die andere Richtung, konnte man in der Ferne eine Hauptstraße erkennen, vermutlich der Weg, aus dem sie gestern gekommen waren.

Der Wind trug das entfernte Geräusch eines vorbeirauschenden Trucks herbei.

Zusätzlich dazu konnte sie ein paar sich verdichtende Häuserzeilen und Gebäude erkennen.

Über den Schotterweg bis dorthin war es vielleicht eine halbe Meile. Man hatte so eine freie Sicht über die Ebene, dass man alles sehr gut erkennen konnte. Solch eine Weitsicht kannte Deborah gar nicht mehr aus Los Angeles.

Die Luft war so klar und der Himmel so blau.

Natürlich war sie das wohlig warme Klima aus Los Angeles gewöhnt, aber dort herrschte oft ein immerwährender grauer Schleier über der Stadt, von all den Menschen und all den Autos, die tagein, tagaus die *City of Angels* zu einer *City of Hell* machten. *Vergib mir Herr, über die Hölle scherzte man nicht.*

Sie schlenderte vorsichtig um das Haus herum und jetzt war ihr auch klar, woher die Geräusche kamen, die sie geweckt hatten. Ein etwa hüfthohes, rundes, notdürftiges Gatter war dort aufgebaut und darin vier Schafe, drei weiße und ein dunkelbraunes. Und Mr. Cannaghan tauchte hinter einem der weißen Schafe auf und erhob sich von seinem Schemel.

„Guten Morgen, Mrs. McStafford", zum Gruß hob er kurz seinen ausgefransten Strohhut an und setzte ihn danach direkt wieder auf.

„Kann ich Sie mit einer frischen Schafsmilch erfreuen?"
Um seine Frage zu untermauern, hob er einen neben ihm stehenden, grauen Keramikkrug. Deborah musste lächeln, kam etwas näher ans Gatter heran, lehnte aber dankend ab.

„Sie wissen ja nicht, was Sie verpassen", flötete Kenneth.

„Sie sind ja schon früh auf", bemerkte Debbie, um nicht weiter auf die Schafsmilch einzugehen.

„Immer doch, hier gibt es immer was zu tun, das können Sie mir glauben. Wer rastet, der rostet. Die Farbe von Rost habe ich ja schon", murmelte er und schaute auf seine gegerbten Unterarme. Am linken Unterarm war ein altes, verwaschenes Tattoo zu erkennen.

„Haben Sie noch mehr Tiere?", fragte Deborah interessiert.

„Nein, nur die vier Schafe, aber ich helfe gelegentlich auf der Farm außerhalb von Hope." Er deutete irgendwo über die weite Ebene Richtung Osten.

„Kommen Sie, Ma'am, ich mache uns ein Frühstück und ich will Ihnen noch was zeigen."

Gemeinsam trotteten sie um das Haus herum zum Vordereingang. Auf der Veranda standen bereits drei Stühle. Die hatte sie eben gar nicht wahrgenommen.

„Ich war schon so früh auf...", erklärte er und wanderte ein paar Schritte auf einen zweiten grünen Pick-Up zu, der neben dem stand, mit dem sie gestern hergebracht worden waren. „...weil ich mein fleißiges Schätzchen abgeholt habe, die *Green Mary* – kleiner Scherz am Rande", murmelte er verlegen. Er klopfte mit der Handfläche liebevoll auf die Motorhaube und deutete dann auf die Ladefläche. Dort war zusätzlich eine Vorrichtung montiert, mit einem großen Eisenhaken und einer Kette, die noch aufgerollt auf der Ladefläche lag.

„Damit werden wir nachher ihren Wagen abholen." Nochmal klopfte er behutsam auf die Karosserie „Meine *Mary*, die schafft das", lobte er.

„Und das haben Sie alles heute früh schon organisiert?"

Deborah war überwältigt von so viel Unterstützung und Initiative eines ihr völlig Fremden. Sie hatte gedacht, sie müsse ein Abschleppunternehmen aus der nächsten Stadt beauftragen und horrende Gebühren bezahlen.

„Wie kann ich das nur wieder gut machen?"

„Ist doch Ehrensache. Aber freuen Sie sich nicht zu früh. Erst mal muss ich Ihr Schätzchen ja auch wieder zum Laufen bringen."

Sie fand es etwas irritierend, dass er ihren Range Rover ebenfalls als Schätzchen betitelte. Er war alles, aber ihr Schätzchen war er nun wirklich nicht. Eigentlich konnte sie dieses klobige Fahrzeug immer noch nicht ausstehen. Jetzt noch weniger, da er sie im Stich gelassen hatte, als sie ihn wirklich mal gebraucht hatte.

Kenneth ließ Deborah eine Weile in der Morgensonne auf der Veranda zurück und bereitete ein Frühstück vor.

Als er wieder herauskam, hatte er Mindy im Schlepptau.

„Guten Morgen, *Honey*", Deborah versuchte es mit einem Lächeln, aber Mindy war noch zu zerknautscht vom Schlaf.

„Bitte entschuldigen Sie, Ladies, aber leider reicht mein Vorrat nur für Toast mit Marmelade und Erdnussbutter." Er stellte das Tablett ab und hob entschuldigend die Arme.

„Ich wollte Pancakes machen, aber im Mini Market waren die Eier leider aus."

„Das macht doch nichts, Mr. Cannaghan", ermutigte Debbie ihn.

„Vielen Dank." Sie nahm sich einen labbrigen Toast und biss genüsslich hinein. Die Marmelade quoll zwischen den beiden Scheiben heraus und tropfte auf ihren Oberschenkel.

Zu Hause hätte sie so etwas nie zum Frühstück serviert, aber unter diesen Umständen, in dieser Gegend, an diesem sonnigen rot gefärbten Morgen, war es das beste Frühstück, was man ihr hätte zubereiten können.

August 1998, Hope, Arizona

„So, dann wollen wir mal." Kenneth rüttelte an dem Haken mit der Kette, um zu prüfen, ob sie auch wirklich gesichert war und öffnete die Beifahrertür. Er schaute zu Deborah. „Ma'am, sind Sie soweit?"

„Und du willst wirklich nicht mitkommen?", fragte Debbie Mindy, während sie in den Pick-Up stieg.

Mindy wollte allein sein. Aber hier wollte sie auch nicht sein. Sie wollte hier nirgendwo sein. Aber sie wollte auch nicht in Alabama sein. Am liebsten wollte sie bei Miguel sein. Aber das ging ja schlecht.

„Ich kann dich ja mit nach Hope nehmen", schlug Kenneth vor „Ich setz' dich dort ab und du vertreibst dir deine Zeit etwas im Ort. Ich bringe deine Mom spätestens in einer Stunde zurück. Was hältst du davon?" Er zwinkerte ihr zu. Kenneth hatte verstanden, dass sie alleine sein und nicht ununterbrochen Zeit mit ihrer Mom verbringen wollte.

Mindy überlegte kurz. Sollte sie sich hier in Mr. Cannaghans Haus langweilen? Hier gab es nicht wirklich viel zu sehen außer die Schafe. Oder sollte sie sich derweil das Dorf anschauen? Ein bisschen flanieren könnte nicht schaden. Es war eh schon viel zu lange her, dass sie mit Nicole in Santa Monica in der Mall war.

„In Ordnung", sie kletterte hinter ihre Mom auf die Rückbank. Und schon fuhr Mr. Cannaghan mit lauten Reifengeräuschen über den roten Schotter. Sie hinterließen eine mächtige Staubwolke.

„Ich lasse dich dort vorne am Ortschild raus", Kenneth drehte sich zu Mindy um.

Sie nickte. „Wir treffen uns dann bei der Autowerkstatt", erklärte er.

„Die kannst du nicht verfehlen, sie ist gleich neben dem Mini Market." Mindy krabbelte von der Rückbank.

„Alles klar, bis später Mom", und an Mr. Cannaghan gewandt fragte sie: „Was gibt's denn hier zu sehen? Können Sie was empfehlen? Gibt's hier ne Mall?"

Kenneth traute seinen Ohren nicht und lachte herzhaft auf.

„Natürlich", er bekam leichte Schnappatmung. „Den Mini Market."

Ohne ihr weitere Erklärungen zu schulden, brauste er mit seiner Mom davon. Hätte sie doch mitkommen sollen? Was, wenn ihnen jetzt etwas zustieß? Oder dieser Cannaghan doch ein Mörder war?

Mindy schüttelte den Kopf und machte sich auf, die wenigen hundert Meter bis nach Hope. Sie brauchte dringend eine Cola und Handyempfang.

Es gab keinen Fußweg. Mindy musste auf dem schmalen, abgetretenen Stück Schotter laufen. Die Häuser fingen an, sich dichter aneinander zu reihen.

Das erste Schild, das sie las, war ein *Closed*-Schild eines Pubs, den sie so als solchen niemals ausgemacht hätte, wenn es nicht in drei armseligen Buchstaben *P, U und B* an der Häuserwand gestanden hätte.

Es war ein ebenfalls einstöckiges Haus, aber dieses war aus gelblichem Stein und in einem leicht mexikanischen Stil gebaut, mit der geschwungenen Fassade oberhalb des Daches.

Ein paar ähnliche Häuser folgten dem ersten.

Auf der anderen Straßenseite entdeckte Mindy dann sogar ein etwas größeres Gebäude mit einem Parkplatz davor und ein paar Kakteen. Sie schaute nach links und rechts, bevor sie die Straße überquerte.

Zwei Autos kreuzten ihren Weg, beide Fahrer beäugten sie, wie sie dort am Straßenrand stand. Sie trug immer noch ihre Hotpants, dieses Mal aber ohne Löcher, sondern mit umgeschlagener Krempe. Dazu ein Shirt der *L.A. Chargers* im Vintage-Look und Sandalen. Sie hatte schon ganz staubige, nackte Füße. Als die Straße frei war, lief sie hinüber, um das größere Gebäude zu begutachten.

Aber es stellte sich als Community Hall heraus, daneben war gleich ein winziges Büro, ein Police Department. Das einzige Polizeiauto von Hope stand auf einem extra dafür vorgesehenen Parkplatz links vom Haus. Sie blieb auf dieser Seite der Straße. Über ihr ragten die Strommasten einer nach dem anderen auf und säumten die gesamte Main Road.

Sie meinte bereits das Ende von Hope sehen zu können.

Das war also Hope? Mehr gab es hier nicht? Was für eine Er-
nüchterung. Wie konnte man denn in solch einem Ort leben?
Wo ging man hin, um sich zu amüsieren, Partys zu feiern
oder um zu shoppen? Wie weit war es von hier nach Phoenix?
Bestimmt über einhundert Meilen.

Unvorstellbar für Mindy, die in Los Angeles seit ihrer Geburt
gelebt hatte. Dort, wo jeder Stadtteil eine eigene Stadt für sich
war. Wo es alles im Überfluss gab. Malls, *Walmart's*, *Wendy's* und
Taco Bell's. Bestimmt allein fünf davon in ihrem Bezirk. Kinos,
Fitnessstudios und Bars.

Es war undenkbar, wie man sich hier die Zeit vertreiben sollte.
Was machten die Leute den ganzen Tag hier? Selbst wenn man
arbeiten wollte, was gab es hier schon zu tun?

Mindy war entsetzt und ihr brannte bereits jetzt die Kehle,
obwohl sie gerade mal eine halbe Meile gegangen war. Die Sonne
stand im Zenit und brütete auf sie herab.

Sie starrte in den Himmel, wo ein paar Raubvögel kreisten.

Ja, genau so fühlte sie sich auch. Wie leichte Beute ohne Schutz.

Die unerträgliche Hitze war vermutlich auch der Grund, weshalb sie keine Menschenseele auf der Straße antraf, außer
die beiden Männer in ihren klimatisierten Fahrzeugen. Die
Einwohner wussten sicherlich, dass es um die Mittagszeit besser
war, sich hinter geschlossenen Jalousien und Fensterläden zurück-
zuziehen. Es waren bestimmt über vierzig Grad.

Sie ging noch ein Stück weiter. Hope hatte ihr wirklich alle Hoffnungen genommen.

Sie wollte sich gerade auf einen Mauervorsprung setzen, da
entdeckte sie auf der gegenüberliegenden Seite den Mini Market,
von dem Mr. Cannaghan gesprochen hatte.

Wieder wechselte sie die Straßenseite. Der Mini Market war Teil
einer Tankstelle mit einer einzigen Zapfsäule. Das Gebäude dazu
wirkte von außen allerdings eher wie ein Wellblechverschlag und
nicht wie ein Supermarkt. Ringsherum war nur raue, großzügige
Betonfläche. Ein paar Autos und Pick-Ups parkten dort etwas
willkürlich. An der Zapfsäule hielt ein Wohnmobil mit einem
Kennzeichen aus Montana.

Mit ihrem Ziel vor Augen schleppte Mindy sich über den glühenden Parkplatz bis zur Eingangstür des Mini Markets.

Sie öffnete die Tür und entgegen strömte ihr künstlich gekühlte Luft. Es roch nach Lebensmitteln und Tabak.

Es gab einen Tresen direkt am Eingang, gerade war niemand dort. Nur auf dem notdürftig angebrachten Regal dahinter stand ein uralter, stummgeschalteter Fernseher – so einer, bei dem man noch am Gerät das Programm umschalten musste – und es lief irgendeine Wiederholung eines Baseballspiels.

Die Klimaanlage über ihr rasselte angestrengt, während sie die Regale erforschte. Am Anfang gab es hauptsächlich Produkte rund ums Auto. Blätter für die Scheibenwischer, Glühlampen, irgendwelche Polituren und Reiniger, neue Benzinkanister.

Erst danach folgten eine kleine Abteilung mit Obst und Gemüse und ein paar Kühlregale. Mindy genoss die Kühle vor dem Regal mit Joghurts und Käse und schloss für einen Moment die Augen. Wo war sie hier bloß gelandet? Gestern noch hatte sie Alabama für den schlimmsten Ort der Welt gehalten, an den ihre Mutter sie bringen wollte. Und jetzt war sie hier in Hope. Sie hoffte nur, dass sie schon nachher oder morgen weiterfahren konnten.

In den hinteren Regalen fand sie ein paar Cracker und endlich ihre langersehnte Cola. Wenn auch nur Pepsi.

Sie selbst hatte noch etwa dreißig Dollar in der Tasche. Am liebsten hätte sie sich eine Flasche Bier gekauft, aber das ging ja nicht, ohne einen ihrer älteren Freunde.

Sie schlurfte zur Kasse. Eine ganze Weile wartete sie dort zusammen mit den Touristen aus Montana. Sie beobachtete den Außenbereich über den kleinen Bildschirm der Überwachungskamera neben der Kasse. Durch die Unterhaltung des Pärchens hinter ihr, wurde der Verkäufer aus dem Hinterzimmer auf seine Kundschaft aufmerksam.

Er war ein kleinerer Mann mittleren Alters und offensichtlich indianischer Abstammung. Auf seinem Schild stand Mr. Ahote.

Sie zahlte zügig und nahm ihre beiden erstandenen Schätze mit nach draußen. Dort lief sie gegen eine Wand aus heißer Luft. Ihr brannten die Augen.

Sie setzte sich neben das Wellblech-Gebäude in einen winzigen Schattenplatz und nahm einen Schluck der eisgekühlten Pepsi. Das tat gut. Sie bekam einen klaren Kopf.

Über ihr knisterten die Strommasten. Da fiel es ihr wieder ein. Sie musste versuchen, Miguel zu erreichen. Sie hatte ihm noch gar nichts erklären können. Sie hatte erst mal abwarten wollen, bis sie bei Tante Suzy angekommen waren, aber sie konnte es nicht mehr aushalten. Sie kramte ihr Handy aus der Hosentasche und schaute aufs Display. Immer noch kein einziger Balken. So ein Mist. Mit mehr Zivilisation als hier auf dem Parkplatz des Mini Markets würde sie wohl nicht mehr rechnen können. Da entdeckte sie neben sich ein Münztelefon. Sie quälte sich aus dem Schneidersitz wieder in eine aufrechte Position und begutachtete das Münztelefon. Auf dem gelbgrünen Display stand in digitaler Schrift *Out of Service*.

Wollte diese Gegend sie eigentlich auf den Arm nehmen?

Es wurde Zeit, dass sie von hier verschwanden.

Passend aufs Wort, kam Mr. Cannaghan zusammen mit ihrer Mom und dem abgeschleppten Range Rover auf den Parkplatz der Tankstelle gerödelt. Na, ein Glück.

Deborah winkte ihrer Tochter zu, sichtlich erleichtert, sie hier tatsächlich anzutreffen.

Sie stieg aus und Kenneth beförderte das Doppel-Gefährt zum Wellblechhaus hinter dem Mini Market bis nur noch das Hinterrad des Range Rovers zu sehen war, und hielt an. Mindy und Deborah gingen zu Fuß hinter her.

„Anscheinend ist er nicht wieder angesprungen", stellte Mindy enttäuscht fest. Deborah schüttelte ebenfalls entmutigt den Kopf.

„Mr. Cannaghan lässt ihn jetzt in der Werkstatt auf die Hebebühne nehmen. Er kennt den Besitzer und sein Angestellter hat sich bereit erklärt, unser Auto zu reparieren."

Acht Monate zuvor, Brentwood Park, Los Angeles

Deborah schaute vom Waschtisch auf in den Spiegel. Das kalte Wasser, das sie über ihr Gesicht hatte laufen lassen, rann ihr vom Kinn herab. Sie war erschöpft. Erschöpft vom Nichtstun.

Sie war heute Morgen um sechs Uhr aufgewacht, hatte Mindy geweckt und sich danach mit einem Earl Grey und der Times in einen der Gartenstühle gesetzt und den Garten dabei beobachtet, wie er langsam erwachte. Die Vögel, wie sie in den Bäumen miteinander musizierten, die Zikaden, die in den Sträuchern zirpten, das sanfte Rauschen einer angenehm wärmenden Brise, die sich durch die Gräser bis in die Baumkronen der Pinien flüsterte. Über ihr im wolkenlosen, azurblauen Himmel war ein tieffliegendes Flugzeug im Anflug auf die Landebahn des Los Angeles Airports. Und sogleich war es hinter dem Dach des Hauses verschwunden.

Sie nahm ein Schluck ihres Tees und sprach in Gedanken ihre kurze allmorgendliche Andacht.

Sie war so dankbar für ihre Gesundheit, ihre geliebte Tochter, ihren erfolgreichen Ehemann und die Privilegien, die dieser Erfolg mit sich brachte.

Sobald Mindy in der Schule war, würde Deborah sich zurecht machen, eine ihrer Blusen anziehen – die fliederfarbene war ihre Liebste – dazu eine weiße, knöchellange Stoffhose und die perlmuttfarbenen Ohrringe, die so gut zu ihrem Ehering passten und die Clark ihr zu ihrem letzten Hochzeitstag geschenkt hatte. Dann würde sie mit ihrem Range Rover in den Country Club der Golflounge ihres Mannes fahren.

Dort würde sie bis zum späten Vormittag gemeinsam mit ihren Freundinnen an einem der weiß eingedeckten, runden Tische sitzen, auf einer Terrasse mit Ausblick auf die Hollywood Hills. Und, wenn man ganz genau hinschaute, mit entferntem Blick auf den Pazifik. Sie würden ein zweites Frühstück einnehmen und Shannon, Moira und Stephanie würden bereits um zehn Uhr ihren ersten Champagner trinken und sich über die Eigenarten ihrer Männer austauschen. Deborah hielt nicht gerade viel davon.

Sowohl davon, bereits am Vormittag ein Gläschen zu viel Alkohol zu trinken als auch hinterrücks schlecht über ihren Mann zu reden. Wenn sie ehrlich war, würde sie Shannon, Moira und Stephanie auch nicht unbedingt als ihre Freundinnen bezeichnen. Sie waren die Trophäenfrauen ihrer ebenso erfolgreichen Männer, und ihre Männer waren Golfkollegen von Clark.

Nach einem gemeinsamen Abendessen vor einigen Jahren hatte Clark es geschickt arrangiert, dass die drei Frauen Deborah doch auch einmal mit in den Country Club nehmen sollten.

Clark war der Ansicht, ihr fehlten die Beziehungen zu gleichaltrigen Frauen, mit denen sie sich amüsieren und Erziehungstipps zu ihren Kindern austauschen konnte. Deborah hatte eingewilligt. Das Haus war den ganzen Tag über so leer ohne Mindy und Clark. Sie hatte lediglich die Aufgabe, die Haushaltshilfe anzuweisen, wann es wieder Zeit war, die Fenster zu putzen oder das Gefrierfach abzutauen.

Nach der Schule war Mindy meistens noch bei einer ihrer Freundinnen. Zum Lernen, hoffte Deborah. Aber sie wusste, dass es nicht so war.

Clark kam für gewöhnlich erst gegen acht Uhr abends von der Arbeit und sah sich nach dem Abendessen noch ein Footballspiel an.

Sie sprachen vielleicht eine halbe Stunde am Tag über die Geschehnisse des Tages und meistens über seine Themen und seine Arbeit. Kein Wunder, dass Deborah zeitweise die Decke auf den Kopf fiel. Daher war sie dennoch dankbar für zwei Vormittage in der Woche, an denen sie sich zurückhaltend an den Gesprächen der drei Frauen beteiligte, zwischendurch lächelte oder zustimmend nickte. Und sich an den richtigen Stellen empörte, wenn Shannons Mann den Unterschied zwischen Rosa und Altrosa nicht kannte und sie nun mit einem, Shannons Meinung nach, völlig verkehrt angestrichenen Ankleidezimmer leben musste.

Aber das war in Ordnung, die Frauen waren nett zu ihr und schlossen sie mit in ihr Bündnis ein. Es waren nicht die typischen, reichgeborenen Zicken aus Beverly Hills oder Bel Air.

Es waren Frauen wie sie selbst, die alle aus unterschiedlichsten

Schichten der Gesellschaft kamen und mit denen das Schicksal es gut gemeint hatte, sodass sie die Vorzüge hier in Brentwood genießen durften. Die einen lebten dies eben mehr aus, andere weniger. Die einen hoben ab, andere blieben ihren Prinzipien treu.

Deborah wandte den Blick von ihrem Garten ab, nahm noch einen Schluck Tee, der nun eine angenehme Trinktemperatur hatte, und widmete sich der Titelseite der Times. Die Schlagzeile sprang ihr beinahe entgegen:

Clinton leugnet nachdrücklich Lewinsky-Affäre.

Deborah schüttelte den Kopf und knisterte mit der Zeitung. Wie unvorstellbar diese Nachricht für sie gewesen war. Alle Beweise sprachen dafür. Ein Mann seines Ranges und in dieser enormen Öffentlichkeit. Wie konnte er so etwas tun? Wie konnte man so etwas überhaupt tun? Ehebruch war für Deborah ein unaussprechliches Wort. *Die Ehe sollte bei allen in Ehren gehalten werden; es darf zwischen Mann und Frau keinerlei Untreue geben*, zitierte sie in Gedanken den Vers dreizehn der Briefe an die Hebräer.

Aber sie war ehrfürchtig vor seiner Frau Hillary, dass sie bei ihm blieb, dass sie ihm seine Sünde vergab. Das sprach für sie als eine starke Frau, die ihren Mann bedingungslos liebte und ihr Versprechen, das sie ihm einst gegeben hatte, hielt. Sie fühlte mit ihr und verstand sie. So gehörte es sich für eine Frau.

So einsam und unglücklich Deborah auch manchmal in dieser riesigen Großstadt war, in der man sich verlor, wenn man nicht etwas hatte, woran man festhalten konnte. In dieser Stadt, in die Clark sie vor vielen Jahren gebracht hatte. Seinetwegen war sie mitgegangen. Sie hatte ihn hingebungsvoll geliebt und war bereit gewesen, ihr altes Leben für ihn zurückzulassen. Und so einsam sie auch an so vielen Tagen war, in diesem leeren, hallenden Haus, umgeben von Millionen Fremder. Selbst an Tagen, an denen Clark nach einem langen Tag erst nach Hause kam, wenn es bereits dunkel war, wäre sie nie auf den Gedanken gekommen, dass sie im Recht war, sich darüber zu beschweren. Sich zu beschweren, über ihn und ihr Leben, ja geschweige denn, ihn zu verlassen, wie so viele andere

Frauen in ihrem Alter dies gerade taten. Scheidungen waren das Topthema im Country Club.

Immerhin hatte er ihr in den vergangenen zwanzig Jahren eine wundervolle Tochter geschenkt und für sie und Mindy ein Heim geschaffen, das Außenstehende als das Paradies bezeichnen würden.

Er war es, der sie mit Anfang zwanzig dazu bewegt hatte, tatsächlich auszubrechen aus ihrer strengen, religiösen Heimat.

Niemals hätte sie damals, mit zwanzig Jahren, von einem solchen Leben, das sie heute führte, auch nur zu träumen gewagt.

Es war bereits ein großer Schritt für sie gewesen, als sie 1977 von dem anmutigen, weißen, im viktorianischen Stil erbauten Farmhaus ihrer Eltern auf dem Land nach Tuscaloosa, Alabama, gezogen war, um dort eine Stelle als Sekretärin in einer Kanzlei anzutreten. Das war für sie bis dahin das größte Abenteuer und es überraschte sie sehr, dass ihre Eltern es ihr erlaubten. Ein Grund dafür war sicherlich, dass sie während ihrer Ausbildung in der Stadt bei ihrer Tante wohnte. Unvorstellbar wäre es zu damaliger Zeit in diesem Teil der USA gewesen, mit einer Freundin zusammen zu wohnen, geschweige denn unverheiratet mit einem Freund.

Es hätte ja ein falscher Eindruck entstehen können.

Außerdem war sie unter ihren Freundinnen die einzige gewesen, die aus ihrem Heimatort weggezogen war. Alle anderen Mädchen, mit denen sie auf die Mädchenschule gegangen war, sind dort geblieben und haben ziemlich kurz danach geheiratet und mehrere Kinder bekommen.

Vorbelastet von all diesen vorherrschenden Prinzipien, konnte Deborah in Tuscaloosa tatsächlich etwas aufatmen. Die Stadt war anders. Immer noch konservativ, aber anders. Sie genoss es, nach Feierabend noch in den kleinen Buchladen an der Ecke zu gehen und sich von ihrem geringen Lehrlingsgehalt ein Buch zu kaufen, jeden Monat eins, und sich damit in den Park auf eine Bank zu setzen und dabei den Enten am Teich beim Schnattern zu lauschen. Oder sich in ein Café in der Nähe des Hauses Ihrer Tante zu setzen und einen Tee zu trinken. Manchmal legte sie das Buch dort beiseite und lauschte mit geschlossenen Augen den Gesprächen am Nachbartisch und dem umliegenden Treiben der Menschen auf den Fußwegen und den Autos auf der Straße. Sie fühlte sich tatsächlich *urban*.

Dieser Begriff war ihr vorher noch nie untergekommen und sie hatte ihn bei zwei ihrer Kolleginnen aufgeschnappt.

Ihre Tante bekochte sie und ihre Cousins und Cousinen abends großzügig und bevor sie zu Bett ging, schrieb sie in ihr Tagebuch, was sie erlebt hatte und dankte Gott, dass sich ihr Leben so prächtig entwickelte.

Als im Frühjahr 1979 plötzlich der hochgewachsene, blonde, junge Mann in seinem perfekt sitzenden Anzug in den Empfang der Kanzlei eintrat und sich als Clark McStafford vorstellte und dass er einen Termin mit einem ihrer Mandanten hätte, war Deborah nicht bewusst, wie das ihr Leben beeinflussen würde.

Sie wusste von Anfang an, dass er anders war als die Leute aus Alabama. Er musste woanders herkommen. Er besaß so eine frische, so eine permanente Lockerheit, die man anscheinend nur besaß, wenn man aus einem Bundesstaat kam, in dem immer die Sonne schien und man jeden Abend das Meer sehen konnte.

Es ging alles viel zu schnell, aber das sah Deborah damals natürlich nicht so. Er umwarb sie, war in gewissen Dingen altmodisch und ein Gentleman und nach drei Verabredungen, war sie sich sicher, dass sie diesen Mann ohne schlechtes Gewissen ihren Eltern vorstellen konnte.

Sechs Monate später machte er ihr einen Antrag. Die Hochzeit fand in kleinem Kreis statt und sie feierten bei ihren Eltern im Garten. Deborah fühlte sich sehr erwachsen.

Als Clark ihr jedoch zwei Monate später mitteilte, dass seine Stellung hier in Alabama bereits zum neuen Jahr auslief, und er mit ihr zurück nach Kalifornien gehen würde, riss sie das völlig aus ihrer Blase der Verliebtheit und der Perfektheit. Gerade hatte sie ihre Ausbildung beendet und war als eine sehr geschätzte Mitarbeiterin in der Kanzlei übernommen worden. Sie hatte Alabama noch nie verlassen und sie hätte nie gedacht, dass so etwas passieren würde.

Sie weinte die ganze Nacht, fühlte sich urplötzlich gar nicht mehr erwachsen und schrieb in ihr Tagebuch einen Bibelvers.

Der Mann hat Christus als Haupt über sich,
die Frau hat den Mann als Haupt über sich,
und Christus hat Gott als Haupt über sich.

Clark war jetzt ihr Mann, er entschied über das, was sie als Ehepartner als Nächstes taten. Und das war gemeinsam nach Kalifornien zu ziehen. Kurze Zeit später wurde sie schwanger.

-

Deborah war gegen Mittag vom Country Club zurück und hatte vorher noch ein paar Lebensmittel für das Abendessen eingekauft.

Nun stand sie in ihrem Bad en Suite, um sich etwas frisch zu machen und starrte in den Spiegel. Wofür sollte sie sich überhaupt frisch machen? Bis Mindy von Nicole nach Hause kam, waren es sicherlich noch drei Stunden. Von Clarks Heimkehr von der Arbeit mal ganz abgesehen. In letzter Zeit war er immer häufiger in seiner Zweigstelle in San Francisco und flog morgens bereits ganz früh dorthin und kam abends erst spät zurück. Manchmal blieb er sogar über Nacht, wenn es mehr zu tun gab oder er gleich um neun Uhr früh ein Meeting vor sich hatte.

Mit den Händen massierte sie ihre Schläfen. Sie hatte Kopfschmerzen von dem schrillen Gelächter ihrer Freundinnen. *Bekannten*, verbesserte sie sich selbst.

Im Spiegel sah sie eine Frau von Mitte Vierzig. Sie hatte noch kein einziges graues Haar, hatte sich die Haare zu einem Dutt nach hinten gebunden, sie trug eine sündhaft teure Seidenbluse, die sich an ihren Körper anschmiegte, wie eine sanfte Wolke. Dazu einen roséfarbenen Lippenstift von Dior. Sie hatte eine Tochter, die sie nicht im Griff hatte und die sich ihrer altmodischen Erziehung widersetzte.

Sie hatte einen abwesenden Ehemann, der sie vernachlässigte und sich in Arbeit vergrub. Sie hatte sich tagein, tagaus nur mit sich selbst zu beschäftigen. Sich zwischen ihren auferlegten Prinzipien und dem illustren, aber aufgesetzten Leben in Brentwood Park zu entscheiden. Meistens wurde es letzteres. So lange war sie schon hier. Sie sah in sich selbst eine fremde Frau. Ihr zweiundzwanzigjähriges Ich hätte sie nicht wiedererkannt.

August 1998, Hope, Arizona

„Das sieht nicht gut aus, Mrs. McStafford", nuschelte der junge Automechaniker, während er auf einem mit Rollen versehenen Brett unterhalb des Ranger Rovers lag und man ihn ächzen und klappern hörte.

Debbie und Mindy standen nutzlos in der kleinen Garage herum und warteten darauf, was für ein Urteil der junge Mann, der sich als Mr. Evans vorstellte, über den Range Rover sprach.

Er war groß gewachsen, schlaksig und vielleicht ein paar Jahre älter als Mindy. Er trug eine blaue Latzhose, die ihm nur knapp bis zu den Knöcheln reichte und ausgeblichene Chucks.

Darunter trug er ein weißes T-Shirt mit zahlreichen Flecken. Er hatte kreisrunde Schweißflecken unter den Armen.

„Das sieht mir glatt nach einem Motorschaden aus, Ma'am." Mr. Evans ließ sich auf dem Brett wieder an die Oberfläche rollen und stand umständlich auf. Er wischte sich die Hände an einem eh schon ganz ölverschmierten, grauen Tuch ab, das neben ihm im Werkzeugkasten lag.

Mindy verdrehte die Augen. War ja klar, dass so was kommen musste. Hatte sie ihrer Mom nicht gesagt, dass das passieren würde, wenn sie noch weiterfuhr?

Debbie warf einen fachmännisch aussehenden Blick in die geöffnete Motorhaube und blickte dann aber ratlos Mr. Evans an.

„Und was bedeutet das genau?", fragte sie vorsichtig.

„Nun, das lässt sich sicherlich reparieren", erklärte Mr. Evans.

„Ich könnte einen funktionierenden Austauschmotor organisieren, dieser müsste dann eingebaut werden. Das ist allerdings ganz schön kostspielig", gab er zu.

„Wir müssen unbedingt weiter zu meiner Schwester nach Alabama", seufzte Debbie. „Wie viel würde es denn kosten?"

„Erst mal muss ich herumtelefonieren, dann muss der Motor geliefert werden. Der Einbau ist auch nicht ohne. Bei einem Fahrzeug dieser Art würde ich auf 3.000 bis 4.000 Dollar schätzen", erklärte Mr. Evans ohne Umschweife. Debbie entglitten nahezu alle Gesichtszüge und sie wurde blass um die Nase.

Im Normalfall hätte Clark sich um solche Angelegenheiten gekümmert. Er vereinbarte die Termine für Reparaturen oder Inspektionen und bestellte den Abhol- und Bring-Service, den die meisten Werkstätten in ihrem Viertel anboten.

Sie hatte sich nie Gedanken darum gemacht, was solche Dinge kosteten, geschweige denn hinterfragt, dass ihr Budget sie daran hindern würde.

Jetzt stand sie da, hatte kaum genug Geld, um überhaupt bis Alabama zu kommen und keine Ahnung, ob man sie über den Tisch ziehen wollte.

„Wir haben nur sechshundert Dollar und brauchen auch noch etwas, um ein Motel und Lebensmittel bezahlen zu können", erklärte Debbie kleinlaut. Aber sie wusste natürlich, dass der junge Mann auch nur seinen Job machte. Sie war ja froh, dass sie es überhaupt schon mal bis in eine Autowerkstatt geschafft hatten und nicht immer noch in der Pampa festsaßen.

Mr. Evans hob entschuldigend die Hände. „Ma'am, das kann ich natürlich verstehen, Geld fällt schließlich nicht vom Himmel." Er betrachtete skeptisch den teuren Range Rover und stellte gleich danach seine Aussage wieder in Frage.

„Wenn es gut läuft und ich Beziehungen spielen lasse, krieg ich es vielleicht auch für 2.500 Dollar hin, aber das wäre auch meine absolute Schmerzgrenze. Mein Chef muss ja auch von irgendwas leben." Er lächelte und versuchte es mit einem aufmunternden Blick.

Debbie sah ratlos zu Mindy, aber die zuckte nur mit den Schultern. Sie war von allem genervt. Von der unerträglichen Hitze, die sich hier unter dem Wellblechdach noch einmal verstärkte, die Hilflosigkeit ihrer Mom, und wie beschissen es war, kein Geld zu haben. Niemals war sie in so einer Situation gewesen.

„Kann ich noch eine Weile darüber nachdenken und mir etwas einfallen lassen, Mr. Evans?"

„Sicher, Ma'am. Ich kann den Wagen hier auf dem Hof abstellen. Vielleicht können sie ja das Geld irgendwie auftreiben."

Mindy und Debbie verließen die stickige Halle. Mindy zog sich unter einem einsamen Strauch zum Schutz vor der Sonne zurück und Debbie sprach etwas abseits mit Mr. Cannaghan.

Wie sollten sie das Geld auftreiben? Es fällt ja nicht vom Himmel, wie der Auto-Typ so schön gesagt hatte. Tante Suzy konnte ihnen mit Sicherheit nichts leihen. Ihre Großeltern aus Alabama lebten nicht mehr und ihre Mom wäre sicherlich zu stolz, um Freunde aus Brentwood Park zu fragen.

Außerdem hätte sie ihnen dann ja erklären müssen, was los war. Sie nahm einen letzten Schluck ihrer mittlerweile kohlensäurelosen Pepsi und starrte auf die Main Road, auf der zwei riesige Trucks hintereinander vorbeibrausten und Staub aufwirbelten. Sie schloss die Augen. Schattenspendend stellte sich Mr. Evans neben sie, er zog an einer Zigarette.

„Ihr kommt aus Los Angeles?"

Mindy nickte nur und starrte weiter gerade aus.

„Wie ist es dort so?", wollte er wissen.

Mindy zuckte mit den Schultern. Sie hatte eigentlich keine Lust, über ihr zu Hause zu sprechen.

„Laut, groß, voll, warm. Nicht so warm wie hier."

Mr. Evans zog wieder an seiner Zigarette und gab ein zustimmendes Brummen von sich.

„Aber das Meer ist schön", fügte Mindy noch hinzu.

Nun blickte sie doch zu Mr. Evans auf. „Darf ich?" Sie deutete mit den Augen auf seine Zigarette. Debbie war mit Mr. Cannaghan hinter dem Haus verschwunden, also konnte sie es kurz riskieren.

„Ich war noch nie am Meer", stellte er fest.

Er gab ihr seine Zigarette und ließ sie einmal ziehen.

Genüsslich atmete sie tief ein und wieder aus. Dann schwiegen sie eine Weile.

„Und ich wollte eigentlich schon lange weg aus L.A., aber nicht auf diese Weise. Und ging ja auch nicht, Schule und so."

„Kenneth hat mir grob erzählt, was passiert ist," gab Mr. Evans zu.

„Ist ja ziemlich scheiße."

„Das ist noch untertrieben", meinte Mindy. Sie nahm noch einen Zug. Mr. Evans ging neben ihr in die Hocke.

„Ich bin übrigens Josh", stellte er sich vor, lächelte mit zusammengekniffenen Augen gegen das Sonnenlicht an und streckte ihr die Hand hin.

Seitlich nahm sie diese an und lächelte ebenfalls schief. „Mindy." Auch wenn sie eigentlich am liebsten alleine gewesen wäre, musste sie sich eingestehen, dass etwas Kontakt mit einem fast Gleichaltrigen ganz guttat. Seit zwei Tagen war sie beinahe ausschließlich nur mit ihrer Mom zusammen gewesen.

Jetzt war Mindys Hand auch leicht ölverschmiert. Angewidert wischte sie diese an ihrer Shorts ab.

Josh lächelte in sich hinein und hob die Augenbrauen. Er hielt Mindy für ein typisches, verwöhntes Großstadtmädchen. Aber das war sie ja jetzt eigentlich nicht mehr, wenn man die Umstände betrachtete. Je mehr man besaß, desto schlimmer musste es sein, alles zu verlieren.

„Was wollt ihr jetzt machen?", fragte Josh nach einem Augenblick.

„Keine Ahnung, trampen?", warf sie ein. „Oder mit dem Bus fahren?"

„Hier fährt kein Bus", stellt Josh klar und lachte.

In dem Moment kam ihre Mom gemeinsam mit Mr. Cannaghan wieder um die Ecke.

„Mindy, kommst du? Wir können beim Officer auf dem Festnetz telefonieren. Ich werde Susan anrufen. Vielleicht hat sie eine Idee."

-

Das Police Department von Hope bestand, wie Mindy schon heute Morgen entdeckt hatte, nur aus einem kleinen Büro. Darin herrschte schummeriges Licht, die Hitze hatte man mit einer leicht angestaubten Jalousie ausgesperrt. Es roch muffig und alles war sehr rustikal. Der Schreibtisch sah so massiv aus, dass man ihn sicherlich nicht mal eben hätte bewegen können. Zumal sich auf ihm zusätzlich Stapel über Stapel an Unterlagen und Dokumenten türmten. An der holzvertäfelten Wand hinter dem Schreibtisch hingen allerlei Urkunden, die USA-Flagge und noch weitere Wappen vom La Paz County. In der Ecke neben der Tür surrte ein Stand-Ventilator.

Mr. Cannaghan war voran gegangen, hatte dreimal an die offen stehende Tür geklopft und war mit den beiden Frauen eingetreten.

„Officer?", rief er aus. „Ich habe hier zwei Ladies, die ihre Hilfe gebrauchen könnten."

Der bauchige Mann mit dunklem, leicht angegrautem Haar an den Schläfen, sah von seinem Schreibtisch auf und kam mit offener Miene auf die drei zu.

„Kenneth, schön dich zu sehen", die beiden Männer schüttelten sich herzlich die Hände. Danach wandte er sich an Debbie und Mindy.

„Deputy Peter Dalton, Highway Patrol, La Paz County", stellte er sich der Vollständigkeit halber vor.

Debbie erklärte ihm kurz die Situation und ob sie einmal telefonieren dürfe.

Der Officer willigte selbstverständlich ein. Mindy wartete mit Mr. Cannaghan und Officer Dalton im Vorflur, um die Privatsphäre ihrer Mom zu wahren. Es dauerte eine ganze Weile und Mindy beschloss, sich etwas umzusehen.

An das Police Department angeschlossen befand sich die Community Hall. Von draußen hörte Mindy Musik und Gesang und durch die gläserne Tür sah sie einen tristen Veranstaltungsraum mit einigen Stühlen und Tischen und einer kleinen Kanzel, auf dem ein Notenständer und ein Mikrofon standen. Eine Gruppe von etwa sechs Senioren stimmte in die Lieder des Mannes ein, der an der Kanzel stand. Er sah aus wie ein Pfarrer. Das würde ihrer Mom gefallen.

Vier der Senioren waren weiß, zwei davon offensichtlich indianischer Abstammung. Alle zusammen amüsierten sich. Auf einem der Tische hinter ihnen standen ein paar benutzte Kaffeetassen und ein Kaffeespender, sowie eine Schale mit Keksen. Bevor jemand Mindy entdecken konnte, machte sie sich wieder auf zurück zum Police Department.

Ihre Mom war anscheinend fertig mit Telefonieren und machte ein ernüchterndes Gesicht. Sie kam auf Mindy zu.

„Ich habe Tante Suzy alles erklärt. Es tut ihr wahnsinnig leid, aber sie kann uns momentan nicht helfen. Nathan hat sich das Bein gebrochen und braucht ihre vollste Unterstützung. Sie kann uns weder abholen noch finanziell unterstützen. Sie drückt uns beide Daumen." Debbie fing an zu schluchzen, fing sich aber schnell wieder.

Alles, was ihre Mom Mindy gerade erzählt hatte, überraschte sie wenig. Für Debbie war es die letzte Aussicht auf Hoffnung gewesen, wieder irgendwo hinzugehören, einen Horizont zu sehen. Aber jetzt blieb ihnen vorerst nur noch Hope.

„Ein Bus fährt hier nicht, aber wir könnten trampen", schlug Mindy vor, aber eigentlich kannte sie die Antwort ihrer Mom bereits.

„Minnie, ich steige bestimmt nicht in den Wagen irgendeiner wildfremden Person. Das wäre ein Horrortrip. Und außerdem fahre ich hier nicht ohne den Range Rover weg", rief Debbie bestimmend.

Auf dem Horrortrip waren wir doch schon jetzt.

Und warum ihre Mom noch so an dem Wagen hing, verstand sie auch nicht.

„Na schön, dann fahr ich eben alleine", rief Mindy ungehalten. „Du hast uns das hier alles eingebrockt, jetzt musst du auch was unternehmen, Mom."

„Das stimmt nicht. Dass wir jetzt in dieser Lage sind, hast du alles deinem tollen Vater zu verdanken", schrie Debbie und bereute es sofort wieder, so laut geworden zu sein. Sonst hatte sie sich immer so gut im Griff.

„Mrs. McStafford, Ms. McStafford", versuchte Officer Dalton die beiden Frauen zu besänftigen. „Streit ist doch das Letzte, was sie jetzt gebrauchen können. Sie sollten in dieser Situation doch zusammenhalten."

Mindy drehte sich beleidigt weg. Deborah wollte ansetzen, etwas zu sagen, hielt es dann aber doch zurück und resignierte.

Officer Dalton klatschte in die Hände.

„Ich habe eine Idee. Lassen Sie mich kurz was nachschauen", er verschwand in seinem Büro und kramte einen Ordner aus seinem Aktenschrank heraus. Nach einem Moment kam er mit dem Ordner wieder zu Debbie und Mindy heraus in den Flur.

„Was halten Sie davon, wenn Sie zunächst eine Bleibe hier in Hope bekommen könnten, bis Sie das Geld für die Reparatur Ihres Wagens zusammen bekommen haben?"

„Und das könnten Sie einrichten?", fragte Debbie skeptisch.

„Ich habe aber nur sechshundert Dollar. Ich kann doch keine Miete bezahlen."

Mr. Cannaghan mischte sich ein. „Sie müssen wissen, Mr. Dalton ist nicht nur Deputy, sondern auch unser Bürgermeister hier in Hope. Er kennt sich in allen örtlichen Belangen am Besten aus." Er zwinkerte Debbie zu. Diese sah wieder fragend zu Officer Dalton.

„Wir haben einige Unterkünfte am Rande von Hope, die meistens für die Saisonarbeiter auf der Ranch vorgesehen sind. Da aber gerade kein Hochbetrieb herrscht, stehen einige davon leer. Ich könnte Ihnen fürs Erste anbieten, dass Sie fünfzig Dollar die Woche zahlen. Und alles andere sehen wir dann. Ich bin ja der Letzte, der zwei hilflose Frauen hier draußen nicht etwas unterstützen möchte. Was halten Sie davon?"

Officer Dalton lächelte den beiden Frauen aufmunternd zu.

Wieder einmal schaute Debbie ratlos zu Mindy. Mindy war immer noch sauer und regte sich nicht.

„Das wäre wirklich sehr zuvorkommend von Ihnen, Officer," gab Debbie zögerlich zu.

„Prima", Peter Dalton klatschte wieder in die Hände.

„Lassen Sie mich kurz einen Anruf tätigen und alles regeln. Dann fahre ich Sie gleich dorthin. Da haben Sie ja Glück im Unglück", lachte der Officer.

Das bezweifelte Mindy.

August 1998, Hope, Arizona

Mindy wunderte sich, warum Officer Dalton nicht in Richtung Hope fuhr, sondern ortsauswärts. Wieder einmal saßen sie und Debbie in einem Wagen und wurden an einen ihnen unbekannten, neuen Ort gebracht. Dieses Mal jedoch im Polizeiwagen persönlich. Nur einmal hatte Mindy in einem Fahrzeug der Polizei gesessen. Das durfte ihre Mom aber niemals erfahren und war auch schon zwei Jahre her.

Sie verließen die Main Road und somit den Highway 60 und fuhren holpernd auf eine Seitenstraße mit rötlichem Schotter. Die Straße sah so aus, als würde sie ins Nichts führen. Nur ein kleines Blechschild an der Gabelung verriet den Weg Richtung *Hopes Horse Ranch*, drei Meilen.

Im Auto war es stickig und das Radio lief leise, zwischendurch kam ein rauschender, schwer verständlicher Funkspruch dazwischen. Es gab sicherlich schlimmeres, als auf einer Ranch zu wohnen, dachte Mindy.

Nach wenigen Metern tat sich vor ihnen ein kleiner Pinienhain auf, ein etwa mannshoher Maschendrahtzaun umsäumte einen gewissen Bereich, zur Straße hin befand sich ein Tor mit einer Aufschrift, die bereits von der Sonne so ausgeblichen war, dass man deren hellgrüne Buchstaben gar nicht mehr erkennen konnte. Sie waren noch keine drei Meilen gefahren und die Ranch konnte sie erst in weiter Ferne erahnen. Aber Officer Dalton bremste bereits jetzt ab und fuhr durch das kleine Tor. Hinter den Pinien kamen nun kleine Parzellen von Mobilheimen zum Vorschein. Mindy traute ihren Augen nicht. Das sollte ja wohl ein schlechter Scherz sein.

Sie kannte solche Trailerparks zu gut aus Los Angeles und meist waren sie ein Zeichen davon, dass man ganz unten angekommen war.

Officer Dalton fuhr den sandigen Hauptweg ein paar hundert Meter geradeaus, links und rechts gingen kleine Fußwege ab, die zu den einzelnen Mobilheimen führten. Die meisten waren weiß, andere rosa oder hellgelb angestrichen. Einige hatten

einen richtigen kleinen Vorgarten, andere wirkten sehr herunter-
gekommen. Mindy stieg die Hitze zu Kopfe. So eine Behausung
war der Gipfel dieses gescheiterten Trips und am liebsten hätte
sie sofort auf dem Absatz kehrt gemacht und alles versucht, um
nach Los Angeles zurückzukommen.

Sofort dachte sie wieder ans Trampen. Unmöglich wäre es sicherlich nicht.

Sollten sie jemals in ihre alte Heimat nach Brentwood Park zurückkehren, dürften ihre Freunde nie davon erfahren.

Hier kannte sie wenigstens niemand und eigentlich meinten
es ja auch alle nur gut mit ihnen.

Officer Dalton reichte ihnen einen Schlüssel und begleitete sie
noch kurz mit dem Gepäck bis zur Tür. Ihr Wohnwagen war
weiß und auf der Veranda standen ein paar ausgetrocknete
Kräuter auf einem Vorsprung sowie ein einfacher Plastikstuhl.
Ein rostiges Windspiel klimperte vor sich hin.

„Nach Ihnen, Ma'am", Officer Dalton machte eine Geste, um
ihr Eintritt zu gewähren. „Es ist sicherlich kein Märchenschloss,
aber ich hoffe, Sie können sich fürs Erste damit arrangieren und
sich etwas sortieren." Er lächelte aufmunternd und beteuerte
noch einmal, dass sie keine Eile hatten, die Saisonarbeiter würden
erst in ein paar Monaten wieder eintreffen und, dass er jederzeit
ein offenes Ohr hätte.

Für die erste Woche bezahlte ihre Mom die fünfzig Dollar im
Voraus und sie bedankte sich bestimmt fünfmal bei ihm. Für so
eine Absteige konnte Mindy nicht sonderlich dankbar sein.

„Und passen Sie auf die Klapperschlangen auf", rief Mr. Dalton
noch beim Gehen. Debbie und Mindy schauten ihm verdutzt nach.

-

Mindy hatte keine Lust hineinzugehen und sie blieb draußen
auf dem grünen Gartenstuhl sitzen. Ihre Mom polterte mit den
Koffern herum.

„So übel ist es gar nicht, Minnie", rief ihre Mom aus dem Innenraum.

„Stell dir einfach vor, es ist eine Blockhütte in Aspen."

Sie schaute durch die Eingangstür zu Mindy hinaus, die aber weiterhin ins Leere starrte.

Minnie. Eigentlich durfte nur ihr Dad sie so nennen. Wo er jetzt wohl steckte? Oder hatten sie ihn schon festgenommen? Dachte er ebenso an sie, wie sie an ihn? Sie war sich nicht sicher. Womöglich hatte er ganz andere Sorgen. Und hätte er sie so geliebt, wie sie immer geglaubt hatte, dann hätte er sie und ihre Mom doch nicht einfach zurückgelassen.

Um sie herum hörte man das Rauschen der Pinien im Wind. Ein Pick-Up fuhr vom Hof und wirbelte Staub auf, der bis zu ihrer Veranda zog. Aus der Ferne hörte man ein Kind weinen.

Nun ging sie doch hinein. Ihre Mom hatte bereits die Klimaanlage gestartet, die ein gleichmäßiges Surren von sich gab. Geradezu war eine kleine Küchenzeile mit den nötigsten Utensilien. Ein halbhoher Kühlschrank, eingebaut in einem der Unterschränke, einen Herd und ein Spülbecken. In einem Regal daneben stand ein Mini-Ofen. Es gab einen Tisch mit zwei Stühlen, ein Sofa mit Schlaffunktion sowie einen weiteren, separaten Schlafraum mit einer Kommode und einem Sessel. Rechts gelangte man in ein sehr kompaktes Badezimmer.

Alles war ziemlich in die Jahre gekommen und hundertprozentig sauber waren die Dusche, das Klo und das Spülbecken auch nicht. Mindy fühlte sich unwohl und setzte sich nur ungern auf den fremden Bezug des Bettes. Immerhin überließ ihre Mom ihr das getrennte Schlafzimmer. In einem Schrank im Vorraum gab es allerhand Grundausstattung wie Besen, ein paar Reiniger und eine Wäscheleine. Die Küche verfügte außerdem über Teller, Tassen und Töpfe.

Wie lange müssten sie es hier aushalten?

Bis ihr verbliebenes Geld für die Miete und Lebensmittel aufgebraucht war, blieben vielleicht ein paar Wochen. Beim Gedanken an diese endlose Zeit hier in diesem Loch wurde Mindy ganz übel. Aber eine Frage blieb offen. Wie würden sie das Geld für die Reparatur zusammenbekommen?

Eigentlich lag die Lösung auf der Hand.

„Mom", murmelte Mindy. „Du musst dir eine Arbeit suchen, damit wir Geld für die Werkstatt sparen können."

Debbie nickte abwesend.

„Das ging mir auch schon durch den Kopf. Das restliche Geld ist schnell verbraucht." Sie seufzte und klapperte mit dem Geschirr in der Küche herum, begutachtete jedes einzelne Glas und hielt es ins Licht.

„Aber zuallererst machen wir uns das hier jetzt einigermaßen erträglich. Ich werde hier alles einmal putzen und danach werde ich nach Hope zurück gehen, um uns etwas zu Essen im Mini Market zu kaufen."

August 1998, Hope, Arizona

Es war schön, endlich allein zu sein. Mindy hatte sich wieder in den einzigen Gartenstuhl, der auf der Veranda stand, gesetzt und träumte vor sich hin. Aus ihrer erhöhten Sitzposition hatte sie in der Tat einen traumhaften Blick über die weite Ebene. Sie konnte über die Dächer der vor ihr stehenden Mobile Homes die Ranch in der Ferne sehen und dahinter die weite, rotbraune Steppenlandschaft.

Hinter den runden Felsen lugte die tiefstehende Sonne noch für ein paar wenige Augenblicke hervor.

Ihre Mom war – tatsächlich zu Fuß – aufgebrochen, um sich in der Abendsonne erneut nach Hope aufzumachen.

Sie hätte gern gewusst, was in ihrer Mom vorging. Bisher waren sie immer umgeben von fremden Menschen gewesen, in deren Gesellschaft sie sich immer sehr verhalten, gefasst und zurückhaltend verhielt.

Sie war nie jemand, der aus der Haut fuhr oder vor Wut gegen etwas treten musste, um sich abzureagieren. Sie schluckte immer alles herunter, holte tief Luft und war wieder gefasst.

Mindy hingegen hätte aus lauter Frust gerne etwas kaputt gemacht oder laut geschrien.

Ihre Unterlippe begann zu zucken. Trotz allem vermisste sie ihren Dad. Sie vermisste ihre beste Freundin Nicole und sie vermisste Miguel. Sie brauchte seine warme, starke Umarmung und den Geruch seines Halses, in den sie sich vergrub, wenn sie sich an ihn schmiegte.

Sie vermisste ihr Zimmer und auch tatsächlich ihr Haus, auch wenn es für gewöhnlich immer eine gewisse Leere und Kälte ausgestrahlt hatte. Zumindest in letzter Zeit, wenn ihr Dad mal wieder viel Arbeit in San Francisco hatte und länger dort in seiner Zweitwohnung blieb.

Wenn ihre Mom sich in ihrer ehrenamtlichen Arbeit in der Kirche vergrub und ihr eigentlich nur die Gesellschaft der Haushälterin blieb. Jetzt war es hier in ihrer Baracke genauso ruhig und einsam. Allerdings genoss Mindy es hier gerade.

Es war in den letzten vierundzwanzig Stunden so viel passiert, dass es sie erleichtere, dass in der nächsten Stunde, bis ihre Mom es von Hope zurück zu ihrem Mobile Home geschafft hatte, nichts passieren würde. Trotzdem hatte Mindy das Verlangen sich zu bewegen, sich umzuschauen.

Sie setzte sich ihre Sonnenbrille von Dior auf, bevor sie von ihrem schattigen Platz raus in die immer noch blendende tiefstehende Sonne trat, die alles in ein orangefarbenes Licht tauchte. Der helle Schotter unter ihren Sandalen knirschte. Sie begutachtete jeden einzelnen der festinstallierten Wohnwagen. Die meisten standen leer, oder es waren einfach keine Menschen dort zu sehen.

Bei den wenigen Mobile Homes, die aktuell bewohnt waren, saßen einzelne Männer auf einfachen Gartenstühlen auf der Veranda. Und meistens wurde sie von diesen sehr auffällig beäugt. Sie passte hier absolut nicht ins Bild, das war ihr mehr als bewusst. In Los Angeles liebte sie die Aufmerksamkeit, wenn Jungs oder Männer sich nach ihr umsahen, wenn sie durch die Mall ging oder in Venice Beach am Strand entspannte.

Hier jedoch fühlte sie sich von den Blicken der Arbeiter unangenehm berührt und sie wurde automatisch schneller. Sie schämte sich auf eine sonderbare Art und Weise für sich selbst und für diese Männer gleichermaßen. Sie schämte sich dafür, dass sie so kurze Hotpants und eine sündhaft teure Sonnenbrille trug und die Männer zu viel Bier tranken und sie keinen Hehl daraus machten, dass Mindy es genau spüren sollte, wie die Blicke auf ihr hafteten.

Sie kam noch an weiteren Wohnwagen vorbei. In dem einen spielte ein kleines Kind südamerikanischer Abstammung. In dem letzten Mobile Home auf der rechten Seite, saß ein Pärchen auf seiner Veranda und aß gemeinsam zu Abend. Freundlich grüßte es Mindy mit einem europäischen Akzent, den sie nicht genau zuordnen konnte.

Dahinter gab es ein Gemeinschaftshaus mit einem Wäscheraum und einem weiteren, kargen Raum mit einem Billardtisch. Daneben surrte ein Getränkeautomat.

Sie nahm sich eine Cola aus dem Mittelfach.

Als sie wieder aus dem Raum nach draußen trat, kam sie an einer grünen Hecke vorbei und dahinter entdeckte sie doch tatsächlich einen kleinen, rechteckigen Pool.

Er hatte zwar nicht die gleiche paradiesische, türkise Farbe wie ihr Pool zu Hause und ein paar Fliesen der Außenkante fehlten bereits, trotzdem war es das erste Mal heute, dass sie sich über etwas freuen konnte.

Es gab noch ein paar einfache, weiße Plastikliegen, die schon ganz ausgeblichen waren, und ein paar weitere Gartenstühle.

Wenigstens etwas Mühe hatten die Besitzer sich mit dem Trailer Park gegeben und hatten anscheinend Wert darauf gelegt, dass die Arbeiter der Ranch, für die dieser Platz ja weitestgehend gedacht war, sich in ihrer Freizeit wohlfühlten.

Hinter dem Pool und dem Gemeinschaftsraum fing gleich der Zaun an, der den Trailer Park einrahmte.

Vermutlich, damit nachts keine wilden Tiere dort herumlaufen konnten.

Mindy war gerade im Begriff sich auf den Weg zurück zu ihrem Mobile Home zu machen, da entdeckte sie im Augenwinkel tatsächlich ein weiteres, an der Wand montiertes Münztelefon, wie das, was sie vorhin neben dem Mini Market gesehen hatte.

Sie hatte zwar wenig Hoffnung, machte aber ein paar Schritte auf das Telefon zu. Es schien zu funktionieren. Sie lief die wenigen Meter über den rauen Schotter zu ihrem Wohnwagen zurück, schnappte sich das Portmonee von ihrem Bett und lief zum Telefon zurück.

Sie musste sich beeilen, ihre Mom konnte jeden Moment aus Hope zurückkommen.

Sie kannte die Nummer von Miguel in- und auswendig.

Leider hatte er kein eigenes Handy. Das konnte er sich nicht leisten, weshalb sie immer über die Festnetzleitung telefonieren mussten.

Und es gab nur eine, die er sich mit seinen Eltern teilte.

Sie war nervös, als sie die Centstücke in den Schlitz warf und nach und nach die Zahlen eintippte.

Lange tutete es, sie glaubte schon, wieder kein Glück zu haben.

Dann raschelte es plötzlich und eine Frauenstimme rief fragend in den Hörer „Si, hola?"

Das war Miguels Mutter Conzuelà.

„Hallo Mrs. Rodriguez, hier ist Mindy." Mindy war so nervös, ihre Stimmte zitterte ein wenig.

„Mindy, Mindy, ¿Dónde estáis? Wir haben uns schon Sorgen gemacht. Wo bist du? ¿Qué ha pasado? Was ist passiert?"

„Das erkläre ich Ihnen später. Es ist alles ok, ich bin mit meiner Mutter auf dem Weg zu meiner Tante nach Alabama."

Mindy konnte förmlich sehen, wie Mrs. Rodriguez sich die Hand vor den Mund schlug.

„Oh, Dios mío, Alabama?", rief sie aus.

„Ist Miguel da?", fragte Mindy schnell, um seiner Mutter nicht noch mehr erzählen zu müssen.

„No, lo siento, leider nicht, er ist bei einem Freund, kann er dich zurückrufen?" In der Leitung erklang ein Piepen, das darauf hinwies, dass der eingezahlte Geldbetrag gleich aufgebraucht war und man gegebenenfalls weiterzahlen musste.

„Nein, das geht leider nicht. Mein Handy hat keinen Empfang hier."

Das erneute Piepen riss sie aus ihren Erklärungen und sie hatte im Portmonee keine weiteren Centstücke zum Nachwerfen.

„Ich melde mich wieder, Mrs. Rodriguez. Können Sie Miguel etwas ausrichten?"

„Si, Mindy, si."

Gerade wollte Mindy ansetzen, da veränderte sich der Piepton und die Leitung war unterbrochen.

Sie knallte den Hörer auf die Gabel zurück und lehnte sich mit der Stirn gegen die Hauswand. Es war zum Verzweifeln.

Hoffentlich hatte Mindy morgen die Gelegenheit, sich nochmals bei Miguel zu melden. Sie musste dringend einen Schein gegen ein paar Münzen eintauschen.

Vorne auf dem Schotterweg hörte sie ein Auto und Türenklappen.

Neugierig machte sie sich auf den Weg dorthin zurück. Es war tatsächlich ihre Mom, die aus einem staubigen, schwarzen Fahrzeug ausstieg. Dieses Mal war es ausnahmsweise kein Pick-Up sondern ein alter Toyota. Dieser parkte genau vor dem Wohnwagen neben ihrem. Ihre Mom lief um das Auto herum, mit zwei braunen Einkaufstüten in der Hand.

Aus der Fahrertür stieg ein Mann mittleren Alters, aber mit bereits leicht schütterem Haar, aus. Türen klappten erneut.

Als Deborah ihre Tochter entdeckte, winkte sie sie zu sich heran.

„Mindy, das ist unser Nachbar, Ian Brubaker. Ich habe ihn eben im Mini Market kennengelernt."

Mindy gab Mr. Brubaker die Hand. Gab es hier eigentlich nur Männer in diesem Ort?

„Wir kamen ins Gespräch, da stellte sich heraus, das Ian auch hier im Trailer Park wohnt und da hat er mir sofort angeboten, mich mitzunehmen."

„Vielen Dank noch mal dafür", wandte Debbie sich an Mr. Brubaker.

„Mit den schweren Tüten hätte ich Sie doch nicht das ganze Stück laufen lassen können. Es wird ja auch bald dunkel."

Er nahm Deborah die Tüten gleichzeitig aus der Hand, um sie ihr bis in die Küche zu tragen.

Mindy wunderte sich etwas über ihre Mom. Sie wäre normalerweise nie bei irgendwelchen Fremden mit ins Auto gestiegen. Und nun tat sie dies schon zum zweiten Mal innerhalb eines Tages. Aber Trampen war für sie trotzdem unmöglich. Mindy verdrehte die Augen.

August 1998, Hope, Arizona

Mindy stapfte den schier endlosen Schotterweg bis zum Highway. Es war mitten in der Nacht und aus der Ferne konnte sie bereits ein paar Lichter des Ortes und einige wenige Autos erkennen.

Sie konnte hier einfach nicht bleiben. Keine einzige Nacht würde sie es in diesem Loch, in diesem Mobile Home aushalten. Da konnten die Einwohner hier noch so gastfreundlich und hilfsbereit sein.

Mindy schleppte ihren vollgestopften Rucksack und ihr tat schon nach einer Meile die Schulter weh. Sie hatte ihrer Mom einhundert Dollar geklaut. Nicht zu viel, damit ihre Mom selbst auch noch klar kam in den nächsten Tagen, aber genug, um so weit wie möglich voranzukommen. Es war ein Kinderspiel gewesen, sich an ihrer schlafenden Mom vorbei zu schleichen.

Ohne Auto, ohne Handyempfang und ohne ihren Dad und Miguel – so ging das einfach nicht. Sie musste es einfach irgendwie zurück nach Los Angeles schaffen und herausfinden, wo ihr Dad war.

Was hatte ihre Mom sich auch dabei gedacht, sie einfach aus ihrer vertrauten Umgebung herauszureißen, aus ihrem Leben, aus ihren eigenen Plänen?

Eine Frau, die es hasste Auto zu fahren, will quer durchs Land fahren, durch sechs Bundesstaaten, von Kalifornien bis nach Alabama. Das konnte ja nur schiefgehen. Mindy würde es nicht einfach hinnehmen, hier jetzt, wer weiß wie lange, festzusitzen.

Sie war endlich am Highway 60 angekommen und tappte weiter am Grünstreifen entlang, einen Daum zur Fahrbahn hin ausgestreckt. Wenn hier schon kein Bus fuhr und die Einwohner Hope so gut wie nie verließen, musste sie die Dinge eben selbst in die Hand nehmen.

Für Mindys Mom gab es ja schließlich nur die eine Option, weiter in ihre alte Heimat zu fahren.

Mindy wusste, dass ihre Mom all die Jahre die Großstadt und den kalifornischen way of life nie schätzen gelernt hatte. Gefühlt seit Mindy denken konnte, hielt Deborah es Clark vor, sie damals Ende der siebziger Jahre einfach mir nichts dir nichts kurz nach der Hochzeit mit nach Los Angeles genommen zu haben. Nur wenige Autos waren um diese Zeit noch unterwegs. Manche hupten nur oder hatten laute Musik an und scherten sich gar nicht um das einsame Mädchen am Straßenrand. Andere brausten so dicht an ihr vorbei, dass Mindy einen Sprung zur Seite machen musste und ihnen hinterher schimpfte.

Sie würde erstmal zu Miguel fahren, er wusste ja immer noch nicht, wo sie war. Dann würde sie weitersehen. Wenn sie in den nächsten Stunden jemand mitnahm, sei es auch nur vorerst bis nach Palm Springs oder so, dann würde sie vielleicht schon morgen im Laufe des Tages in Inglewood eintreffen.

Je weiter sie Hope hinter sich ließ, desto dunkler wurde es und desto weniger Autos waren überhaupt unterwegs.

Aber sie hatte ja so lange warten müssen, bis ihre Mom schlief und um diese Zeit war es unauffälliger. Womöglich hätten sie sonst noch Mr. Cannaghan oder sogar Officer Dalton erwischt.

Aus der Ferne hörte Mindy wieder Motorengeräusche. Sie drehte sich um und brachte sich in Position. Ein paar riesige Trucks rauschten mit einem Affenzahn an ihr vorbei. Die Haare wirbelten ihr umher und Sandkörner flogen ihr ins Auge. Die grellen Scheinwerfer wirkten bedrohlich.

Ein weiterer, einzelner Truck brauste hinterher, verlangsamte aber seine Geschwindigkeit. Sollte Mindy wirklich so schnell Glück haben? Tatsächlich hielt der Truck mit lautem Zischen und Ächzen ein paar Meter hinter ihr an. Sie rannte zur Beifahrertür und das Fenster öffnete sich. Mindy stieg auf die erste Stufe, um in das Fahrerhaus zu linsen.

„Fahren Sie nach Los Angeles?"

„Ich fahr überall hin, Schätzchen," der dickliche Fahrer trug ein ausgewaschenes *Harley Davidson* Shirt und aß einen fettigen Burrito.

„Können Sie mich vielleicht mitnehmen?", fragte Mindy vorsichtig.

Der Schnauzbart des Mannes wackelte beim Kauen und er nickte, woraufhin er begann ein paar Gegenstände von dem Sitz neben ihm wegzuräumen. Mindy öffnete die riesige Tür. Sie hatte noch nie so hoch in einem Truck gesessen. Mindy kramte umständlich in ihrer Tasche, darauf bedacht, dass er nicht sah, wie viel Geld sie wirklich dabeihatte.

„Ich kann Ihnen fünfzig Dollar geben.“
Den Rest würde sie sicherlich noch brauchen, für etwas zu Essen oder einen Bus oder so.

„Klingt schon mal gut“, antwortete er undeutlich mit vollem Mund und setzte den Truck langsam in Bewegung.
Der Typ fuhr los und beäugte dabei immer abwechselnd seinen tropfenden Burrito und Mindy, wie sie dort neben ihm saß in ihrem Top und der Jeans mit dem ausgefransten Loch am Oberschenkel. *Was für ein widerlicher Kerl.*

„Ich hatte da aber eigentlich an was anderes gedacht“, er grinste und legte Mindy seine fleischige, fettige Hand auf ihren Oberschenkel. Mindy gefror das Blut in den Adern und sie stieß seine Hand weg. *Fuck.*

„Ey, was soll das?“
Das Gesicht des Fahrers verzog sich zu einer verärgerten Miene.

„Nun zier dich doch nicht so. Du willst was von mir und ich will dafür halt was von dir.“
Er betatschte ihren nackten Arm und Mindy riss sich gewaltsam los und der Truck fuhr Schlangenlinien.

„Du Schlampe, warum sonst stehst du dort nachts am Straßenrand herum?“
Während der Typ immer wieder versuchte, Mindy zu fassen zu bekommen und gleichzeitig die Spur zu halten, schlug sie ihm mit voller Wucht in den Magen.
Der Typ schrie auf und trat auf die Bremse, um nicht völlig die Kontrolle über das Fahrzeug zu verlieren.

„Ich bin doch keine Nutte“, kreischte sie ihn an und suchte zitternd nach dem Türöffner. Sie griff ihren Rucksack, die Tür flog auf und sie sprang auf die Fahrbahn, noch während der Truck ausrollte.

„Du bist ja völlig irre“, hörte sie den perversen Fahrer ihr noch hinterherschreien.

Wer ist hier bitte irre?

Sie wollte keine Sekunde verlieren. Beinahe wäre sie beim Sprung gestolpert, fing sich aber wieder und sprintete den Highway zurück Richtung Hope. Weit waren sie zum Glück noch nicht gefahren. Mindy schaute sich immer wieder um, ob der Typ ihr hinterher gelaufen kam. Aber dafür wäre er wohl zu fett gewesen.

Stattdessen hörte sie nur noch, wie der Truck wieder anfuhr und in entgegengesetzter Richtung davonfuhr.

Mindy wollte aber kein Risiko eingehen und lief immer weiter. Nicht, dass der Truck gleich noch wendete und sie verfolgte.

Es kam ihr vor wie eine Ewigkeit und ihre Lunge brannte. Als sie nichts mehr hörte außer ihren Herzschlag, verlangsamte sie das Tempo und marschierte zurück nach Hope.

Das war ja ein voller Erfolg.

Sie zitterte immer noch am ganzen Körper. Keine zehn Pferde würden sie wieder dazu bewegen, zu Trampen und bei irgendwelchen wildfremden Menschen ins Auto zu steigen.

Manchmal hatte ihre Mom vielleicht doch Recht.

Sie war schweißgebadet, als sie endlich das Ortsschild erreichte und auf den Schotterweg zum Trailer Park abbog. Sie hoffte, dass ihre Mom nicht aufgewacht war und ihre Abwesenheit bemerkt hatte.

Diesen nächtlichen Zwischenfall würde sie schön für sich behalten. Und sie würde sich wohl damit zufriedengeben müssen, vorerst in Hope zu bleiben. In den nächsten Tagen würde ihr schon etwas einfallen. Das hoffte sie zumindest.

Sechs Monate zuvor, Inglewood, Los Angeles

Mindy schleuderte ihre Schultasche auf den Rücksitz des Range Rovers. Heute hatte ihre Mom ihr das Auto geliehen, da Mindy vorgegeben hatte, damit nach der Schule noch in die Bibliothek fahren zu wollen. Es war total nervig, dass sie kein eigenes Auto besaß. All ihre Freunde hatten eines zum sechzehnten Geburtstag bekommen, nur Mindy nicht. Ihre Mom hatte darauf bestanden, dass sie erst eines bekommen sollte, wenn sie volljährig war. Immerzu musste ihre Mom sich den Konventionen der High Society widersetzen und und sich zwanghaft an irgendwelche Prinzipien und an ihre altmodischen Regeln klammern. Nie wollte sie nach den Regeln spielen, die in Brentwood Park vorherrschten. Und dann wunderte sie sich, warum sie manchmal komische Blicke oder Bemerkungen ernteten.

„Habt ihr das auch von den McStaffords gehört...?"

Das Auto war von der Mittagssonne völlig überhitzt und Mindy ließ zügig die Fenster herunter, damit Luft hereinkam. Für Februar war es ungewöhnlich heiß heute.

Röhrend düste sie über den Vorplatz der Brentwood Private High School, ihre Lieblingssongs im CD-Player laut aufgedreht. Nicole winkte ihr von den Treppen des Eingangsbereichs und sie fuhr an den Footballfeldern vorbei, wo einige ihrer Klassenkameraden noch nachmittags Training hatten. Sie hörte die fernen Rufe der Anweisungen des Trainers.

Ein paar jüngere Schüler schauten ihr und dem Range Rover neidisch nach. Auch sie würden sicherlich in ein bis zwei Jahren ihren eigenen Wagen geschenkt bekommen.

Mindy bog auf die Main Road ab und atmete auf. Endlich Schulschluss, endlich frei. Dieses High School-Jahr machte sie fertig. Und das letzte stand ihr erst noch bevor. Wer glaubte, dass es auf einer privaten High School anders zuging, als auf einer öffentlichen High School, der lag total daneben. Meistens wurde man schon zu Anfang als Freshmen kategorisiert. Bist du schön? Bist du schlau? Bist du hipp oder ein Nerd? Bist du ein Freak oder eine Tussi? Sportler? Macho? Partygirl? Kumpeltyp? Aber wer glaubte, er könne selbst bestimmen, was er war oder sein wollte, der irrte sich schon wieder. So etwas entscheidete man nicht selbst. So etwas entschieden die anderen. Sie entschieden, was du bist und wie du die nächsten vier Jahre abgestempelt wirst.

Mindy hatte Glück. Sie war nicht gerade hässlich und sie hatte von Anfang an Brad als guten Freund, den sie schon aus der Junior High kannte. Brad war Footballspieler und ein Jahrgang über ihr. Das war immer gut mit Footballspielern und mit Älteren befreundet zu sein.

Brad würde bereits dieses Jahr aufs College gehen.

Nicole flogen die Typen nur so zu. Das war zwar manchmal schlecht für Mindy, wenn man so im Schatten seiner besten Freundin stand, aber immerhin war sie somit immer da, wo was abging oder die nächste Party stieg.

Um es kurz zu fassen, konnte man sagen, dass Mindy auf jeden Fall zu den Angesehenen gehörte.

Das konnte einen zunächst glücklich schätzen, da es sich dann relativ entspannt lebte, was den High School-Alltag anbelangte, aber genau das war es auch, was Mindy manchmal in den Wahnsinn trieb. Dieses Spielen einer Rolle.

Sie konnte nicht einfach vor einer Party vor ihrem Kleiderschrank entscheiden, doch lieber das Nirvana-Shirt anzuziehen, das sie sonst nur zum Schlafen trug, da sie die Musik eigentlich auch ganz cool fand. Aber dann hätte man sie von allen Seiten schräg angeguckt und gesagt, sie solle sich doch zu den *Grungies* verpissen, die immer im Skaterpark abhingen.

Wenn sie plötzlich einen Rock von The Gap trug, fragte sich jeder, ob ihr Alter bankrott sei und sie bald auf eine öffentliche High School absteigen musste.

Und bei den Projektarbeiten in Naturwissenschaften musste man aufpassen und sich schnell den richtigen Partner suchen, damit man am Ende nicht mit dem Super-Nerd zusammenarbeiten musste. Das brachte einem zwar meistens ein bis zwei schlechtere Noten in den Arbeiten, aber immerhin mehr Anerkennung. Es war nervenaufreibend. All diese unausgesprochenen

Regeln, die jeder kannte und befolgte, um einigermaßen unbeschadet die vier Jahre zu überstehen. Danach auf dem College wurden die Karten wieder neu gemischt und man hatte noch eine letzte Chance sich vom hässlichen Entlein zum beliebten Collegemädchen zu wandeln. Oder sich als Tussi statt nur für Make-Up doch noch etwas mehr für den Naturschutz und Klimawandel zu interessieren. Aber das war erst nächstes Jahr. Das lag noch in weiter Ferne. Noch überlegte Mindy, für welche Colleges sie sich bewerben sollte.

Ihre Mom lag ihr damit schon eine ganze Zeit in den Ohren. Sie wollte natürlich, dass Mindy in der Nähe blieb, aber Mindy wollte gern nach Berkeley oder sogar an die Ostküste. Einfach mal weit weg sein, von allem. Von ihrer Mom, von den Streitereien ihrer Eltern und dem ganzen Schickimicki-Getue hier in Brentwood Park. Das wäre schön. Aber dann dachte sie wieder an all ihre Freunde hier, an das bessere Klima. Und natürlich dachte sie dabei auch an Miguel.

Mindy setzte ihre Sonnenbrille auf und bog nach rechts ab.

Schon so oft hatte sie die Bibliothek als Alibi angegeben. Sie glaubte zwar nicht daran, dass ihre Mom ihr nachspionierte, aber sicherheitshalber parkte sie immer auf den Parkplatz der Bibliothek, um dann zu Fuß noch etwas über eine Meile bis nach Inglewood zu Fuß zu laufen.

Ihr Weg führte sie an der schier endlosen, vierspurigen Manchester Avenue bis zum Manchester Boulevard entlang. Vorbei an unzähligen Autos, die hupten und die Luft mit Abgasen verpesteten. Vorbei an *Walgreens*, *Pizza Hut* und *Trader Joe's*.

Dann bog sie in die kleinere Oak Street ein, in der nur einzelne, kleinere Einfamilienhäuser standen, gelb, weiß oder terracotta-farben, eng aneinandergereiht, aber jedes mit seinem eigenen Vorgarten und einem eigenen Parkplatz.

Der Lärm der Straße verstummte.

Kinder kamen von der Schule heim, Männer und Frauen gingen mit Hunden spazieren oder joggten einmal um den Block bis in den nächsten Park. Es roch nach mexikanischer Küche.

Mindy öffnete die Pforte zum Haus Nr. 1042 und ging direkt

ums Haus herum zum Garten. Der deftige Geruch kam immer näher und ihr Magen knurrte.

Im Schatten unter einer Palme entspannte Miguel, er hatte seine Baseballcap tief ins Gesicht gezogen, damit die Sonne ihn nicht blendete. Mindy schlich sich leise heran und gab ihm einen leichten Kuss auf die Cap.

Miguel richtete sich auf und blinzelte in die Sonne.

„Hola Chica, da bist du ja", er gab ihr einen Kuss.

Mindy spürte die Wärme, die er ausstrahlte und seine schwarzen, glänzenden Haare kitzelten sie an der Wange, als er sie umarmte und ein paar Sekunden festhielt.

Manchmal wünschte Mindy, solche Momente könnten eine Ewigkeit dauern.

Sie waren jetzt etwa drei Monate zusammen, aber es fühlte sich immer noch so besonders an, als wäre es das erste Mal, dass sich seine gebräunten Arme um sie legten.

Miguel war bereits dreiundzwanzig und er arbeitete bei einer Straßenbaufirma. Dort hatte er direkt nach der High School angefangen. College kam für ihn nicht infrage. Das konnten sich seine Eltern auch gar nicht leisten.

Sein Dad arbeitete als Taxifahrer, seine Mum putzte abends in einem Supermarkt. Das Haus hatten Sie vor einigen Jahren gekauft. Sie lebten schon lange hier in Los Angeles, aber Miguel war in La Paz in Mexiko geboren.

Seine Eltern sprachen nur flüchtig englisch und oft musste Miguel zwischen ihnen und anderen vermitteln.

Er hatte eine jüngere und eine ältere Schwester. Beide lebten ebenfalls dort und unterstützten die Eltern im Haus und finanziell.

Der Tisch im Hinterhof war bereits üppig gedeckt mit durcheinander gewürfelter Keramik mit ethnischen Mustern und bunten Farben. Miguels Mom hatte alle Zutaten zum Belegen der Quesadillas in kleinen Schälchen und Schüsseln auf dem Tisch verteilt. Mindy lief bereits das Wasser im Mund zusammen. Hier schmeckte ihr das Essen immer viel besser als zu Hause, wenn sie schweigend mit ihrer Mom am langen Glastisch im Wintergarten saß. Es herrschte nie solch eine warme Atmosphäre wie hier.

Die familiäre, liebevolle Art und wie sie sich mit einfachen Mitteln so ein gemütliches Zuhause geschaffen hatten, ließen Mindy immer wieder neidisch werden. All das stellten die materiellen Dinge bei ihr zu Hause immer wieder in den Schatten. Sie fragte sich jedes Mal, wie wohl Miguel über ihr Viertel und ihr Haus, ihre Haushälterin, die ebenfalls Mexikanerin war, und die Einrichtung denken würde.

Er war bisher noch nie dort gewesen. Immer wieder hatte er danach gefragt, aber Mindy wusste, dass das keine gute Idee war. Nicht ohne Grund hielt Sie die Beziehung geheim.

Nur Nicole wusste davon, was Mindy an dem einen oder anderen Nachmittag nach der Schule trieb, wenn sie vorgab in die Bibliothek oder ans Meer oder in die Mall zu fahren. Manchmal fragte sie sich, wie naiv ihre Mom eigentlich war.

Aber in einem war sie sich sicher. Ihre Mom hätte niemals akzeptiert, dass Mindy bereits einen Freund hatte, der dazu noch so viel älter war, als sie. Und dann noch einen aus der Stadt und nicht von ihrer Schule. Und dann noch einen Mexikaner aus einfachen Verhältnissen.

Wenn es nach ihrer Mom ginge, dann würde sie sich sicherlich freuen, irgendwann Brad ihren zukünftigen Schwiegersohn nennen zu dürfen. Immerhin kannten er und Mindy sich bereits seit sie sechs Jahre alt waren, und hatten früher viel zusammen unternommen.

Immer, wenn Brad sie mal von zu Hause für die Schule abholte, war er der lupenreine Gentleman, mit Polohemd und Chinohose, der mit ihrer Mom scherzte, während er Mindy die Tasche abnahm.

Aber was ihre Mom nicht wusste, war, dass er sich jedes Wochenende fast besinnungslos trank, in fremde Pools pinkelte und sich immer wieder eine Eifersuchtsszene von Zoey einfing, weil er es einfach nicht lassen konnte, auf Partys mit anderen rumzumachen. Klar, sie mochte Brad, er hatte Humor und sie verstanden sich blind, da sie sich schon so lange kannten. Aber da waren absolut keine Gefühle in ihr. Nur manchmal befürchtete sie, dass Brad anders darüber dachte.

Aber alle spielten immer wieder ihre Rollen in der High School. Nicole als hübsches Brentwood Park-Mädchen, das mehr Wert auf Äußerlichkeiten legte als auf gute Noten und sich jedes Wochenende auf Partys herumtrieb und Typen anbaggerte. Und Brad als Draufgänger und Mädchenschwarm. Vor anderen war Brad aber eben der Traum einer jeder Schwiegermutter. Und Mindy? Ja, was war Mindy eigentlich, wenn sie ehrlich war?

Gefangen in der Rich-Kid-Blase mit Sweet-Sixteen-Partys und Schulbällen und eigenem Pool. Gefangen, um dort für ein paar Stunden in der Woche auszubrechen in das normale, echte Leben. In die Welt von Miguel, in der sich jeder alles vom Mund absparte und alle dennoch glücklicher waren, als ihre Eltern oder ihre Freunde es je sein würden, egal wie viel sie besaßen.

Das brachte Mindy immer wieder so durcheinander und manchmal wäre sie am liebsten einfach dortgeblieben. In Inglewood bei Miguel, am Tisch mit seiner Familie und dem Essen, das so unfassbar gut roch. Niemand hätte gewusst, wo sie war. Selbst Nicole kannte nicht die genaue Adresse oder Miguels vollen Namen.

Los Angeles hätte sie einfach so verschluckt und sie hätte sich mit Miguel ein eigenes Leben aufbauen können.

Dieser Gedanke ließ sie immer wieder ein bisschen zusammenzucken und sie lächelte Miguel gedankenverloren von der Seite an. Aber natürlich wäre das schwierig, bevor sie volljährig war. Und das dauerte noch einige Monate.

-

Nach dem Essen gingen sie und Miguel noch etwas spazieren und zu Randys Donuts essen, wo er sie auf einen Milchshake einlud. Obwohl sie immer wieder darauf beharrte, ihn einzuladen, wollte er ihr immer alles selbst ermöglichen und das fand sie so paradox. Während sie dabei war, ihre goldene Kreditkarte zu zücken und er noch nicht einmal eine besaß. Das machte sie manchmal so unendlich traurig und zugleich so glücklich, dass sie sich gegenseitig genau so liebten, wie sie waren. Kei-

nen interessierte der soziale Stand des anderen. Sie wollte endlich echt sein, sie selbst sein, gemeinsam mit Miguel und nicht
in dieser falschen Gesellschaft bleiben und dort womöglich für
immer festsitzen. Sie saßen sich auf der quietschenden Sitzbank
im Randys gegenüber, er hielt ihre Hand in seinen warmen
Händen und Mindy flüsterte: „Lass uns zusammen abhauen."

August 1998, Hope, Arizona

Ian Brubaker klopfte an Mindys und Deborahs Tür des Wohn-wagens. Deborah öffnete die Tür und Ian streckte ihr ein Strauß wildgepflückten Goldmohn entgegen.

Deborah war etwas verlegen und nahm den Strauß entgegen.

„Danke, aber wofür...?"

„Alles Gute zum neuen Job", lachte er, ebenfalls etwas verlegen und beobachtete Deborah wie sie umständlich nach einem Gefäß für den Strauß suchte. Letzten Endes musste ein Kochtopf herhalten.

„Ach", winkte Deborah ab. „Es ist doch nur eine kleine Aushilfs-arbeit und ohne Ihre Hilfe hätte ich den Job doch gar nicht bekommen", versuchte sie es klein zu reden.

„Hab ich doch gern gemacht. Aber ich dachte, ein bisschen Farbe könnten Sie in Ihrem kleinen Heim noch gebrauchen." Ian stand immer noch etwas unbeholfen in der Eingangstür.

„Vielen Dank, das ist sehr nett von Ihnen. Sie können mich übrigens gern Deborah nennen", gestattete sie ihm.

Ian war überrascht und rumpelte ins Innere des Wohnwagens, um ihr der Form halber die Hand zu geben.

„Ian. Aber das wussten Sie ja bereits. Ach, ich meine natürlich *Du*."

Ian arbeitete, wie sehr viele andere Bewohner Hopes auch auf der Ranch. Sie bot ein sehr vielseitiges Angebot an unter-schiedlichsten Jobs. Es gab Feldarbeiter, Aufseher, Viehtreiber und Reitlehrer, Stallburschen und sogar echte Cowboys. Zumindest hielt Deborah sie für solche.

Als sie und Mindy vor zwei Tagen gemeinsam mit Ian dort gewesen waren, herrschte reges Treiben. Auf den Weiden grasten die Kühe und Bullen an den wenigen Sträuchern. Pferde wurden an der Trense über den Hof geführt und ein Truck wurde mit allerhand Gemüse beladen.

Die Ranch und die dazugehörende Landwirtschaft waren die Haupteinnahmequelle von Hope, erklärte Ian. Alles hing jedes Jahr von einer guten Ernte ab. Und von den zusätzlichen Einnahmen, die sie mit den Touristen verdienten, die auf der

Ranch Urlaub machten, um ein richtiges Gefühl des Wild Wests zu bekommen.

Es gab Nachtwanderungen in die Wüste, Reitunterricht für die Kinder und sogar eine Bullriding-Show in der Hauptsaison.

Deborah war beeindruckt von dem stattlichen zweistöckigen Anwesen aus Holz und der großen rund herum führenden Veranda. Auf dem Türmchen in der Mitte des Daches wehten die Stars & Stripes im warmen Wind.

Drum herum wuchsen sogar allerhand Bäume und einige Grünflächen waren sorgsam angelegt. In dem weiten, kargen Land wirkte es beinahe wie eine kleine Oase.

Es gab noch einzelne Nebengebäude. Die Ferienwohnungen für Touristen sowie die Stallungen und Vorratsschuppen und Scheunen. All das erstreckte sich sehr weitläufig über mehrere Hektar und lief in endlosen Weiden aus.

Deborah gefiel die Atmosphäre hier und wie alle emsig dazu beitrugen, dass der Betrieb der Farm reibungslos verlief. Jeder wusste genau, was er zu tun hatte.

Ian hatte beim Besitzer ein gutes Wort für Deborah und Mindy eingelegt und nun waren sie zu dritt auf dem Weg dorthin. Im Haupthaus befand sich das Büro. Dies sah ähnlich rustikal und patriotisch aus wie das des Officers neulich. Und auch hier hatte Deborah ein Deja Vú, denn der Farmbesitzer saß genauso hinter seinem opulenten Holzschreibtisch in einem schweren knartschenden Ledersessel wie Officer Dalton, mit einem Cowboyhut auf dem Kopf und schweren Reitstiefeln.

Es ging alles ziemlich schnell, da Ian ihr schon allerhand Details im Vorfeld erklärt hatte, und Mr. Garcia ein äußerst pragmatischer Mensch ohne große Worte war. „Wer fleißig sein und sich nützlich machen will, soll in Hope auch Arbeit bekommen", war seine Aussage, bevor die Abmachung durch einen einfachen Handschlag besiegelt wurde.

Ihre Stärken sah Deborah im Kochen sowie in der Organisation und sie erwähnte ihre ehrenamtlichen Arbeiten in der Kirche. Somit hatte Deborah nun einen Job in der Küche, wo für die Farmarbeiter täglich das Mittagessen gekocht wurde. So einfach war das. Von elf Uhr bis drei Uhr nachmittags sollte sie nun ab dem nächsten Tag arbeiten. Es war lange her, dass Deborah einen festen Job hatte.

Sie waren fast aus der Tür, da drehte sich Mindy noch einmal zu Mr. Garcia um.

„Ich würde auch gern arbeiten. Haben Sie auch einen Job für mich, Sir?"

Deborah fiel alles aus dem Gesicht, doch Mindy ignorierte sie und stemmte selbstbewusst ihre Hände in die Hüften.

Mr. Garcia grübelte eine Weile und betrachtete Mindy von oben bis unten. Scheinbar überlegte er, worin ihre Stärken lagen. Dann entfuhr ihm ein kleines Schnauben und sein angegrauter Schnauzbart zuckte.

„Na gut", beantwortete er sich seine scheinbar selbst gestellte Frage. „Du kannst beim Ausmisten helfen. Bei der Scheiße hier kommt keiner hinterher."

-

Mindy versuchte, sich ihren Unmut über den ihr zugeteilten Job nicht anmerken zu lassen. Job war Job. Und Geld war Geld.

Sie wollte nicht länger abhängig von ihrer Mom sein. Wer weiß, wie lange es dauern würde, bis sie das Auto reparieren lassen konnten. Und was war dann der nächste Schritt? Endlich zu Tante Suzy ins hinterwäldlerische Alabama zu fahren, um dann dort festzusitzen? Das würde Mindy sich nicht antun. Sie musste selbst genügend Geld zusammenbekommen, um wieder zurück nach Los Angeles zu kommen. Oder dahin, wo es sie und Miguel hin verschlagen würde, sobald sie wieder vereint waren. Nach dem nächtlichen Desaster von vor zwei Tagen, musste sie eben umdenken. Mit mehr Geld ließ sich auch mehr erreichen. Vielleicht konnte sie ja jemanden aus Hope bestechen, sie hier raus zu bringen.

Natürlich würde sie das ihrer Mom so niemals verraten. Sie würde sie im Glauben lassen, ebenfalls etwas zum täglichen Leben und der Reparatur beisteuern zu wollen.

Während ihre Mom gerade ihren ersten Arbeitstag bestritt,

nutzte Mindy die Gelegenheit, sich erneut zum Münztelefon zu schleichen. Sie hatte sich bei Ian ein paar Centstücke geliehen. Dieses Mal gleich ein paar mehr, damit sie mehr Zeit für ein längeres Telefonat hatte.

Heute war ein Samstag, Miguel müsste also zu Hause sein.

Wieder war sie nervös, als sie eine Münze nach der anderen in den Schlitz steckte. Sie hatten sich nun fast eine Woche nicht gesehen und sie hatte keine Ahnung, wie er reagieren würde.

Wieder ertönte das Freizeichen eine halbe Ewigkeit lang, dann nahm jemand ab.

„Hallo, hier bei Rodriguez." Es war Miguel. Mindy rutschte das Herz in die Hose, als sie seine raue Stimme hörte.

„Miguel, ich bin es", brachte sie nur hervor, fast flüsternd, als hätte sie Angst, dass jemand anderes hier auf dem Platz sie hören konnte.

„Mindy", rief er aus. „Wo steckst du, was ist passiert? Meine Mom hat mir gesagt, du bist in Alabama?" Er wirkte aufgeregt und durcheinander.

„Ja, ich meine, nein. Wir waren auf dem Weg dorthin – ich und meine Mom. Aber wir hatten eine Panne und sitzen in Arizona fest. Miguel, ich hab nicht viel Zeit. Ich rufe von einem Münztelefon aus an."

„Wieso hast du mir nicht gesagt, dass ihr wegfahrt?"

„Das konnte ich nicht. Es ging alles so schnell. Mein Dad ist untergetaucht und unser Haus wurde innerhalb vierungszwanzig Stunden gepfändet. Wir mussten da raus und Moms Schwester lebt in Alabama."

Miguel wirkte immer noch sehr verwirrt.

„Was ist mit deinem Dad? Ich verstehe nicht, wieso bist du nicht zu mir gekommen?"

„Ich konnte doch meiner Mom nicht von dir erzählen. Ich musste erst mal mit ihr gehen. Ich dachte, danach wird sich schon alles ergeben", jammerte Mindy.

„Vielleicht solltest du dieses Versteckspiel endlich mal beenden und ihr von mir – von uns – erzählen", gab Miguel gekränkt zurück.

„Du weißt, das würde alles kaputt machen", rechtfertigte sich

Mindy. Dann herrschte Stille am anderen Ende der Leitung.

„Mig, du musst mich hier raus holen. Ich brauche dich. Wir hatten doch unseren Plan."

„Und wie stellst du dir das vor? Wo bist du noch gleich? In Arizona? Ich habe kein Auto. Ich muss arbeiten. Du musst zurückkommen."

„Ich werde Geld zusammenkratzen und nach Los Angeles kommen und dann hauen wir ab noch bevor der Sommer vorbei ist, so wie es geplant war", versprach Mindy.

„Was ist mit eurem ganzen Geld passiert?"

„Die Bank hat alle Konten gesperrt, wir haben nichts mehr und unser Auto ist kaputt."

Wieder begann das Telefon den Signalton von sich zu geben.

„Miguel, wir müssen aufhören, das Telefonat ist gleich beendet."

„Wie kann ich dich wieder erreichen?"

„Gar nicht, ich melde mich, sobald sich was getan hat und ich wieder telefonieren kann."

„Okay." Miguel klang resigniert. Wieder der Signalton.

„Ich liebe dich, Mig", flüsterte Mindy.

Dann war das Gespräch erneut abgebrochen.

Mindy schlug wütend den Hörer auf die Gabel, ließ sich an der Wand hinabsinken und begann zu weinen.

Zwei Monate zuvor, Brentwood Park & Inglewood, Los Angeles

„Scott oder Marc?" Nicole linste durch ihre verspiegelte Sonnenbrille und beobachtete von der Zuschauertribüne aus, wie die beiden Jungs hinter dem weit weg fliegenden Football hinterherhechteten.

„Scott", murmelte Mindy hinter ihrem Modemagazin und blätterte gedankenverloren ein paar Seiten weiter. „Er ist der schnellste Läufer im Team."

Nicole winkte ab. „Ich meine doch nicht, wer das Rennen macht. Ich meine, wen ich nachher auf der Party ansprechen soll."

Mindy verdrehte hinter ihrer Sonnenbrille die Augen. Nicole ging ihr mit ihren Jungsgeschichten auf die Nerven.

„Ach so. Dann Marc. Scott passt nicht zu dir." Er ist zu aufrichtig, ergänzte Mindy in Gedanken.

Nicole stimmte ihr zu. „Hast Recht, also Marc." Sie strich sich die Haare glatt und überkreuzte die Beine, so als ob die beiden Jungs sie gerade beobachten würden. Dabei hatten diese nur Augen für das Spiel.

„Wann holst du mich nachher ab?", wollte Mindy wissen.

„Um zehn?", schlug Nicole vor.

Zehn Uhr sollte passen, überlegte Mindy. Meist ging ihre Mom früh zu Bett, auch an einem Freitag.

„Denk daran, vorne an der Straße zu halten, damit meine Mom den Motor nicht hört."

„Ja, ja", erwiderte Nicole genervt. „Du solltest deine Mom endlich mal in den Griff bekommen."

Das hatte hoffentlich bald alles ein Ende. Das Schuljahr war so gut wie durch, sie wartete nur noch auf ihre Prüfungsergebnisse. Dann waren endlich Ferien und sie konnte viel Zeit mit Miguel und den Vorbereitungen beginnen.

Noch bevor das neue Schuljahr beginnen würde, wären sie gemeinsam über alle Berge.

Mindy stand vor dem Spiegel und überlegte, ob sie pink- oder rosafarbenen Lippenstift auftragen sollte.

Durch ihr Zimmerfenster konnte sie sehen, dass ihre Mom noch immer unten im Wohnzimmer saß und Fernsehen schaute. Es war schon gleich zehn Uhr. Notfalls musste Mindy sich durch die Garage hinausschleichen.

Diese Party war tatsächlich wichtig. Es war vermutlich die Letzte vor den Sommerferien. Alle Schüler ihres Jahrgangs und des Abschlussjahrgangs würden dort noch einmal zusammenkommen, bevor sie sich über das ganze Land an den unterschiedlichsten Universitäten verstreuten. Und Mindy würde viele ihrer Freunde den ganzen Sommer nicht mehr sehen. *...Vielleicht nie mehr wiedersehen.*

Und ihr wurde bewusst, wie wenig Zeit ihr noch blieb, bevor sie endlich mit Miguel abhaute. Von manchen Mitschülern wollte Mindy sich auf jeden Fall noch verabschieden. Auf andere konnte sie hingegen gut verzichten.

Mindys Handy vibrierte. Nicole wartete bereits draußen auf sie. Mindy schnappte sich ihre kleine schwarze Handtasche und nahm ihre High Heels in die Hand, um barfuß und so leise wie möglich die Marmortreppe hinunterzuschleichen.

Es war wirklich erbärmlich, dass sie solch ein Versteckspiel mit ihrer Mom treiben musste. Aber bei ihr ging gar nichts, bevor sie volljährig war und das dauerte noch über ein halbes Jahr.

Mindy sah immer noch ein flimmerndes Licht aus dem Wohnzimmer, also musste sie sich durch den Nebeneingang in die Garage schleichen.

Vorsichtig öffnete sie die Tür und dabei fiel ihr das Handy aus der Hand auf den Steinboden. Es gab ein unfassbar lautes Geräusch und Mindy zuckte zusammen. Einige Sekunden verharrte sie in ihrer Position, um abzuwarten, ob die Luft rein war. Dann die Enttäuschung.

„Mindy?", hörte sie es aus dem Wohnzimmer rufen.

Na toll. Sie biss sich auf die Lippe.

Schnell ließ sie ihre Handtasche und ihre Schuhe in der Abstell-kammer verschwinden. Ihre Mom kam um die Ecke.

„Was hast du vor? Ich dachte, du bist in deinem Zimmer?"

„Ich wollte noch eine Runde spazieren gehen. Es ist noch so mild. Ich brauche etwas frische Luft."

„Um diese Zeit?" Ihre Mom wirkte skeptisch und beäugte die Aufmachung ihrer Tochter.

„Mindy, wenn du glaubst, ich wüsste nicht, was heute Abend stattfindet, dann irrst du dich."

„Na, wenn du das so genau weißt, dann solltest du ja vielleicht verstehen, wie wichtig dieser Abend heute für mich ist. Bald sehe ich meine Freunde lange nicht oder gar nicht mehr wieder." *Und dich auch nicht.*

„Ich weiß doch genau, wie solche Partys sind. Da wird rum-gemacht, sich ins Koma getrunken und schreckliche Musik gehört."

„Ja, Mom, ich weiß, aber bitte lass mich gehen. Nicole und Brad sind auch da." Das zog meistens. Ihre Mom hielt die beiden immer für sehr verantwortungsbewusst. Wenn sie wüsste. Deborah haderte mit sich selbst und atmete einmal tief ein und wieder aus.

„Um Mitternacht bist du wieder hier. Und keinen Alkohol!"

„Ja, Mom." Ohne lange zu zögern, dass sie es sich vielleicht doch noch anders überlegte, schnappte sie sich ihre Handtasche aus dem Abstellraum und griff statt der High Heels doch lieber zu den Ballerinas. Mit solchen Schuhen hätte Deborah sie definitiv nicht aus dem Haus gelassen.

-

Das Haus, in dem die Party stattfand, gehörte irgendeinem Mit-schüler, den sie nicht wirklich kannte und dessen Eltern übers Wochenende weggefahren waren. Aber alle waren da. Alle aus ihrem Jahrgang und auch einige auserwählte Jüngere sowie ein paar Absolventen aus dem letzten Jahr.

Die Bässe wummerten aus allen geöffneten Fenstern und es war bereits brechend voll. Die meisten hatten sich draußen im Garten um den Pool verteilt, es wurde gerufen, gelacht und Gläser und Flaschen klirrten.

Hier und da wurden die beiden aus dem Augenwinkel freudig begrüßt, aber Mindy und Nicole bahnten sich erst mal einen Weg ins Haus. Dort chillten die Leute auf den Sofas im Kaminzimmer oder quatschten in der Küche, obwohl man auch hier sein eigenes Wort kaum verstehen konnte.

Sie fanden Zoey und Brad und gesellten sich zu ihnen. Brad war wieder bereits ziemlich angetrunken und tanzte merkwürdig zu dem Techno-Sound.

Nicole hielt Ausschau nach Marc und genehmigte sich bereits einen Drink, um sich etwas lockerer zu machen.

Mindy wusste zwar nicht genau, was es jetzt noch brachte, jemanden anzuflirten, den man eh gar nicht wiedersah. Nicole blieb ja in Los Angeles, aber Marc ging soweit sie wusste nach Harvard.

Aber wahrscheinlich war genau das der Reiz an der Geschichte. Noch einmal ohne Verpflichtungen eine kleine Romanze und danach ging jeder seinen Weg.

-

Nicole war irgendwo in der Menge untergetaucht. Mindy sprach mit ein paar älteren Schülern des Abschlussjahrgangs über ihre Urlaubsziele für den Sommer und über die Colleges, auf die sie gingen. Für welche Kurse sie sich eingeschrieben hatten und ob sie schon ein Zimmer im Studentenwohnheim hätten. Alle waren so stolz auf ihre Aufnahmen und den neuen Lebensabschnitt.

Einen neuen Lebensabschnitt hatte Mindy ja auch vor sich. Aber das wusste hier ja niemand. Das blieb ihr kleines Geheimnis. Aber was in einem Jahr sein würde, das konnte sie sich jetzt noch nicht vorstellen. Aufs College würde sie wohl nicht gehen, wenn sie sich mit Miguel woanders ein neues Leben aufbaute. Das konnten sie sich ja gar nicht leisten.

Mindy trank ein Bier. Sie wusste, dass sie Nicole später definitiv nach Hause fahren musste. Sie hatte Marc tatsächlich im Getümmel gefunden und wich ihm nicht mehr von der Seite.

Sie trat nach draußen in den Garten und tanzte ein bisschen zur Musik. Ganz für sich allein. Sie genoss diesen kurzen Augenblick. Neben ihr sprang eine Gruppe lauthals juchzend in den Pool.

Dann spürte sie, wie jemand sie am Arm fasste. Sie öffnete die Augen und schaute in Brads Gesicht. Sie konnte in seinen Augen sehen, dass er bereits viel zu viel getrunken hatte.

„Komm mal mit, Mindy", umständlich beförderte er sie am Arm haltend durch die wabernde Menge, etwas abseits in die Nähe eines kleinen Teichs. Er stolperte einige Male über seine eigenen Füße, während sie durch das hochgewachsene Gras liefen.

„Brad, was ist denn los?", rief Mindy gegen den nun etwas abebbenden Lärm an.

„Mindy", er atmete tief ein, um weit auszuholen. „Ich bin bald weg an der Brown. Und du bleibst hier in L.A."

Wenn der wüsste. Mindy nickte nur verwirrt und etwas genervt, weil Brad so betrunken war. Sie konnte sich nicht immer wieder um ihn kümmern. Wie in all den letzten Jahren, wo sie sich als beste Freundin dazu verpflichtet gefühlt hatte, ihn nach Hause zu fahren, oder ihm Wasser zu bringen, nachdem er sich wieder einmal am Strand die Seele aus dem Leib gekotzt hatte.

„Ich kann hier heute nicht weggehen, ohne dir zu sagen, dass ich dich liebe. Die ganze Zeit über. Da warst immer nur du, seit wir uns kennen und..."

Mindy wollte etwas erwidern, aber sie war zu überrumpelt. Sie konnte seine gelallten Worte kaum verarbeiten, da hatte er ihr bereits seine Lippen auf ihren Mund gedrückt. Sie schmeckten nach Bier und Schnaps.

Mit solch einem Geständnis hatte sie heute nun wirklich nicht gerechnet. Und sie wusste nicht, wie viel davon wirklich ernst gemeint oder dem Alkohol geschuldet war. Mindy wollte sich gerade von ihm losreißen, da kam ihr ein schriller Schrei zuvor, der auch Brad zurückzucken ließ.

„Braaad?", Zoey kam völlig aus dem Häuschen und mit vernichtender Miene auf die beiden zu. „Ich glaub, ich spinne. *Ihr beide*? Direkt vor meinen Augen? Wie konnte ich bloß so blind sein?"

Wieder versuchte Mindy, etwas zu erwidern. „Zoey, das stimmt doch gar nicht..."

„Und Mindy – das hätte ich von dir nun wirklich nicht erwartet. Wie kannst du nur? Mit *meinem* Freund?"

„So war das doch gar nicht, ich hab doch gar nicht...."

„Dir reicht Miguel wohl nicht, was?", zeterte Zoey.

„Was?" Jetzt war Mindy völlig überrumpelt. Wie konnte Zoey von Miguel wissen? Sie hatte doch mit Nicole im Vertrauen darüber geredet. Natürlich. Wütend sah sie sich zu Nicole um, die etwas abseits stand und nur entschuldigend mit den Schultern zuckte.

Hätte Mindy sich ja denken können, dass so ein Geheimnis bei Nicole eigentlich nicht sicher war. Beste Freundin hin oder her.

„Du bist echt das Letzte, Mindy", schimpfte Zoey sich in Rage.

„Und du auch, Brad. Ich hasse euch.", In ihren Augen stiegen Tränen auf und sie war bereits drauf und dran, davon zu laufen.

So hatte Mindy sich den Abend nun nicht vorgestellt. Jetzt stand sie plötzlich als Schlampe da, obwohl es doch Brad gewesen war, der sie geküsst hatte. Sie hatte ja nicht ahnen können, dass so etwas passiert. Sie war auf alle sauer. Auf Nicole, dass sie ihr Geheimnis verraten hatte. Auf Brad und seine anscheinenden Gefühle. Und auf Zoey, dass sie so ein Drama machte. Aber Zoey war doch auch selbst schuld, dass sie nie erkannt hatte, dass Brad sie eigentlich gar nicht wirklich liebte.

Zoey war schon einige Meter davongerannt, dann drehte sie sich noch einmal um.

„Ich will euch beide nie wiedersehen. Und was wohl deine Mom sagen würde, wenn sie davon und von Miguel erfährt..."

Über ihrem tränenverzerrten Gesicht legte sich ein rachelustiges Lächeln. Es war allgemein bekannt, was Mindys Mom für Prinzipien hatte und es ihrer Tochter in vielerlei Hinsicht schwer machte. Mindy stieg die Hitze in den Kopf und fing an zu zittern.

„Das wagst du nicht", rief sie quer durch den Garten.

Einer Antwort blieb Zoey ihr jedoch schuldig, denn sie haute ohne ein weiteres Wort ab. Mindy bekam Panik. Wenn Zoey aus Rache ihrer Mom tatsächlich etwas von Miguel erzählen würde, dann würde sie ihn mit Sicherheit nie wiedersehen. Dann könnten sie ihre Pläne in den Wind schießen.

Brad hatte sich aus seiner Starre gelöst.

„Tut mir leid, Mindy, so wollte ich das nicht..."

Mindy hatte jetzt keinen Kopf für Brad.

„Lass gut sein, Brad, sorry", sie ließ ihn stehen und rannte über den Rasen ums Haus herum.

An der Straße standen unzählige Autos, aber sie fand Nicoles roten Sportwagen schnell, setzte sich hinein, der Schlüssel steckte, und fuhr los. Das war Nicole ihr schuldig, nachdem sie sich verplappert hatte.

Die Uhr im Auto zeigte bereits kurz vor Mitternacht, aber das war Mindy egal. Sie wollte sofort zu Miguel.

Viel zu schnell düste sie durch das Villenviertel, über die Interstate 405 bis nach Inglewood. Es war nicht mehr viel Verkehr und sie brauchte gerade mal zwanzig Minuten bis sie in die Oak Street einbog und vor dem kleinen windschiefen Haus parkte. Es brannte noch Licht. Vorsichtig lief sie ums Haus herum. Sie wusste wo Miguels Zimmer war. Dort klopfte sie zaghaft an die Scheibe.

Die Gardinen bewegten sich nach einer Weile, er sah sie und kam zur Haustür gelaufen.

„Mindy", flüsterte er. „Was machst du hier? Es ist mitten in der Nacht." Dann sah er, wie ihr die Tränen über die Wangen liefen.

„Was ist passiert?"

„Miguel, wir müssen hier weg. Jetzt gleich. So schnell es geht."

„Mi corazón, beruhig dich. Es wird alles gut werden, glaub mir."

„Und wenn etwas schief geht? Ich habe Angst, dich zu verlieren."

„Es wird nichts schief gehen. Wir haben die Ausweise. Zum Ende des Sommers sind wir weg, so wie geplant."

Mindy vergrub sich in seine Schulter. Seine Umarmung war das einzige, was sie wieder runterbrachte.

September 1998, Hope, Arizona

Mindy rannen die Schweißtropfen über das Gesicht. Unter ihren Füßen raschelte das Stroh und ihre Hände waren von der schweren Mistgabel ganz rau und trocken. Mindy hatte nie in ihrem bisherigen Leben arbeiten müssen. Und dann fing sie gleich mit einem der schönsten Jobs an, den es gab. Mindy stieg der Geruch des Kuhdungs in die Nase, aber mittlerweile hatte sie sich schon daran gewöhnt.

Miguel hätte sie sicherlich ausgelacht, wie sie sich zu Anfang zierte und mit der unhandlichen Schaufel nicht richtig umgehen konnte und alles neben, statt in der Schubkarre landete.

Mindy wischte sich über die Stirn und ein paar Grashalme blieben an ihrer klebrigen Haut hängen.

Aber sie wusste ja, wofür sie es tat. Also nahm sie es in Kauf, Tag für Tag. Und das nun schon seit einer Woche.

Sie musste durchhalten. Wenn es absehbar war, dass ihre Mom das Geld für die Reparatur zusammen hatte, dann würde Mindy sich mit ihrem verdienten Geld ebenfalls aus dem Staub machen. Endlich zurück nach Los Angeles. Und dann würde sie Miguel abholen und sie könnten ihren Plan endlich in die Tat umsetzen. Wie leicht es war, heimlich vor ihrer Mom abzuhauen, hatte sie ja schon oft genug festgestellt. Und ums Lügen war Mindy noch nie bescheiden gewesen. Es würde sich schon eine Gelegenheit bieten. Alles, außer Alabama mit ihrer Mom.

Sicherlich hätte sie es auch viel einfacher und viel eher realisieren können.

Immer wieder liebäugelte sie damit, sich die verbleibenden fünfhundert Dollar doch noch zu schnappen und einen erneuten Versuch zu starten, aus Hope abzuhauen.

Aber irgendwie war sie es ihrer Mom schuldig, dafür, was sie ihr schon alles für Lügengeschichten aufgetischt hatte und Mindy sie eigentlich immer nur wie Dreck behandelt hatte.

Es musste schon schlimm genug für sie sein, dass ihr Mann einfach so verschwunden war und ihr alles genommen hatte. Da konnte sich Mindy nicht auch noch mit dem restlichen Geld aus dem Staub machen. Zumindest vorerst nicht, bis sich alles einigermaßen geregelt hatte. Zu ihrer eigenen Überraschung konnte Mindy sich tatsächlich in ihre Mom hineinversetzen und verstehen, was sie durchmachen musste.

Vor allem in den letzten Tagen hatte Mindy seit langem das Gefühl gehabt, mal wieder mit ihrer Mom gemeinsam an einem Strang zu ziehen. Sie taten etwas gemeinsam für eine Sache. Mindys Hintergedanken mal beiseitegestellt.

Sie wollten beide so schnell wie möglich weg aus Hope und an einen anderen, besseren Ort.

Und sie beide gaben alles dafür, dass dies so schnell eintraf, wie es eben ging und sie sich die verbleibende Zeit so angenehm wie möglich machten. Erstaunlicherweise hatten sie und ihre Mom sich in der vergangenen Woche kaum gestritten.

Gut, sie sahen sich kaum. Die Schichten ihrer Mom über schnitten sich mit ihren Arbeitszeiten und meistens aßen sie nur gemeinsam zu Abend. Die restliche freie Zeit des Tages verbrachte Mindy damit, lange auszuschlafen und am Pool im Trailer Park zu liegen.

Aber heute war die Arbeit sogar ganz angenehm. Mal abgesehen von der unausweichlichen Hitze, die in den Stallungen oder draußen herrschte, wenn man die Schubkarre quer über den Hof manövrieren musste, hatte Mindy heute Gesellschaft von Michelle. Michelle war vierzehn und die Tochter von Mr. Ahote, dem Verkäufer an der Tankstelle und im Mini Market.

Michelle lebte mit ihren Eltern im Navajo Indianer-Reservat ein paar Meilen im Landesinneren. Ihre Mom arbeitete als Lehrerin im Reservat und Michelle half an manchen Nachmittagen auch im Stall aus. Meistens bei den Pferden, da ihre Leidenschaft das Reiten war und sie ausreiten durfte, wann sie wollte, sofern sie als Ausgleich im Stall half. So hatten Michelle und der Besitzer Mr. Garcia beide etwas davon.

Michelles Gesellschaft war angenehm, auch wenn sie recht ruhig und zurückhaltend war. Aber es gab so wenig Mädchen und Frauen hier, dass Mindy froh war, sich ab und zu über belanglose Sachen mit Michelle zu unterhalten. Die anderen Reiterinnen auf der Ranch hatten von Anfang an kein gutes Haar an ihr gelassen. Mindy war hier einfach fehl am Platz, das wusste sie selbst gut genug.

Als sie am ersten Tag mit ihren Designer-Klamotten in den Stall kam, erntete sie sogleich Spott. Die Mädchen, Charlotte und Skylar, waren zwar etwa so alt wie Mindy, aber genau darin lag wohl das Problem.

Das kannte sie schließlich nur allzu gut aus ihrer High School. Auf dem Land war das anscheinend nicht anders. Fressen und gefressen werden. Sie ging den beiden so gut es ging aus dem Weg und mittlerweile machte Mindy einen ganz akzeptablen Job. Sie organisierte sich von Anfang an bereits die richtige Schubkarre, ohne den kaputten, quietschenden Reifen. Sie arbeitete sich systematisch von hinten nach vorne vor und sie wusste, dass gegen Nachmittag ein Teil der Kühe zurück zum Melken gebracht wurde und bis dahin musste alles wieder sauber sein. Und dann ging das Ganze am nächsten Tag wieder von vorne los. Mindy schob sich den Strohhut in den Nacken, der mit einem Gummiband um ihren Hals hing, und wusch sich die Hände an einem der Waschtröge im Außenbereich. Sie hatte sich bereits in der kurzen Zeit zwei ihrer Lieblingsshirts versaut. Die Flecken würden niemals wieder rausgehen, fürchtete sie.

Bevor Mindy sich zu Fuß zurück zum Trailer Park begab, machte sie noch einen Abstecher in einen der hinteren Scheunen, wo die Erntemaschinen und Trecker parkten.

Der Sandboden vor ihr flimmerte in der gleißenden Sonne und sie sehnte sich nach dem Schatten des großen, dunkelbraunen Holzschuppens wenige Meter vor ihr. Von draußen hörte sie bereits ein Klappern und ein altes Radio, das mit schlechtem Empfang irgendeinen kitschigen Countrysong dudelte.

„Hi Josh", Mindy lehnte in dem Türrahmen des Scheunentors. Josh ächzte und kam hinter einem der riesigen Traktoren hervor.

„Hey, da bist du ja. Wie immer auf die Minute genau." Josh warf seinen Schraubenschlüssel in den Werkzeugkasten und klopfte sich halbherzig den Schmutz von seinen Händen an der blauen Latzhose ab.

Josh Evans, der sich neulich ihren Range Rover angesehen hatte, arbeitete eigentlich auf der Ranch als Mechaniker für die landwirtschaftlichen Fahrzeuge. Aber mit Autos kannte er sich mindestens genauso gut aus.

Als Mindy Josh vor ein paar Tagen auf der Ranch entdeckte, hatte sie sich über ein bekanntes Gesicht gefreut und eine Weile mit ihm gesprochen.

Seitdem war sie nun jeden Tag nach ihrem Feierabend bei Josh in der Scheune, sie quatschten und rauchten eine Zigarette zusammen. Das war jetzt ihr kleines Ritual geworden und Josh schien sich über etwas Gesellschaft ebenfalls zu freuen.

Beide saßen auf dem hohen Holzzaun eines Gatters im Schatten und pusteten den Qualm in die langsam abebbende Hitze.

„Ich geh nachher in den Pub, willst du mit?", fragte Josh, sprang vom Zaun und trat seine Zigarette aus.

„Kommt noch jemand mit?"

„Bisher nicht."

Mindy zögerte. „Aber das ist jetzt kein Date oder so?"

Josh lachte. „Nein, solange du keins draus machst."

„Na dann sind wir uns ja einig." Mindy zwinkerte ihm zu und stapfte mit ihren ausgelatschten Sneakern davon.

„Bis nachher dann", rief Josh. „Ich hol dich ab."

-

Mindy betrat hinter Josh den dunklen Pub. Von außen sah das Gebäude immer noch so aus, als wäre es geschlossen. Beim Hineingehen fühlte Mindy sich fast wie in einem Saloon. Die Luft war völlig verqualmt, man konnte kaum die Hand vor Augen sehen. Wenige Leuchten über dem Tresen spendeten schummeriges Licht, das nicht bis in alle Ecken reichte. Im Hintergrund lief mexikanische Musik. Wenige sich unterhaltende Männer von der Farm übertönten mit ihren kargen Unterhaltungen das Gedudel eines Spielautomaten hinten in der Ecke. Mindy hatte ihrer Mom erzählt, sie würde sich mit Michelle im Reservat treffen. Jetzt fing dieses Ausgeh-Problem hier auch schon wieder an. Josh ging geradeaus auf den Tresen zu und die Farmarbeiter grüßten ihn mit einem kurzen Kopfnicken. Auch der Barkeeper, der mexikanische Wurzeln hatte, begrüßte ihn freundschaftlich. Anscheinend trieb Josh sich öfter hier rum. Was sollte man auch sonst hier in Hope machen, wenn man mal etwas unternehmen wollte?

Josh bestellte zwei Bier. Hier schien es wohl niemanden zu interessieren, ob Mindy bereits einundzwanzig war.

Sie setzten sich auf zwei Barhocker an einen runden Tisch am Fenster, der aussah wie ein altes Weinfass.

Langsam dämmerte es draußen und der starke Lärm des Durchgangsverkehrs der Trucks nahm nach und nach ab.

Wieder durfte sie sich eine Zigarette von ihm schnorren.

„Dafür bezahle ich gleich unsere Getränke", revanchierte sich Mindy, aber Josh winkte nur ab.

„Kein Problem". Er hielt ihr das flammende Feuerzeug unter die Zigarette.

Mindy erfuhr von Josh, dass er eigentlich aus Texas stammte und vor vier Jahren, als er volljährig wurde von zu Hause abgehauen war.

Seine Mutter war alleinerziehend und Alkoholikerin und er hatte noch zwei kleinere Geschwister, um die er sich die meiste Zeit fast allein gekümmert hatte, als er jünger war. Seine Mutter war entweder nicht in der Lage gewesen oder aber hatte hier und da immer wieder kurze Jobs angenommen, die sie sehr einspannten. Nachschichten in einer Wäscherei oder so. Dann verschlief sie meist den halben Tag.

Josh war es nicht leichtgefallen, alles dort und vor allem seine Geschwister zu verlassen, aber er musste damals einfach weg. Sonst wäre er womöglich auch noch auf die schiefe Bahn geraten.

Mindy kam das alles, was er erzählte, sehr bekannt vor. Dieses immer stärker werdende Bedürfnis alles hinter sich zu lassen. Weg von dem, was nicht gut für einen war. Nur, dass es bei Mindy genau das Gegenteil war, vor dem sie fliehen wollte – der Oberflächlichkeit der Schickeria und ihrer über alles wachenden Mom.

Manche würden nun sicherlich denken, das wäre ja nichts im Vergleich zu Josh's Vergangenheit. Aber alles war gleich schlimm, wenn man in etwas gefangen zu sein schien. Wenn man immer wieder dachte, man ertrinkt in einem Strudel, der sich immer weiter dreht, tiefer und tiefer. Wer dann dort nicht mehr auftaucht, hat verloren. Abhauen ist dann die einzige Alternative.

„Irgendwann kehre ich sicherlich nach Texas zurück, aber zuerst möchte ich mir irgendwo ein eigenes Leben aufgebaut haben, etwas erreicht haben im Leben."

„Das geht mir genauso", gab Mindy zu. „Ich hatte das Gefühl, wenn ich in Los Angeles, in Brentwood Park bleibe, dann würde ich nie das Leben führen, das ich mir für mich vorstelle und dort für immer festsitzen."

„Genau. Die Freiheit zu behalten ist so wichtig. Hope ist für mich auch nur erst mal eine Zwischenstation. Ich war vorher noch in Flagstaff, habe in der Nähe meiner Grandma gewohnt. Sie wohnte dort in einem Seniorenheim. Aber letztes Jahr ist sie gestorben. Ich war wieder ganz allein und wusste nicht, was ich machen sollte. Von einem ihrer Freunde habe ich den Tipp von dieser Ranch hier bekommen und bin dann hierher gegangen. Aber meine Reise ist noch nicht vorbei, hier bin ich noch nicht angekommen." Er lächelte etwas verlegen und nippte an seinem Bier.

„Was wäre dein größter Traum? Wo würdest du gern hingehen, wenn du es dir aussuchen könntest?" Wollte Mindy wissen.

„Nach Kanada, ganz klar."

Mindy beobachtete Josh. In seinen Augen sah sie den Glanz, den man nur hatte, wenn man wirklich einen Traum hatte. Ganz tief im Innern.

„Und du?", fragte Josh nach einer Weile gedankenvollem Schweigen.

„An einen Ort, an dem ich wieder mit Miguel und meinem Dad zusammen sein kann."

Josh sah sie mitfühlend an. Mindy bestellte noch zwei Bier.

Der Abend könnte länger dauern.

September 1998, Hope, Arizona

Am nächsten Abend hatten Mindy und Josh wieder *kein Date*, wie beide immer wieder betonten, und sie trafen sich nachdem Josh Feierabend hatte, an der Einfahrt der Ranch. Er nahm sie mit in dem Pick-Up der Ranch, da Michelle Ahote sie zu sich ins Reservat eingeladen hatte.

Während der Arbeit im Stall hatte Mindy so viel über Michelles Leben und die Navajos wissen wollen, so dass Michelle ihr nahegelegt hatte, sie doch einmal dort zu besuchen.

„Darf ich da denn einfach so hin?", wollte Mindy wissen.

Aber Michelle winkte ab. „Ich frage vorher meinen Vater, aber das sollte kein Problem sein. Unsere Familien pflegen einen sehr guten Kontakt zu den anderen, weißen Einwohnern Hopes und arbeiten eng mit ihnen zusammen."

Josh fuhr ein paar Meilen außerhalb von Hope auf einen holperigen Schotterweg. Er war schon einige Male hier gewesen, um etwas von der Ranch dort vorbeizubringen oder bei der einen oder anderen Schrauberei an einem Moped von Michelles älterem Bruder Nakai behilflich zu sein.

Sie fuhren zwischen zwei großen Felsformationen hindurch, die früher angeblich mal ein Canyon gewesen waren.

Dahinter kamen ein paar vereinzelte Hütten zum Vorschein.

Vor einem der Häuser entdeckten sie Michelle, die auf sie zu gerannt kam. Josh parkte den Pick-Up und sie hüpften aus den hohen Türen auf den Boden aus rötlicher Erde.

Michelle war ganz aufgeregt und führte die beiden herum. Sie hatte Freude daran, Mindy alles zu zeigen und zu erklären. Mindy selbst war noch nie in einem Reservat gewesen. Klar, sie hatte davon gehört und von den zahlreichen Stämmen, die es in den ganzen USA verteilt gab. Hatte sich aber nie weiter damit beschäftigt.

„Unsere Hütten heißen *Hogans*", erklärte Michelle. „Früher waren das Höhlen ohne Fenster aus Lehm oder Reisig. Heute leben die meisten Navajos aber in solchen achteckigen Blockhütten, gebaut aus massiven Baumstämmen. Sie werden aber immer noch *Hogans* genannt. Kommt mit, ich zeig euch unsere." Michelle deutete in die Richtung der Blockhütte ihrer Familie. Auf dem Platz davor parkten einige Autos und Pick-Ups der Bewohner.

Von innen bestand die sogenannte *Hogan* aus einem großen Raum mit einer Feuerstelle in der Mitte mit einem Schornstein, der über das Dach abgeführt wurde. Aber zusätzlich gab es auch Strom und die Familie hatte einen Elektroherd und einen kleinen Fernseher.

Es gab für jeden ein eigenes Bett und eine kleine Sitzecke.

Mindy fand es unvorstellbar, dass es noch so viele Native Americans gab, die heutzutage noch so lebten.

Sie betrieben ebenfalls Landwirtschaft und hielten ein paar Kühe und Hühner. Aber auch die Navajo konnten heute nicht mehr ausschließlich von der Landwirtschaft allein leben und gingen zum Teil auch anderen Jobs in Hope oder auf der Ranch nach.

Manch anderer Reservat-Bewohner beäugte Mindy und Josh etwas skeptisch, aber die Familie Ahote war hoch angesehen im Dorf und da sie mit Michelle unterwegs waren, schien wohl alles in Ordnung zu sein. Aber es war für gewöhnlich nicht üblich, dass sich weiße Amerikaner hier einfach so aufhielten. Es brauchte schon ein gewisses Anliegen oder die Erlaubnis des Oberhauptes.

Als es langsam dämmerte, begann es nach einem entfachten Lagerfeuer zu riechen und nach fremden Gerüchen von Speisen und Gewürzen.

Mindy und Josh begegneten dann auch Michelles Eltern Tahoma und Otekah Ahote sowie ihrem großen Bruder Nakai. Ihren Vater kannte Mindy ja bereits aus dem Mini Market und Michelle war ihrer Mutter wie aus dem Gesicht geschnitten.

Michelle hatte auch noch eine große Schwester names Shadi, diese ging aber auf das Navajo College in Tsaile, Arizona, dem größten Navajo Reservat im Vierländereck von Arizona, New Mexico, Utah und Colorado. Wenn Michelle alt genug war, würde sie dort auch hingehen und studieren. Aber noch wurde sie in der Schule in ihrem Reservat von ihrer eigenen Mutter unterrichtet.

Es gab hier nur etwa zehn Kinder unterschiedlichen Alters, die alle in einer der *Hogans* gemeinsam lernten.

Michelle zeigte ihnen den traditionellen Schmuck und Tücher, die sie selbst herstellten und webten. Ab und zu fuhr sie mit den anderen Frauen aus dem Reservat auf Märkte, wo Touristen dann diese handgemachten Sachen kaufen konnten.

Mindy betrachtete die Armbänder mit bunten Kordeln und Steinen. Teilweise waren kleine, zierliche Anhänger aus Metall daran aufgezogen.

„Die hier habe ich gemacht", verkündete Michelle stolz. Mindy erkannte viele kleine Tiersymbole, wie einen Büffel oder einen Adler.

„Was ist das hier?" Mindy hob vorsichtig ein Armband an, was ihr besonders gut gefiel.

„Das ist die *scheue Eidechse*", erklärte Michelle. „Unter den Navajos wird sie als Bote der Verliebten verehrt. Die Sage erzählt, dass ein junger Mann mit viel Ausdauer auf die äußerst scheue, grüne Eidechse wartete, um dieser seine Liebeswünsche anzuvertrauen. Wenn die Echse diese dann an die Angebetete weitergab, dann standen seine Chancen gut. Schließlich hatte der Mann mit seinem nächtelangen Warten auf den Liebesboten Geduld und Ernsthaftigkeit bewiesen."

„Das klingt schön", murmelte Mindy nachdenklich und sah verstohlen zu Josh.

Michelle nahm es Mindy aus der Hand und band es ihr behutsam ums Handgelenk. „Du kannst es haben, ich schenke es dir."

Mindy wurde verlegen. „Vielen Dank, Michelle, das ist lieb von dir."

Sie betrachtete, die kleine, silberne Echse mit der grünen, geflochtenen Kordel.

Von draußen rief Michelles Vater Tahoma nach ihnen.

Mindy und Josh wurden noch eingeladen zum Essen zu bleiben. Neben Michelles Familie nahmen noch ein paar weitere Reservatbewohner um das Lagerfeuer herum auf einzelnen Steinen Platz. Es gab ein bestimmtes Brot, dass die Navajos selbst backten und sie rösteten Maiskolben über der lodernden Flamme.

Bevor sie zu essen begannen, fassten sich alle an die Hände. Mindy und Josh wurden auch mit in den Kreis aufgenommen und Hook'ee Ma'ee, das Oberhaupt des Stammes, sprach zu seinen Leuten und seinen Gästen: *„Gehe aufrecht wie die Bäume, lebe dein Leben so stark wie die Berge, sei sanft wie der Frühlingswind, bewahre die Wärme der Sonne im Herzen, und der Große Geist wird immer mit dir sein."*

Alle hielten eine Weile die Augen geschlossen und horchten in sich hinein.

Diese Art des Glaubens und die Verbundenheit mit der Natur gefiel Mindy viel mehr, als die Religion der Christen und das, was ihre Mom ihr immer wieder predigte. Es war viel greifbarer und hatte nicht immer nur mit Sünden und Gehorsam zu tun. Mr. Ahote bot den beiden einen Kräutertee an und gesellte sich zu ihnen.

Da Mindy und Josh sehr an der Geschichte der Navajo interessiert waren, holte Mr. Ahote weit aus.

„Ursprünglich lebten wir Navajo im heutigen Kanada. Eigentlich nennen wir uns die Diné. Gemeinsam mit dem Volk der Apachen begannen, wir seit dem 13. Jahrhundert im Südwesten der Vereinigten Staaten in der Nähe der Pueblo-Indianer anzusiedeln. Dies führte im Laufe der Zeit immer wieder zu Problemen, da die Navajo die Pueblos häufig überfielen, um an deren Vorräte oder Frauen heranzukommen."

In der Dunkelheit rauschte es in den Baumkronen. Der Himmel war sternenklar und Mindy fühlte sich wie in einer ganz anderen Welt. Sie dachte an die rauen Gegebenheiten, die damals zwischen den Völkern herrschten. Aber auch an die weiten Gebiete, die sie damals ihr Eigen nennen konnten. Und heute blieb ihnen nur noch das Reservat, wo sie unter ihresgleichen sein konnten.

„Die Navajos waren lange Zeit nicht von den Apachen zu unterscheiden", fuhr Mr. Ahote fort. „Erst als die Spanier hier in Amerika eintrafen, und Tiere, wie Ziegen, Pferde und Schafe in die neue Welt mitbrachten, änderte das unsere Gewohnheiten. Denn dieses Ereignis prägte die späte Hirtenkultur von uns

Navajo. Wir wurden dadurch sesshafter, während die Apachen mobiler blieben und weitere, neue Regionen für sich erschlossen. Das trennte in Zukunft die Lebensweisen dieser beiden Völker voneinander. Und daher haben wir Navajo auch unseren Namen, der „bepflanzte Äcker" bedeutet. Und dem sind wir auch bis heute treugeblieben." Mr. Ahote deutete auf all die weiten Felder, die hinter ihnen lagen.

„Aber im Herzen sind beide Völker noch heute miteinander vereint. Denn ein friedlicher Apache gilt als Navajo und umgekehrt gilt ein wilder Navajo als Apache."

Mindy und Josh lauschten gebannt den Worten von Mr. Ahote, schauten gedankenverloren in die Flammen und knabberten an ihren Maiskolben.

Michelle und ihr Bruder begannen mit ein paar anderen Kindern um das Feuer herum zu tanzen und die Frauen sangen dazu etwas in ihrer eigenen Sprache. Mindy empfand es alles als so befreiend und bewundernswert, wie diese Völker nach all der Unterdrückung und Verdrängung der weißen Bevölkerung, die sie später immer wieder erfahren mussten, immer noch ihren uralten Traditionen und ihrer Lebensweise treu blieben.

Wenn Mindy ihre Erlebnisse und Erfahrungen hier in Hope bereits als erste Station ihrer Reise, ihres Ausbruchs aus ihrem alten Leben betrachtete, ließ es sich hier gleich viel besser aushalten. Mindy gefiel diese Bodenständigkeit und diese Gelassenheit, die sowohl die Dorfbewohner Hopes als auch die Indianer an sich hatten.

Der Wind drehte und Mindy fröstelte etwas, trotz des Feuers, das immer noch vor ihnen loderte. Josh legte sein Hemd um Mindys Schultern und sie lauschten weiter den Geschichten, die Mr. Ma'ee ihnen und den jüngsten Stammesmitgliedern erzählte. Mindy bemerkte, wie Josh immer wieder gelegentlich zu ihr herüber schielte. Mindy musste lächeln und rutschte auf dem Stein noch ein Stückchen zu ihm heran. Aber klar, es war ja *kein Date*.

September 1998, Hope, Arizona

Deborah ließ sich auf das quietschende, durchgesessene Sofa fallen. Das ausgeblichene Muster aus geometrischen, grünen Flächen bereitete ihr jedes Mal Kopfschmerzen.

Es war wie immer ein langer, anstrengender Tag gewesen. Deborah fand gar keine Zeit mehr, so richtig in sich zu gehen, so viel hatte sie um die Ohren.

Zu Hause in Brentwood Park, wenn das Haus tagsüber so leer und still gewesen war, hatte Deborah es so sattgehabt, sich immer nur mit sich selbst und ihren eigenen verzweifelten Gedanken zu begnügen. Und nun sehnte sie sich manchmal nach dieser ruhigen Zeit. Eine Zeit, in der nichts geschah und sie nichts vernahm, außer das Plätschern des Pools und das Ticken der Uhrzeiger an der großen Standuhr im Wohnzimmer.

So eine Zeit war genau jetzt. Sie saß auf dem Sofa, hatte die Augen geschlossen, es dämmerte bereits und Mindy war unterwegs, was ihr wie immer sehr missfiel. Wenigstens *ein* vertrautes Gefühl hatte sich nicht verändert. Dieses permanente Gefühl, ihre Tochter beschützen zu müssen. Vor der Welt? Vor falschen Menschen? Vor schlechten Erfahrungen? Sie wusste es selbst nicht so recht. Wahrscheinlich war es alles zusammen. Sie wollte doch nur, dass Mindy in ihrem Leben das richtige tat und keine falschen Entscheidungen traf. Sie hatte doch noch so viel vor sich.

Deborah hatte heute wie immer ihre Schicht in der Küche hinter sich gebracht, hatte in ihrem Wohnwagen die Wäsche zusammengesammelt und samt ihrer Arbeitskleidung zur Gemeinschafts-Waschmaschine gebracht. Ian hatte sie netterweise erneut zum Mini Market gefahren, damit Deborah ein paar Fertiggerichte kaufen konnte – Mac'n'Cheese für die Mikrowelle.

Deborah schüttelte den Kopf. So etwas hätte sie zu Hause niemals zubereitet, aber hier ließ die Auswahl zu wünschen übrig. Etwas Obst und Gemüse konnte sie zum Glück auf der Ranch kaufen. Frisch vom Feld, bevor die Trucks die unzähligen Holzkisten in den frühen Morgenstunden dort abholten und in der Umgebung verteilten.

Nachdem Deborah vom Einkaufen zurück war und sich den zähen Brei aus Käse und Nudeln einverleibt hatte, war sie erschöpft aufs Sofa gefallen.

Ihr blieben nur wenige Atemzüge allein mit dieser herrlichen Stille, da klopfte es an der Tür.

Deborah zuckte zusammen. Vorsichtig trat sie zur Tür.

Es hatten schon öfter versehentlich Leute bei ihr geklopft, oder betrunkene Arbeiter hatten sich in der Tür geirrt und ihr daraufhin unmoralische Dinge zugerufen.

Daher war Deborah fortan etwas skeptisch. Sie hatte die Sicherheitskette bereits an der Tür eingeklemmt und die Tür ließ sich daher nur einen Spalt breit öffnen. Sie lugte in die Dunkelheit und atmete dann erleichtert auf.

„Ian, du bist es nur."

Ian hob die Schultern und lachte. „Hättest du lieber jemand anderen erwartet?"

„So war das nicht gemeint, komm doch bitte rein."

Deborah öffnete die Tür ganz und Ian trat ein.

„Ich hoffe, ich störe nicht, aber ich dachte, nach einem anstrengenden Tag könntest du ein bisschen Gesellschaft und etwas Heimatgefühle vertragen."

Er hob die Hand, in der er eine Flasche Rotwein hielt.

„Wie wäre es mit einem Glas Wein? Der beste Wein aus dem Nappa Valley, Kalifornien." Er pries den Wein an, als wolle er ihn Deborah verkaufen.

Deborah fühlte sich geschmeichelt. „Ian, das ist sehr nett von dir, aber ich trinke keinen Alkohol", erklärte Deborah.

„Oh, aber...", Ian wurde etwas rot und war etwas verunsichert.

„Du kannst aber gerne bleiben und ich stoße mit dir mit einem Glas Wasser an", versuchte Deborah das Eis zu brechen.

Ian war seit ihrer Ankunft in Hope der Erste und Einzige, dem sie die Umstände, die sie hierhergeführt hatten, geschildert hatte. Sicherlich hatte sie auch viele Details ausgelassen, die einen Fremden nichts angingen, aber er war sehr ruhig und einfühlsam und sie fühlte sich in seiner Nähe wohl. Bei ihren Kollegen auf der Ranch ging es immer nur um die Arbeit und es war sehr stressig und laut.

Mr. Cannaghan und Officer Dalton hatten auch noch mal vorbeigeschaut und ein bisschen geplaudert, aber das war es dann auch. Ansonsten fühlte Deborah sich recht einsam an den Abenden, wenn Mindy sich auch nicht blicken ließ. Sehr gesprächig war Mindy ihr gegenüber aber sowieso nie gewesen.

Ian hatte sie auch neulich Nachmittag einmal mit zur Community Hall genommen. Dort gab es im Rahmen der Hope's Saint Johns Chapel eine Veranstaltung. Es waren viele Einwohner aus Hope dort gewesen und sie hatte den Pfarrer der Kirche kennengelernt, Pfarrer Abraham Smith. Ein alter, gestandener, rundlicher Mann mit roten Wangen und Halbglatze. Er hatte Deborah so freundlich in die ihr fremde Runde aufgenommen und sie herzlich willkommen geheißen.

Nach so langer Zeit hatte Deborah endlich wieder ernsthafte, tiefgründige Gespräche führen können. Die Leute aus Hope hatten ihr geholfen und Ratschläge gegeben und Deborah selbst konnte ihnen dafür vieles mit auf den Weg geben. Dafür war sie Ian und Pfarrer Smith sehr dankbar. Dass sie endlich wieder eine Umgebung gefunden hatte, in der sie aufgehen konnte. Auch wenn es nur ein Kaffeetrinken zwei Mal die Woche war. So hatte sie doch wieder etwas gefunden, auf das sie sich freuen konnte und das ihr ein kleines Lächeln auf die Lippen zauberte. Was den Glauben anging, so waren doch alle Menschen gleich, egal, wo man war. Ob nun in Alabama, in Kalifornien oder hier in Arizona. So unterschiedlich die Lebensweisen waren, der Glaube vereinte die unterschiedlichsten Menschen miteinander.

Zusammen mit Ian saß sie auf der kleinen Veranda des Mobile Homes, gehüllt in eine kratzige, graue Decke und sie beobachteten den sternenklaren Himmel.

„Was wirst du tun, wenn euer Auto wieder fahrtauglich ist?", fragte Ian nach einer Weile des Schweigens.

„Das weiß ich auch noch nicht ganz genau. Der letzte Monat ist so schnell vergangen. Die Sommerferien sind bald vorbei und ich wollte schon längst mit Mindy bei meiner Schwester sein." Sie nippte an ihrem Wasserglas und dachte nach.

Sie wusste, dass Mindy den Gedanken fürchterlich fand, auf eine andere Schule zu wechseln, gerade jetzt in ihrem letzten High School Jahr. Sie wollte es Mindy ja immer Recht machen, aber sie wusste einfach nicht, was sie anderes hätte tun sollen, nachdem sie aus ihrem Haus heraus mussten.

Sie vergrub das Gesicht in ihren Händen. So viele Probleme.

Ian legte einen Arm um sie.

Deborah ahnte, dass es Ian lieb gewesen wäre, wenn sie beschlossen hätte, noch etwas hier zu bleiben. Aber sie hatte genug mit ihren eigenen Problemen und Gefühlen zu kämpfen, da konnte sie sich nicht noch auf die Gefühle anderer einlassen. Auch wenn sie Ian sehr gern hatte und er bereits viel für sie getan hatte. Ihr würde sicherlich noch etwas einfallen, wie sie sich dafür erkenntlich zeigen konnte.

„Vielleicht kann ich ja noch mal mit Mindy sprechen und ihr erklären, wie wichtig es dir ist, dass sie sich wohlfühlt und du nur das Beste für sie willst und sie nicht bestrafen willst.“

„Danke, Ian. Das wäre sehr lieb von dir. Auf mich hört sie ja schon lange nicht mehr.“

„Ich tu, was ich kann,“ gab Ian bescheiden zu.

„Mit Sicherheit würde sich auch jemand finden, der dich oder euch schon früher nach Alabama mitnimmt, einer der Ranch-Lieferanten zum Beispiel. Sie beliefern auch Teile des Südostens.“ Deborah schloss die Augen und schüttelte den Kopf.

„Nein, vielen Dank, Ian. Ich werde hier nicht wegfahren, ohne meinen Range Rover. Das mag seltsam klingen, aber er ist ein Geschenk meines Mannes gewesen und ich...“

„Schon gut, Debbie, das kann ich verstehen.“

Jetzt nannte er sie sogar schon Debbie. Das hatte sonst immer nur Clark gedurft. Dann hörte man aus der Ferne Motorengeräusche und das Klappern des Tores zum Trailer Park. Scheinwerfer erhellten den Schotterweg. Es war Mindy, die aus Josh's Pick-Up sprang. Mindy kam auf die beiden zu und der Pick-Up entfernte sich mit lautem Grollen.

„Mindy, wo warst du denn?“ Mindy verdrehte die Augen.

„Im Reservat bei Michelle. Josh hat mich netterweise dort abgeholt.“

„Habt ihr getrunken?"

„Oh, Mom, ich war im Reservat. Die Navajos trinken dort keinen Alkohol und Michelle ist schließlich erst vierzehn."

„Als ob das heute noch was bedeutet", murmelte Deborah und Mindy runzelte die Stirn.

„Ich glaube dir, Mindy", versuchte Ian die Situation zwischen den beiden Frauen zu besänftigen.

„Michelle und Josh sind sehr anständig, ich kenne die beiden sehr gut und ich kenne auch Michelles Eltern."

Deborah wusste nichts mehr hinzuzufügen, außer mit den Schultern zu zucken.

„Du hast ja Recht. Bitte entschuldige, Mindy. Hope ist schließlich nicht Los Angeles."

Mindy war überrascht, dass ihre Mom sich tatsächlich bei ihr dafür entschuldigte. Sonst stand ihre Ansicht immer über allem. Ian schien sie gut zu beeinflussen. Außerdem lenkte er sie ab, sodass Mindy etwas mehr Freiraum hatte.

„Ich geh rein, gute Nacht Mom, gute Nacht Ian."

Sie hatte Glück, dass sie ihrer Mom nur draußen begegnet war, denn sonst hätte sie sicherlich ihre verrauchten Kleider gerochen. Sie hatte vorhin zwar Michelle im Reservat besucht, aber danach war sie, wie fast jeden Abend, mit Josh noch im Pub gewesen.

Gerade war Mindy im Begriff, in ihrem Zimmer zu verschwinden, da rief ihre Mom noch: „Ich werde morgen bei der High School in Montgomery anrufen, dich anmelden und ihnen mitteilen, dass du etwas später mit dem Schuljahr beginnen wirst. Deine Noten sind ja in Ordnung. Hoffentlich haben sie dort Verständnis für unsere Situation."

Mindy nickte nur abwesend und schloss die Tür. Das letzte Schuljahr fing in ein paar Tagen an. Eigentlich wollte sie dann bereits mit Miguel über alle Berge gewesen sein. Auf keinen Fall würde es sie nach Alabama verschlagen. Und niemals würde sie auf so eine hinterwälderische High School gehen. Bestimmt waren da alle so furchtbar bibeltreu wie ihre Mom. Es schauderte ihr bei dem Gedanken und sie musste sich schleunigst etwas einfallen lassen, bevor ihre Mom das Auto reparieren und sie ihre Reise fortsetzen konnten.

-

Am nächsten Morgen, es war ein Sonntag, genoss Mindy es so richtig, lange ausschlafen zu können. Heute musste sie nicht arbeiten und ihre Mom war zusammen mit Ian in der Kirche beim Gottesdienst. Daher konnte sie niemand daran hindern, ewig im Bett liegen zu bleiben. Die Sonnenstrahlen, die durch die transparenten Vorhänge waberten und die unerbittliche Hitze, ließen Mindy jedoch irgendwann nicht mehr weiterschlafen. Sie machte sich ein Erdnussbutter-Sandwich, zog ihren Bikini an, denn das Thermometer knackte beinahe schon jetzt wieder die Vierzig-Grad-Marke, und machte sich auf in Richtung Pool.

So lange ihre Mom noch nicht wieder aus der Kirche zurück war, musste Mindy mal wieder die Gelegenheit ausnutzen. Bevor sie sich auf eine der Liegen platzierte, visierte sie das Münztelefon am Gemeinschaftsraum an. Sie musste dringend mit Miguel sprechen. Zum Glück nahm er dieses Mal bereits nach dem zweiten Klingeln ab.

„Mindy, ich dachte schon, du meldest dich gar nicht mehr."

„Hey, Honey, ich hab ein kleines Problem. So langsam muss ich echt von hier weg, sonst fliegt unser ganzer Plan auf oder ich bin Tausende Meilen entfernt von dir und schaffe es gar nicht mehr zurück nach L.A."

„Und wie stellst du dir das vor?"

„Na, du musst mich abholen, schnellstmöglich und dann hauen wir endlich ab."

„Mindy..."

„Sag jetzt nicht wieder, dass das nicht geht. Wenn es dir genauso ernst wäre wie mir, wärst du schon längst hier gewesen und hättest mich aus diesem Loch hier befreit."

„Mindy, hör zu. Es ist nicht so einfach. Ich habe gerade einen neuen Job hier angenommen. Das hat sich ganz spontan ergeben über meinen Onkel. Das ist eine echte Chance für mich und die Bezahlung ist super. Ich kann jetzt hier nicht weg," stammelte Miguel. Er klang nervös.

„Was soll das heißen?"

„Das soll heißen, dass ich dich nicht abholen kann, und wir unseren Plan vermutlich fürs Erste auf Eis legen müssen. Wenn du erst mal von deiner Mom wegkommst ist doch alles gut. Dann können wir doch auch hier in Los Angeles glücklich sein."

Mindy wurde kreidebleich. „Das ist jetzt nicht dein Ernst? Hast du eigentlich vergessen, wie minutiös genau wir alles geplant und uns überlegt haben und jetzt kommst du und sagst, wir können doch auch in L.A. glücklich sein? Hast du denn gar nichts verstanden?"

„Mindy, das ist nicht fair. Ich habe diesen Job doch auch für dich angenommen, für uns, für unsere Zukunft. Und wenn deine Mom in Alabama ist, können wir doch auch in L.A. bleiben."

„Unsere Zukunft *sollte* aber nicht in Los Angeles sein. Ich will weg. Was neues entdecken."

„Was ist denn daran bloß so schlimm? Dein Roadmovie hast du doch gerade selbst schon mit deiner Mom erlebt."

Machte er sich jetzt auch noch über sie lustig?

Mindy wurde wütend. „Weißt du was, ich glaube, du wolltest in Wirklichkeit gar nicht mit mir abhauen, oder? Du hast gedacht, das ist bestimmt nur so eine Flause von mir, von der kleinen, dummen, kindischen Mindy, die doch nur Stress mit ihren Eltern hat und sonst mit dem goldenen Löffel im Mund geboren wurde. Was weiß die schon? Hast sicher gedacht, wenn du mich etwas hinhältst, dann kannst du mich überzeugen, doch in Los Angeles zu bleiben. Da kam es dir ja gerade recht, dass ich mit meiner Mom weggefahren bin und nun hier festsitze. Dann musst du dich gar nicht erst rausreden..."

„Mindy..."

„Lass mich ruhig hier versauern. So wie ich es schon in L.A. getan habe. Ich dachte echt, du willst das genau so sehr wie ich."

Mindy konnte sich nicht verkneifen, zu schluchzen.

Miguel schnaubte am anderen Ende der Leitung.

„Mindy, es reicht jetzt, darum geht es doch gar nicht. Aber es geht auch ausnahmsweise mal nicht immer nur um dich, kapiert? Ich habe ganz andere Probleme, okay? Ich kann jetzt hier nicht weg", platzte es aus ihm heraus.

Mindys Unterlippe begann zu zittern. So hatte er noch nie mit ihr gesprochen. Aber sie schluckte den Kloß im Hals herunter. „Was meinst du damit?", fragte sie zögerlich.

Aber Miguel schwieg. Und Mindy fasste sich wieder und drehte den Spieß um.

„Weißt du was, wenn du mich wirklich liebst, dann holst du mich hier in der nächsten Woche raus. Ansonsten komm ich auch ohne dich klar."

Damit schmiss sie den Hörer auf die Gabel.

Ihr größter Wunsch hatte sich innerhalb von zwei Minuten in Luft aufgelöst. Wieso hatte sie es denn vorher nicht deuten können, dass er in Wirklichkeit gar nicht mit ihr abhauen wollte? Oder vielleicht hatte er es gewollt, aber kalte Füße bekommen? Sie ließ alle Gespräche mit Miguel Revue passieren, ob sie irgendwelche Anzeichen falsch gedeutet hatte. Er hatte ja sogar falsche Pässe besorgt, mit anderen Namen und falschem Geburtsdatum, sodass sie bereits volljährig wäre. Sie war so ratlos. Aber eins war ihr klar geworden. In der schlimmsten Zeit ihres Lebens, in der sie Miguel am meisten gebraucht hätte, hatte sie sich nicht auf ihn verlassen können. Was hatte das dann mit Liebe zu tun?

September 1998, Venice Beach, Los Angeles

Miguel ließ sich in den kühlen, weißen Sand fallen und versuchte, seinen Atem wieder zu beruhigen. Er war die ganzen acht Meilen von Inglewood bis nach Venice Beach gejoggt, um den Kopf frei zu bekommen. Nach dem Telefonat mit Mindy hatte er zu Hause keinen klaren Gedanken mehr treffen können und musste einfach raus. Diese ganzen Diskussionen und ihr Plan, abzuhauen, machten ihn langsam mürbe. So einfach war es dann doch alles nicht.

Ok, zu Anfang war es das vielleicht gewesen. Aber jetzt hatte sich alles geändert.

Als sie sich Anfang des Jahres hier ganz in der Nähe beim Skater Park kennenlernten, hatte sie ihn mit ihrer Art völlig umgehauen. Am Anfang dachte er, sechs Jahre Altersunterschied wäre zu viel. Aber Mindy war in vielerlei Hinsicht immer schon recht abgeklärt gewesen für ihre siebzehn Jahre.

Die Anfangszeit war ziemlich intensiv gewesen und sie hatten sich, so oft Mindy sich von zu Hause davonstehlen konnte, am Pier getroffen.

Er hatte es auch irgendwie aufregend gefunden, dass diese Treffen immer geheim waren und sie alles dafür tat, ihn zu sehen.

Und dann fing Mindy plötzlich davon an, gemeinsam abzuhauen. Irgendwohin, ganz neu anfangen.

Sie erklärte Miguel immer wieder, wie unglücklich ihr zu Hause in Brentwood Park sie machte und dass ihre Mom sie ständig kontrollierte und ihr Dad immer nur arbeitete. Sie wollte die Schule abbrechen und weit weg von hier. Wohin wusste sie nicht. Miguel gefiel der Gedanke auch, er wollte auch immer irgendwie weg aus Inglewood. Im Gegensatz zu Mindy liebte er seine Eltern und seine Geschwister über alles, aber er träumte sich hin und wieder auch woanders hin. Inglewood war zwar nicht die schlechteste Gegend, aber es war dennoch eine einfachere Gegend, in der überwiegend Afroamerikaner und Hispanics lebten. Die Einkommen waren schwach, die Kriminalitätsrate dafür umso höher. Er hatte keine besonders hohen

Chancen dort einmal rauszukommen. Es war für ihn daher kein Problem gewesen, ein paar Beziehungen spielen zu lassen und für Mindy und ihn gefälschte Pässe zu besorgen.

Mindy hatte es glücklich gemacht und ihm hatte es einen kleinen Nervenkitzel beschert. Ein paar Anrufe bei den richtigen Leuten und eine anonyme Übergabe von Auto zu Auto auf einem *Walmart* Parkplatz. Mindy hatte Wert daraufgelegt, einen anderen Namen zu bekommen, damit man sie unter ihrem alten Namen nicht aufspüren konnte. Zur Sicherheit wollte sie volljährig sein und den gleichen Nachnamen haben wie Miguel. So würde es später einfacher sein, Fuß zu fassen und eine Wohnung zu bekommen.

Einmal war er heimlich mit einem Kumpel in Mindys Gegend gefahren und sie hatten die Villen mit ihren Pools und Tennisplätzen bestaunt. Alles war begrünt und gepflegt, nirgendwo lag ein Stückchen Müll herum.

Seitdem verstand er es eigentlich gar nicht mehr so richtig, warum Mindys Wunsch größer war, als seiner, aus Inglewood wegzukommen.

Manchmal war er sich wirklich nicht mehr sicher, ob dieser Plan tatsächlich auf tiefsitzender Sehnsucht basierte, oder Mindy einfach doch nur ein verwöhntes Mädchen war, das nicht sofort das bekam, was sie wollte und auf hohem Niveau herumjammerte.

Schlimmer als in Inglewood konnte es ja wohl in Brentwood Park nicht sein.

Und immer mehr wurmte es ihn, dass Mindy anscheinend nie die Absicht hatte, ihn ihren Eltern oder ihren Freunden vorzustellen.

Was er am Anfang noch ganz spannend fand, empfand er dann doch irgendwann eher als kränkend. Immerhin waren sie nun über ein halbes Jahr zusammen und Mindy war schon so oft bei ihnen zu Hause gewesen. Er hatte ab und zu einfach keine Lust auf dieses hin und her. Und immer, wenn Mindy wieder irgendwas aus ihrem Schickimicki-Alltag zu viel wurde, kam sie nach Inglewood und lud es bei ihm ab und fing immer wieder davon an, abzuhauen, so schnell wie möglich. Ein paar Mal hatten sie sich deshalb auch schon heftig gestritten, da ihre Meinungen immer wieder zu stark auseinander gingen und er sie immer wieder davon abbringen wollte.

Man sollte ihn jetzt nicht falsch verstehen, er liebte Mindy. Aber er verstand sie nicht. Klar, zwischen ihrem Leben und seinem Leben lagen Welten, aber so schlimm konnte es doch nicht sein.

Diese ganze Geschichte mit ihrem Dad und dass sie alles verloren hatten, kam ihm ziemlich suspekt vor.

Warum ließ er sie mit solchen Problemen einfach sitzen?

Mindys Erzählungen zu Folge hatte er sie immer vergöttert und ihr alles ermöglicht und sie hatte ihn immer viel mehr geliebt als ihre Mom. Warum tauchte ihr Dad dann einfach so ab, ohne sie und ihre Mom mitzunehmen? Irgendwas stimmte da doch nicht.

Und je mehr der Sommer zur Neige ging und sich das neue Schuljahr näherte, desto mehr zweifelte er an ihrer fixen Idee, zusammen durchzubrennen. So etwas sollte man doch nicht überstürzen. Sie sollte lieber erstmal ihre High School beenden und nicht mittendrin abhauen. Das würde ihr doch alles verbauen. Er wusste, wovon er sprach. Er hatte genügend Freunde, die auf die schiefe Bahn geraten waren und die Schule abgebrochen hatten. Und nun hatten sie gar nichts. Vielleicht sollte es ihm ja gelingen, sie doch vom Gegenteil zu überzeugen.

Und dann war er plötzlich vor ein paar Tagen seiner Exfreundin Camila begegnet und sie hatte einen kleinen Jungen dabeigehabt, der vielleicht ein knappes Jahr alt war, und ihm wie aus dem Gesicht geschnitten war. Camila und er hatten sich vor etwa anderthalb Jahren getrennt und seitdem hatte er nie wieder etwas von ihr gehört.

Er sah den kleinen Jungen an Camilas Hand und rechnete kurz die Monate nach. Konnte das wirklich wahr sein? Er war ihr hinterhergelaufen und ihm hatte der Schweiß auf der Stirn gestanden. Er musste sie einfach drauf ansprechen. Sie reagierte sehr abweisend und war selbst ziemlich geschockt, ihm zu begegnen. Sie gestand ihm, dass sie es nicht genau wisse, ob er der Vater sei. Miguel wusste nicht mehr, was er machen sollte, aber er bat Camila darum, für Klarheit zu sorgen. Er müsse es doch erfahren, wenn das Kind von ihm sein sollte. Camila versprach, sich bei ihm zu melden. Miguel war fix und fertig und wusste nicht, wie er das Mindy erklären sollte, falls es sich wirklich bewahrheiten sollte.

Und dann war Mindy plötzlich von einen Tag auf den anderen verschwunden. Und erst dachte er, sie wäre nun ohne ihn abgehauen, weil sie sich kurz vorher in die Haare gekriegt hatten. Bis sie dann neulich bei ihm angerufen hatte. Natürlich wollte er ihr von der Sache noch nichts am Telefon erzählen, schon gar nicht so lange es noch nicht vollkommen geklärt war. Es war alles so kompliziert. Er hatte jetzt einfach keine Möglichkeit, sie aus Arizona abzuholen. Er konnte hier jetzt nicht einfach weg. Bis jetzt hatte sich Camila nicht bei ihm gemeldet, obwohl sie versprochen hatte, einen Vaterschaftstest machen zu lassen.

Da wäre es ein reichlich ungünstiger Zeitpunkt gewesen, jetzt mit Mindy abzuhauen. Wenn er tatsächlich der Vater war, dann musste er in Los Angeles bleiben und für seinen Sohn sorgen.

Auch wenn die Beziehung zu Camila in die Brüche gegangen war, das wäre er ihr und seinem Sohn schuldig.

Mindy musste sich noch etwas gedulden, bis er Gewissheit hatte. Er hatte ja gehofft, durch diese ganzen neuen Umstände würde ihr Plan etwas in den Hintergrund rücken, aber anscheinend war er eher noch mehr in ihr gereift.

Und mittlerweile war er sich selbst gar nicht mehr sicher, welcher der beiden möglichen Wege für ihn der Richtige sein sollte. Ein Leben mit Mindy in einer anderen Stadt? Oder ein Leben in L. A. mit einem kleinen Sohn, für den er da war?

Miguel zog seine Turnschuhe und seine Klamotten bis auf die Boxershorts aus, stand wieder auf und lief auf die tosenden Wellen des Pazifiks zu. Mittlerweile war es dunkel und kaum noch Menschen waren am Strand. Er lief in die Brandung und weiter in die schäumenden Wellen. Sein Herz schlug immer noch viel zu schnell vom Joggen, der Kälte des Meeres und wegen eines bestimmten Gefühls, das ihn nicht mehr losließ.

Mai 1981, Harbor City, South Los Angeles

Deborah hatte seit Tagen nicht durchgeschlafen. Mindy hatte in den letzten Nächten so viel geweint und auch jetzt gerade schrie sie in ihrer Wiege, die Deborah behutsam hin- und herschwenkte. Mindy zahnte gerade und es gab nichts mehr, was Deborah für ihre sechs Monate alte Tochter hätte tun können. Sie hatte alles versucht. Sie musste geduldig sein, aber ihr fielen fast beim Gehen die Augen zu.

Deborah fühlte sich wie eingesperrt. Sie hatte den ganzen Tag nichts anderes getan, als Mindy zu beruhigen, zu wiegen, zu wickeln und zu füttern. Während sie all diese Dinge tat, konnte sie überall in der Penthouse-Wohnung im 17. Stock durch die großen Glasfronten über Los Angeles schauen.

Die Stadt machte ihr immer noch Angst. Sie wohnten zwar jetzt schon fast zwei Jahre hier, aber in der Zeit war Deborah weitestgehend schwanger gewesen und hatte sich fortan nur noch um Mindy gekümmert. Sie war nicht gern raus gegangen. Der Park war zu weit weg, um sich mit dem immer schwerer werdenden Bauch zu Fuß dort hinzubegeben und das Auto mochte sie in dieser gigantischen Stadt nicht nehmen.

Clark arbeitete in einem Büro in Downtown und kam oftmals erst abends gegen sieben Uhr nach Hause.

Meistens schlief Mindy dann schon, wenn sie denn mal schlief.

Deborah sah durch die Fenster. Der Himmel war trüb und diesig und man konnte nicht bis zum Horizont schauen.

Überall schlängelten sich die endlosen Straßen und Interstates zwischen alle den kleineren und größeren Gebäuden hindurch.

Es war Rushhour und selbst bis in den 17. Stock trug der Wind die Motorengeräusche und das Hupen.

Kein Wunder, dass Mindy nicht schlafen wollte. In dieser Stadt kam einfach niemals jemand zur Ruhe.

Clark und sie hatten eine großzügige und offen geschnittene Penthouse-Wohnung in Habor City in South Los Angeles. Hatte man etwas mehr Geld, schickte sich dieses Viertel und solch eine Wohnung.

Sie sagte immer zu Clark, er müsse nicht so viel arbeiten. Sie sei auch glücklich in einer kleineren Wohnung oder einem Haus am Rande der Stadt. Aber Clark war ein Arbeitstier, für ihn gab es immer noch höhere, bessere Ziele, die es zu erreichen galt.

Deborah hätte sich gewünscht, dass er mehr Zeit mit ihr und dem Baby verbringen könnte.

Aber Clarks Antwort darauf war immer nur: „Bald ziehen wir in ein größeres Haus, und dann bekommst du eine Nanny."

Er hatte überhaupt nicht begriffen, worum es ihr ging. Sie wollte keine Nanny. Die Arbeit mit Mindy machte ihr per se gar nichts aus. Sie tat dies mit großer Hingabe, auch wenn es anstrengende Phasen gab. Aber das las man schließlich in allen Ratgebern für junge Mütter. Mindy war ein Geschenk und Deborah liebte sie über alles. Aber Clark sollte seine Arbeit nicht über ihre kleine Familie stellen.

Auch wenn er immer wieder beteuerte, all das tue er doch nur für die beiden, damit er ihnen jeden Wunsch erfüllen konnte.

Clark hatte sich sehr verändert, seit sie in Los Angeles waren. Sie wusste, dass er sie immer noch liebte und auch Mindy war sein ganzer Stolz, aber sie mit immer mehr Geld zu überschütten, war für Deborah nun mal kein Liebesbeweis.

Gerade erst hatte er seinen geliebten Porsche gegen einen familienfreundlicheren Chevrolet Kombi eingetauscht, da er doch einsehen musste, dass der Kinderwagen dort nicht hineinpasste. Clark liebte es, sich mit schönen Dingen zu umgeben. Er trug immer perfekt sitzende Maßanzüge, legte Wert auf Autos und welche Möbel sie für ihre Wohnung aussuchten. Natürlich besaß er mehrere Surfbretter, die aber immer öfter im Keller stehen blieben, da er selbst die Zeit nicht mehr fand, am Pazifik zu surfen. Viel öfter ging er nun mit Kunden oder Kollegen zum Golf spielen. Dort wurden die meisten Geschäfte abgeschlossen, erklärte Clark immer wieder. In der vermeintlich freizeitlichen Umgebung waren seine Klienten am zahlungsfreudigsten. Immer nur ging es um irgendwelche Immobilien und Neubauten von Luxusapartments mit Meerblick und wichtigen Investoren. Seit Deborah selbst ihre Arbeit in Tuscaloosa aufgegeben hatte und sich rund um die Uhr mit Mindy beschäftigte, kamen ihr all diese geschäftlichen Dinge nur allzu fremd vor. Sie war völlig raus aus dem Arbeitsmarkt und fragte sich, wann sie wieder anfangen würde, selbst zu arbeiten.

-

Heute wird ein guter Tag. Mindy hatte vollkommen durchgeschlafen und Deborahs dunkle Ränder unter den Augen hatten sich nach sieben Stunden Schlaf am Stück fast gänzlich verabschiedet. Die Sonne schien und Mindy lächelte sie bereits aus ihrer Wiege heraus an.

Heute wird ein guter Tag.

Sie war nach langer Zeit wieder motiviert, etwas zu unternehmen. Sie wickelte Mindy und suchte die schönsten Kleidchen für sie heraus und all die wichtigen Dinge zusammen, die man so brauchte, für einen kleinen Ausflug und verstaute alles sicher auf der Ablagefläche unter dem Kinderwagen.

Mit dem Aufzug fuhr sie bis ins Erdgeschoss, vorbei am Portier, der sie überrascht grüßte.

Sie ließ sich heute nicht von all dem Lärm auf der sechsspurigen South Western Avenue ablenken, sondern beobachtete, wie früher in Tuscaloosa, das bunte Treiben auf der Straße und den Fußwegen und all den Geschäften. Wieder hatten welche dicht gemacht oder neu eröffnet. Hier blieb nichts lange so wie es war.

Deborah spazierte fast drei Meilen quer durch den Stadtbezirk bis sie endlich von weitem das futuristisch anmutende Gebäude der *Praise The Lord Cathedral of Los Angeles* hinter der großen Kreuzung entdeckte. Gleich war sie da und Mindy war immer noch friedlich und spielte mit ihren Rasseln, die über ihr am Kinderwagendach angebracht waren.

Die Kirche war eine sogenannte Mega Church. Eine von vielen, die in den letzten zehn Jahren ihren größten Mitglieder-Wachstum, von bis zu zweitausend Gottesdienstbesuchern pro Woche, verzeichnen konnte. Eine Mega Church glich weniger einer Kirche im herkömmlichen Sinne als mehr einer Art Stadion oder

Konzertsaal. Deborah schob Mindy über den großen, imposanten Vorplatz und trat durch das riesige, gläserne Portal. Deborah fühlte sich jedes Mal wieder wie in eine andere Welt versetzt.

Innen war es angenehm klimatisiert und man hörte viele, leise, aber hallende Stimmen. An einer über der Anmeldung angebrachten Tafel, die einer Anzeige am Flughafen glich, war das heutige Programm aufgeführt. Deborah würde sich nicht alles ansehen können, da sie Mindy in der Zeit in einen Kinderhort abgeben musste.

Es war das erste Mal, dass sie mit Mindy hier war und dass sie sie in fremde Hände geben würde, außer die ihrer eigenen Mutter. Sie wusste aber, wie notwendig es für sie war, durch den Gottesdienst wieder Kraft zu tanken, um sich danach wieder für dieses kleine Geschöpf hingebungsvoll aufopfern zu können. Deborah ließ sich und Mindy registrieren und die freundliche Mitarbeiterin zeigte ihr den Weg zur Kinderbetreuung.

Mindy war zum Glück gerade eingeschlafen, so fiel es Deborah leichter, sich nun auf den Gottesdienst zu konzentrieren. Es gab mehrere Eingänge und sie hatte eine feste Platznummer zugewiesen bekommen. Langsam füllte sich auch die Empfangshalle. Deborah betrat den Innenraum. Es herrschte ein schummeriges Licht und nur die Bühne war etwas erleuchtet.

Deborah fand rasch ihren Platz und bis es losging studierte sie bereits das auf ihrem Platz liegende Programmheft.

Dann wechselte das Licht und eine einnehmende, sphärische Musik crfülltc dcn Saal. Sie durchströmte eine Gänsehaut und sie atmete tief ein und wieder aus, gebannt den Blick auf die Bühne gerichtet.

Dort erschien nach dem oppulenten Einspieler der Pfarrer in einem schlichten Anzug und trat ans Mikrofon, um mit seiner Predigt zu beginnen. Deborah schloss die Augen und lauschte mit im Schoß gefalteten Händen der einnehmenden Stimme, die die ganze Halle ausfüllte. Sie saugte jedes seiner Worte einzeln in sich auf und spürte, wie ihr Körper und ihr Geist sich langsam stärkten. Bevor der Pfarrer seine Predigt beendete und das Programm mit musikalischen Beiträgen einer christlichen Live-Band weiterging, schloss er diese mit folgenden Worten aus dem fünften Buch Moses „*Seid getrost und unverzagt, fürchtet euch nicht und lasst euch nicht vor ihnen grauen. Denn der Herr, dein Gott, wird selbst mit dir ziehen und wird die Hand nicht abtun und dich nicht verlassen. Amen.*"

„*Amen*", flüsterte auch Deborah auf ihrem Sitzplatz.

Diese Worte gaben ihr Halt, da ihr wieder bewusst wurde, dass, egal wo sie war und sein würde, Gott seine schützende Hand über sie halten würde. Der Weg, den sie bisher gegangen war, sollte der richtige für sie sein, sonst hätte Gott sie nicht mit Clark zusammengeführt. Alles sollte seinen Sinn haben. Sie musste diesen Sinn nur noch finden. Für den Anfang sah sie den Sinn ihres Lebens nun darin, Mindy eine gute Mutter zu sein und immer so über sie zu wachen, wie Gott es über sie und ihre Familie tat.

-

Am Abend kam Clark bereits früher als erwartet nach Hause. Er strahlte über das ganze Gesicht und hielt in den Händen einen Blumenstrauß, eine Flasche Champagner und einen Zettel.

„Clark, was machst du denn schon hier? Gibt es einen Grund zum Feiern?", Deborah kam aus Mindys Zimmer und schloss leise die Tür, damit sie nicht wieder aufwachte.

„In der Tat, ich habe große Neuigkeiten mitgebracht."

Deborah schaute erwartungsvoll in Clarks leuchtende Augen.

„Nun ist es offiziell", er wedelte mit dem Zettel durch die Gegend. „Meine Selbstständigkeit mit Jonathan ist endlich in trockenen Tüchern. Ein Büro in Beverly Hills hat Jonathan auch schon angemietet."

„Oh, Clark, das ist ja toll, das freut mich für dich", Deborah fiel ihrem Mann um den Hals.

Sie wusste wie wichtig dieser Schritt für ihn gewesen war und dass er davon träumte, seit sie ihn kennengelernt hatte.

„Dann bin ich endlich mein eigener Herr und habe in Zukunft auch mehr Zeit für dich und Mindy, wenn ich erst mal meine eigenen Angestellten habe, die für mich arbeiten."

Er strich Deborah über die Wange, da Clark wusste, wie wichtig ihr diese Angelegenheit war.

„Ja, das wäre schön", flüsterte Deborah und lächelte.

„Aber Beverly Hills ist ja ganz schön weit weg von hier", stellte sie anschließend fest.

„Ach, Deb...das Beste kommt ja noch", er machte eine vielsagende Pause. „Ich hatte heute ein Gespräch mit einem meiner Makler. Er hat ein traumhaftes Anwesen für uns in Brentwood Park gefunden, das können wir nächste Woche besichtigen. Ich bin mir sicher, du wirst es lieben."

Clark ließ währenddessen den Korken der Champagnerflasche knallen und die prickelnde Flüssigkeit tropfte in die Spüle. Er nahm zwei Gläser, stellte aber sogleich eines wieder zurück, da er immer wieder vergaß, dass Deborah ja noch stillte.

„Glaub mir, jetzt wird unser Leben erst richtig perfekt", er hob das Glas in ihre Richtung und warf Deborah einen strahlenden Blick zu.

Sie lächelte ihm auch aufmunternd zu, fühlte sich aber noch etwas unsicher mit den großen Neuigkeiten.

Wieder dachte sie an die Worte der Predigt von vorhin.

Denn der Herr, dein Gott, wird selbst mit dir ziehen und wird die Hand nicht abtun und dich nicht verlassen.

Egal, wo ich hingehe, und welchen Weg der Herr für mich vorgesehen hat, er wird mich dabei begleiten.

Und wer weiß, vielleicht sollte Brentwood Park nun ihr künftiges zu Hause werden, in dem sie endlich das Gefühl haben konnte, angekommen zu sein. Und Clark und sie hätten mehr Zeit füreinander, könnten abends noch am Strand spazieren gehen und er könnte sich auch um Mindy kümmern, während Deborah wieder einer Arbeit und einigen Hobbys nachging. Aber natürlich kam es nicht so, wie Clark es ihr versprochen hatte.

September 1998, Hope, Arizona

Das war heute nicht ihr Tag. Mindy hatte sich zur Arbeit gequält und wäre am liebsten den ganzen Tag im Bett geblieben. Sie war so wütend auf Miguel und auf ihre prekäre Situation. Den Plan, gemeinsam abzuhauen, konnte Mindy sich scheinbar abschminken. Es blieb ihr nur die Möglichkeit, vorerst nach Los Angeles zu Miguel zurückzukehren, aber momentan war sie zu sauer auf ihn. Darauf, dass er ihr einfach nicht helfen konnte oder wollte.

Eine Woche war es jetzt her, dass sie mit ihm zuletzt gesprochen hatte. Sie wusste nicht, wie es mit ihnen weitergehen sollte, ob es überhaupt weitergehen konnte. Irgendwie lief es alles nicht sonderlich gut.Dass sie sich nun seit Wochen nicht gesehen hatten, machte die Sache natürlich nicht einfacher. Als sie noch in Los Angeles gewohnt hatte, war Miguel immer ihr Fels in der Brandung gewesen, ihr Ruhepol, wenn sie allem wieder einmal entfliehen musste. Und jetzt war er es, der ihr Leben und ihre Vorhaben immer wieder aus den Fugen brachte. Sie war sich gar nicht mehr sicher, was sie über ihre Beziehung denken sollte. Alles hatte auf diesem Plan beruht, sich gemeinsam woanders ein neues Leben aufzubauen.

Und während er nun weiterhin an Los Angeles festhielt, hatte Mindy sich hier in Hope gezwungenermaßen ein vorübergehendes Leben aufbauen müssen.

Als Mindy ihren Gehaltscheck aus der letzten Woche erhalten hatte, hatte sie bereits zum zweiten Mal mit dem Gedanken gespielt, sich mit dem Geld aus dem Staub zu machen. Sie hätte überall hinfahren können. Sie hätte sich allein irgendwo etwas aufbauen oder doch nach Los Angeles zurückfahren können. Aber der perverse Truckfahrer von neulich hatte sie bisher immer davon abgehalten, einen neuen Versuch zu wagen. Aber es war noch irgendwas anderes, das sie hier in Hope hielt, sie wusste selbst nicht genau, was es war.

Mindy versteckte ihre geröteten Augen hinter ihren Haaren und wischte sich mit einem Ärmel über das Gesicht. Schweiß oder Tränen konnte man bei diesem Wetter sowieso nicht unterscheiden.

Gleich hatte sie Feierabend und konnte sich verkriechen. Die Sonne stand schon tiefrot am Himmel und Mindy musste nur noch die letzte Schubkarre auf den Misthaufen befördern. Sie war so ausgelaugt, all diese Probleme und die Sehnsucht nach ihrem Dad raubten ihr die Energie.

Sie schob die schwere Karre über den Hof und Charlotte und Skylar beobachteten sie wie immer aus der Ferne, während sie ihre Pferde absattelten. Die zwei Mädchen aus dem Dorf hatten ihr gerade noch gefehlt.

Mindy nahm Anlauf, um die Schubkarre den Misthaufen hinauf zu befördern, rannte los, rutschte dabei auf einem der Kuhfladen aus und landete im Dreck. Die Schubkarre kippte um und der Inhalt ergoss sich direkt neben ihr.

Mindys Hintern schmerzte und sie fluchte vor sich hin, wollte sich nur verkriechen. Wollte überall sein, nur nicht hier.

Mindy richtete sich umständlich auf und hatte sich ziemlich eingesaut. Angewidert klopfte sie die Hände an ihrer alten Jeans ab und begann den Inhalt der umgekippten Schubkarre mit der Schaufel wieder einzuladen.

Charlotte und Skylar kicherten und führten ihre Pferde an der Trense direkt an Mindy vorbei.

„So jemand wie du macht sich doch nicht die Hände schmutzig. Was deine Freunde in Los Angeles wohl denken, wenn sie dich so sehen würden?"

Mindy ignorierte die beiden und befasste sich mit ihrer Schaufel.

„Und wann rettet der Prinz die kleine Prinzessin endlich und bringt sie zurück ins Paradies?"

„Tja, wer weiß, ob der noch kommt." Die beiden lachten und beobachteten Mindy.

„Honey, du musst mich schnellstmöglich abholen", äffte Charlotte Mindys Worte nach. Mindy musste sich beherrschen, nicht aus allen Wolken zu fallen. Woher in aller Welt wussten sie von Miguel? Irgendjemand musste sie im Trailer Park belauscht haben, als sie neulich mit ihm telefoniert hatte.

„Haltet einfach das Maul, ihr habt ja keine Ahnung", blaffte Mindy zurück. „Und wenn ihr glaubt, ich sei zimperlich, dann irrt ihr euch aber gewaltig."

Mindy stieß Charlotte beiseite und schnappte sich die Trense ihrer Appaloosa-Stute Daisy und schwang sich ohne Sattel und Steigbügel auf das gescheckte Pferd. Es war Jahre her, dass sie zuletzt auf einem Pferd gesessen hatte.

Sie hoffte bloß, dass ihre sechs Jahre in der Vergangenheit liegenden Reitkenntnisse sie jetzt nicht im Stich lassen würden. Mindy raste das Herz und zu ihrer Überraschung gehorchte das Pferd und ließ sich ohne Umschweife von Mindy anweisen.

Mindy drückte ihre Füße zweimal kurz in die Flanken und der Appaloosa bewegte sich im flotten Trab über den Hof.

Charlotte schrie „Hey, spinnst du? Komm sofort zurück!"

Aber Mindy dachte ja gar nicht daran. Sie hatte es so satt, dass sie durch ihr Aussehen und ihre Herkunft immer abgestempelt wurde als verwöhnte Göre, die keinen Finger krumm machte und nichts auf dem Kasten hatte.

All diese Vorurteile gegenüber anderen Mitschülern und Gleichaltrigen war sie leid. Seit sie in Hope war, hatte sie in sich gehorcht und festgestellt, dass die Leute, die sie als ihre engsten Freunde bezeichnet hatte, sich im Nachhinein einen Dreck geschert haben. Und Menschen, die ihr völlig fremd waren, so hilfsbereit und nett zu ihr und ihrer Mom gewesen waren.

Miguel hatte sie enttäuscht und von Nicole hatte sie seitdem sie weg war kein Wort gehört, Brad und Zoey hatten nach der besagten Feier vor ein paar Monaten nicht mehr mit ihr gesprochen. Alles war irgendwie zerbrochen.

Und Mr. Cannaghan hätte sie vor ein paar Monaten noch für einen komischen Kauz oder Serienmörder gehalten und wäre niemals zu ihm ins Auto gestiegen.

Und Josh hätte sie für einen Loser gehalten, mit dem sie in der Schule nicht mal ein Wort gewechselt hätte. Alles hatte sich irgendwie gedreht. Ihre Welt und ihre eigentlichen Ansichten, die man ihr vorgelebt hatte in der Gesellschaft von Brentwood Park und in der High School.

Mindy ritt quer über die Ranch und noch weiter darüber hinaus bis die Steppe anfing. Im Wind rannen ihr die Tränen über ihre

Schläfen bis in ihr Haar. Sie war so labil. Alles hatte ihr in den letzten Wochen zugesetzt. Sie hatte gar keine Zeit gehabt sich von einem Schock zu erholen, schon stand das nächste Unheil ins Haus.

Sie drehte sich nicht um. Sie ritt immer weiter querfeldein, mittlerweile im gleichmäßigen Galopp. Ihr war gar nicht bewusst gewesen, wie sehr sie dieses Gefühl vermisste hatte.

Wenn sie nicht alles täuschte, musste sie in dieser Richtung irgendwann das Navajo Reservat erreichen.

Sie musste sich beeilen, denn es dämmerte schon und sie wusste nicht genau, wie weit entfernt es wirklich war. Neulich war sie mit Josh mit dem Auto dort gewesen, aber sie hatten das Reservat vom Highway aus über lange Sandwege angesteuert.

Irgendwann verlangsamte sie das Tempo und ritt weiterhin auf den mit Steppe übersäten Horizont zu. Sie schaute sich in alle Richtungen um. Aber egal in welche Himmelsrichtung sie blickte, es sah überall genau identisch aus. Hätte sie einmal die Augen geschlossen und sich im Kreis gedreht, sie hätte nicht mehr sagen können, aus welcher Richtung sie gekommen war. Die Sonne verschwand langsam hinter den roten Felsen und tauchte die Umgebung dadurch in ein seltsames, fahles, braungraues Licht. Es wurde kühler. Irgendwann musste doch das Reservat kommen.

Mindys wilde Sorgen und Kummer verflogen etwas und sie machte sich eher Gedanken darum, ob sie nicht doch zurückreiten sollte. Aber wie lange war sie unterwegs gewesen, eine halbe Stunde oder doch länger?

Nachdem die Sonne viel zu schnell untergegangen war, konnte sie gerade noch so ihre Hand vor Augen sehen.

Daisy stapfte dennoch tapfer weiter durch das trockene Gras und den rissigen Sandboden. Die Hufe waren das einzige Geräusch neben ein paar Käuzen in der Ferne.

Sie verfluchte ihre spontane Handlung. Sie war zwar froh, Charlotte und Skylar blöd dastehen zu lassen und mit dem Pferd und erhobenen Hauptes davon geritten zu sein, aber anscheinend hatte sie die Entfernungen unterschätzt.

Was sollte sie jetzt machen? Sie war müde, ihre Kleidung immer noch schmutzig und verschwitzt, aber langsam begann sie zu frösteln. Sie hatte ja nur ein Top und eine Jeans an.

Sie befahl Daisy anzuhalten und stieg vom gescheckten Rücken des Pferdes. Für eine Weile stand sie ratlos im Nirgendwo und sah sich in alle Richtungen um. Nichts.

Ein paar Minuten führte Mindy Daisy an den Zügeln zu Fuß weiter geradeaus, dann beschloss Mindy, dass es keinen Sinn hatte. Sie würde sich immer weiter hier draußen in der finsteren Steppe verirren.

Sie band Daisy notdürftig an einem winzigen kargen Strauch fest und legte sich anschließend auf den noch vom Tag aufgewärmten rissigen Erdboden. Ein paar Büsche piekten Sie an den nackten Armen. Sie streckte die Arme und Beine nach allen Seiten hin aus und starrte in den sternenklaren Himmel. In Los Angeles hatte man fast nie die Sterne sehen können.

Je klarer der Himmel, desto klarer meine Gedanken.

Alles, was vorher ihr Leben gewesen war, war gescheitert. Ihre Familie, offensichtlich auch die Ehe ihrer Eltern, ihre gemeinsamen Pläne mit Miguel und ihr altes, vertrautes Umfeld in Brentwood Park. Und nun scheinbar auch ihre Zukunft, wenn sie tatsächlich nicht in wenigen Tagen nach Los Angeles zurückfahren würde.

Was würde sie mit ihrem Leben anstellen? Sollte sie doch mit ihrer Mom nach Alabama gehen? Das konnte sie sich kaum vorstellen.

Sie brauchte das Meer und das gemäßigte Klima.Sie spielte tatsächlich mit dem Gedanken, ihrer Mom zu erklären, dass sie nach Los Angeles zurück müsse. Aber mit welcher Begründung würde ihre Mom das zulassen?

Gerade verstanden sie sich tatsächlich sehr gut und Deborah war auffällig locker und befreit, ihr schien die Umgebung und der Tapetenwechsel gut zu tun.

Vielleicht sollte sie ihre Mom noch mal nach Dad fragen. Bisher hatte sie dieses Thema immer abgeblockt. Es ging ihr einfach zu nah, dass er sie einfach im Stich gelassen hatte mit all den

Problemen. Aber Mindy hatte noch so viele Fragen.

Daisy hatte sich schnaubend neben ihr niedergelassen und schaute sie erwartungsvoll an. Der fast volle Mond spiegelte sich in ihren runden Augen. Ihr Körper strahlte eine angenehme Wärme aus.

Mindy drehte sich auf dem staubigen Boden dichter zu Daisy heran und legte ihr eine Hand auf den felligen Bauch.

Kurz bevor sie einschlief murmelte sie noch „Bist du schön warm."

September 1998, Hope, Arizona

Deborahs Hände zitterten, als sie diese zum Gebet zusammengefaltet hatte. Es war bereits zwei Uhr nachts und sie kauerte auf der Couch im Wohnwagen und fror. Sie hatte fürchterliche Angst. Was war nur passiert? Wo war Mindy? War sie jetzt tatsächlich abgehauen? Hatte sie es wirklich gewagt? Sie mochte es sich gar nicht ausmalen, was das bedeuten würde.

Als sie vor ein paar Tagen in Mindys Schlafzimmer ein paar Kleider wegsortierte, hatte sie unter ein paar Hosen einen Ausweis gefunden, mit einem falschen Namen und einem Geburtsdatum, auf dem sie bereits zwei Jahre älter war. Deborah war aus allen Wolken gefallen und hatte es bis heute nicht fertiggebracht, Mindy darauf anzusprechen. Wozu in Gottes Namen trug sie so etwas mit sich herum?

Mit weichen Knien tappte Deborah zu Mindys Kommode und schaute an exakt der gleichen Stelle nach, wo sie neulich den Pass gefunden hatte. Er lag tatsächlich noch da.

Deborah fiel auf der einen Seite ein Stein vom Herzen, auch wenn es sie nach wie vor beunruhigte. Aber sie wagte es nicht, diesen an sich zu nehmen.

Aber wenn Mindy nicht abgehauen war, wo war sie dann?

Deborah war gegen neun Uhr abends von ihrer Versammlung bei der Kirche gekommen. Sie organisierte dort für ein großes Fest am Wochenende eine Wohltätigkeitsveranstaltung mit Spenden für einen guten Zweck. Ian hatte sie als Organisatorin dafür vorgeschlagen und Deborah war zunächst etwas verlegen gewesen. Würden die Dorfbewohner sie gleich in solch einer Position akzeptieren? Aber sie hatte sich überreden lassen und nun großen Spaß daran, alles vorzubereiten.

Erst war es Deborah nicht merkwürdig vorgekommen, Mindy nicht im Wohnwagen anzutreffen. Sie war oft noch unterwegs, aber spätestens um zehn Uhr sollte sie dann zu Hause sein. Und jetzt war es zwei Uhr nachts. Sie hatte bereits Ian wachgeklingelt und dieser hatte sofort bei Officer Dalton angerufen. Deborah hatte ja keine Ahnung, wo man anfangen sollte zu suchen. Wo in alles in der Welt konnte Mindy sein? War ihr etwas zugestoßen? Wer hatte sie zuletzt gesehen?

Deborah musste schlucken, um die Tränen zu unterdrücken und versuchte, ruhig zu atmen. In dieser Situation wünschte sie sich tatsächlich Clark an ihrer Seite. Er hätte sie beruhigt und alles sachlich betrachtet. Es würde eine völlig logische Erklärung geben, wo sie abgeblieben war.

Das musste sie sich einfach immer wieder einreden.

In Gedanken, hörte sie Clarks Stimme, wie er beruhigende Worte zu ihr sprach. Aber die Tränen liefen trotzdem über ihre Wangen, während sie unaufhörlich aus dem Fenster zum Weg schaute. Dann plötzlich tauchten zwei Scheinwerferlichter am Tor des Trailer Parks auf.

Erst als das Auto vor ihrer Tür hielt und der Motor sowie auch die Scheinwerfer ausgeschaltet wurden, die sie stark blendeten, konnte sie sehen, dass es Mr. Cannaghan mit seinem Pick-Up war. Deborah entriegelte die Tür und polterte die Verandastufen herunter.

„Mr. Cannaghan, haben Sie Mindy gefunden? Gibt es was Neues?" Sie war ganz atemlos.

„Nicht ganz", murmelte er. „Aber eine Spur."

Deborah sah ihn erwartungsvoll an.

„Josh Evans hatte sich auf der Ranch umgehört und erfahren, dass Mindy ihre letzte Schicht nicht beendet hatte. Eine umgekippte Schubkarre wurde beim Misthaufen gefunden. Die beiden Reiterinnen Charlotte Thompson und Skylar Coleman haben Josh erzählt, Mindy hätte Charlottes Pferd gestohlen und wäre damit davon geritten in die Steppe." Er deutete mit der Hand in die Richtung hinter der Farm.

„Ein Pferd gestohlen?", wiederholte Deborah völlig perplex. Was war nur in sie gefahren?

„Wie sieht's aus?", fragte Mr. Cannaghan. „Wollen sie mit Suchen helfen? Ich fahr jetzt ins Gelände. Josh ist auch mit dabei."

-

Mit dem Pick-Up brausten Deborah, Josh und Mr. Cannaghan durch die Dunkelheit, querfeldein über Sträucher und Steine. Die Strahler auf dem Wagendach erleuchteten die Steppe vor ihnen und sie hatten zusätzlich Taschenlampen dabei und leuchteten soweit der Lichtkegel es zuließ. Dabei riefen sie aus den geöffneten Fenstern immer wieder Mindys Namen.

„Eigentlich kann sie nur in diese Richtung geritten sein. Da vorne sind die Berge, da kommt man nicht weiter", erklärte Josh. Deborah war froh, dass Josh mit dabei war. Mindy und er schienen sich gut zu verstehen und viel Zeit miteinander zu verbringen. Er roch zwar ziemlich nach Zigaretten, aber ansonsten schien er ein anständiger Junge zu sein. Wenn einer wüsste, was momentan in Mindy vorging, dann war er es wohl.

Mr. Cannaghan fuhr immer wieder Schlangenlinien um größere Hindernisse herum und Deborah hatte jetzt schon die Orientierung verloren. Vermutlich war es Mindy nicht anders ergangen.

„Kann Mindy überhaupt reiten?", fragte Josh verwundert.

Deborah nickte. „Ja, ihr Dad hatte ihr mit zehn ein eigenes Pferd gekauft. Sie ist ein paar Springturniere geritten, aber dann wurde das Reiten irgendwann anscheinend uncool. Ist also eine ganze Weile her." Ihre eigene Aussage beunruhigte Deborah schon wieder. Was, wenn sie verletzt war? Wenn das Pferd sie irgendwo abgeworfen hatte?

„Vielleicht sollten wir doch im Hellen im Morgengrauen weitersuchen", meinte Mr. Cannaghan.

„Nein, bitte fahren Sie weiter", bat Deborah und fasste Mr. Cannaghan an die Schulter. Dieser machte nur ein schnaufendes Geräusch und beschleunigte den Wagen noch einmal, sodass sie reichlich Staub aufwirbelten.

„Da, ein Pferd", rief Josh.

„Wo?", schrie Deborah aufgeregt.

Josh wedelte mit seiner Taschenlampe und versuchte den genauen Punkt anzuvisieren.

„Ein Pferd", schrie Deborah noch einmal überflüssigerweise

„Fahren Sie nach rechts."

Mr. Cannaghan schlug sofort ein und fuhr einen großen Bogen. Um das Pferd nicht zu verschrecken, hielten sie einige Meter weiter entfernt und liefen zu Fuß auf die mitten im Nichts stehende Stute zu.

„Das ist Daisy", flüsterte Josh. Er machte ein paar Laute, um sie anzulocken und sie zu beruhigen.

Im Schein der Taschenlampe konnten sie neben einem Busch etwas Dunkles erkennen, das auf dem Boden lag.

„Mindy", rief Deborah aus und erschrak selbst über ihre laute Stimme hier in der absoluten Stille. Sie hielt sich die Hand vor den Mund. Sogleich dachte sie wieder daran, dass Mindy gestürzt war, sich etwas getan hatte, oder an die Klapperschlangen. Josh und sie liefen nun etwas schneller auf das zusammengerollte Mädchen zu. Als ihre Schritte immer lautere Geräusche von sich gaben und das Licht greller wurde, wachte Mindy auf und erschrak automatisch, war hellwach von einer Sekunde auf die andere. Sie kniff die Augen zusammen, wegen des grellen Lichts.

Mindy war völlig verwirrt und musste erst mal die Umgebung und die Situation einordnen. Sie hatte sich verlaufen und war dann hier gemeinsam mit Daisy eingeschlafen. Sofort bemerkte sie, wie kalt ihr war. Jetzt erkannte sie auch die beiden Gestalten, die auf sie zu gerannt kamen.

„Mom, Josh", sie war tatsächlich so erleichtert, die beiden zu sehen, dass ihr fast eine kleine Träne aus dem Auge kullerte.

„Mindy, da bist du ja, zum Glück ist dir nichts passiert." Deborah nahm ihre Hand, half ihr auf und umarmte sie ausgiebig.

„Ich hab schon befürchtet, dir wäre etwas zugestoßen. Was ist nur in dich gefahren?"

„Alles gut, Mom. Tut mir leid, ich habe mich verirrt hier draußen und dann wurde es dunkel."

„Schon gut. Hauptsache, du bist wieder da. Aber einfach abzuhauen und ein Pferd zu stehlen muss Konsequenzen haben, Mindy. Darüber reden wir noch." Sie umfasste die Schultern ihrer Tochter und geknickt trottete Mindy gemeinsam mit Josh und ihrer Mom zum Pick-Up zurück. Mr. Cannaghan hatte die ganze Zeit etwas abseits im Wagen gewartet.

Sie wickelten Mindy in eine Wolldecke, die hinten auf der Rückbank lag, und Deborah ließ sie nicht wieder los.

„Und ich dachte, du wärst verschwunden", murmelte sie, eher zu sich selbst.

„Wo soll ich denn hin, Mom?", fragte Mindy abwesend.

Ja, das fragte sich Deborah auch. Wo sollte Mindy hin?

Wo wollte sie hin? Was hatte sie mit dem Pass vorgehabt?

Aber all das musste jetzt warten. Das Wichtigste war erst mal, dass Mindy wieder hier war. Die Standpauke würde später folgen. Dafür war Deborah eindeutig zu ausgelaugt. Sie konnte doch nicht innerhalb weniger Wochen ihren Mann und dann auch noch ihre Tochter verlieren.

September 1998, Hope, Arizona

Es war Samstag und auf der Ranch herrschte reges Treiben. Es gab ein großes Fest und alles war liebevoll geschmückt. Überall hingen bunte Fähnchen und an den großen Fahnenmasten waren die Landesflaggen gehisst, die in rot, weiß, und blau vor dem cyan-farbenen Himmel leuchteten.

Die Sitze der Kutsche waren mit Blumenkränzen versehen und die daran angespannten Ponys hatten Schleifen in der Mähne.

Es gab einen Getränkeausschank und ein Barbecue. Es roch köstlich und der Duft waberte nur so zwischen all dem Getümmel hindurch und blieb in jeder Nase hängen.

Überall liefen Kinder herum und tobten in den Heubergen.

Mindy wurde bereits über den Ablauf und das Programm in Kenntnis gesetzt und hatte schon seit gestern Abend bei den Vorbereitungen mitgeholfen. Sie war froh, einmal etwas anderes zu machen, als Ställe auszumisten.

Es sollte eine Rodeo-Show am Nachmittag geben, bei der die Kinder in riesigen Gefäßen mit Sand und Erde nach Gold suchen konnten. Natürlich konnte man statt echtem Gold nur kleine, golden angemalte Nuggets aus Stein finden. Mindy hatte eigens unzählige Steine am vorigen Abend noch mit goldener Farbe angepinselt. Aber die Kinder konnten sieben und waschen, wie die echten Goldgräber.

Und als Mr. Garcia von Mindys nächtlichem, unfreiwilligen Ausflug mit Daisy gehört hatte, war er ganz angetan, von ihren Reitkünsten und ließ sie gleich bei der Pferde-Parade mitlaufen. Im Gegensatz zu Deborah sah er Mindys Aktion nicht so eng. Sie hatte das Pferd schließlich nur *ausgeliehen* und heil wieder zurück gebracht.

Sie durfte auf Daisy reiten, was eigentlich Charlotte zugestanden hätte. Diese musste nun in die Röhre schauen und ein anderes Schulpferd nehmen. Dies trug nicht unbedingt dazu bei, dass sie und Mindy sich besser verstanden. Aber Mindy wollte ihr und Skylar eh aus dem Weg gehen. Noch mehr negative Energie brauchte sie wirklich nicht.

Sie musste sich beeilen, denn die Parade ging gleich los. Aber ständig kamen Mitarbeiter der Ranch auf sie zu und fragten sie nach diesem und jenem.

Deborah hatte für den heutigen Tag eine Wohltätigkeitsveranstaltung im Rahmen der Kirche auf die Beine gestellt. Für den guten Zweck durfte jeder, der etwas abzugeben hatte, diesen Gegenstand versteigern. Das eingenommene Geld sollte dann einem guten Zweck dienen.

Mindy hatte sich bereit erklärt, eines ihrer teuren Kleider von Marc Jacobs zu spenden. Wann sich mal wieder eine Gelegenheit bieten würde, solche Kleider zu tragen, war ohnehin fraglich.

Mindy schwang sich auf Daisy und reihte sich in die Gruppe der anderen Reiter ein. Sie hatten eine festgelegte Reihenfolge, in der sie auf den Hof einreiten würden.

Die Einwohner von Hope und einige Besucher von außerhalb sowie ein paar Touristen waren dort und alle schauten gebannt auf die große Eröffnung. Mindy fühlte sich fast wie auf einem ihrer Reitturniere früher.

-

Nachdem alle Reiter samt Pferden eingeritten und mit einem großen Applaus belohnt worden waren, kehrte wieder Ruhe bei den Gästen ein. Mr. Garcia begab sich nach vorne auf ein Holzpodest, um seine Begrüßungsrede zu halten.

Er dankte all den Mitarbeitern und Organisatoren und wünschte auch in diesem Jahr wieder eine reichhaltige Ernte.

Aber vor allem dankte er all den treuen Bewohnern von Hope, ohne die sie heute nicht hier stünden und das 150-jährige Jubiläum des Dorfes feiern würden.

Vor langer Zeit, um genau zu sein im Jahre 1858, siedelten sich hier die Menschen an, nachdem vor ihnen an genau diesem Ort die ersten Goldgräber jahrelang dem großen Rausch gefolgt waren. Lange hatten sie vergebens nach dem Edelmetall gesucht, aber sie hatten über Jahre nie aufgegeben und nie die Hoffnung verloren, bis sie schließlich doch noch fündig geworden waren. Und darum trug das Dorf heute den Namen Hope. Alle Menschen hier seien über die Jahre immer hoffnungsvoll gewesen und hatten immer das Beste aus ihrem doch so abgeschiedenen, bescheidenen Leben gemacht. Manche waren mit Nichts hierhergekommen und hatten hier ein glückliches, zufriedenes Leben gefunden. Viele ältere Bewohner lebten hier schon ihr ganzes Leben lang.

Mindy verstand nun die Mentalität der Einwohner etwas besser und warum sie und ihre Mom hier so herzlich aufgenommen wurden. Sie waren ebenfalls mit Nichts hierhergekommen.

Zum Abschluss wünschte er allen einen tollen Tag und eröffnete diesen abschließend mit einem Salutschuss aus seinem Gewehr. Mindy zuckte zusammen.

Josh wollte sie danach unbedingt mit zu dem Schießwettbewerb nehmen, aber sie fühlte sich nicht ganz wohl dabei. Sie hatte noch nie ein Gewehr in der Hand gehalten.

„Das ist ganz einfach, ich zeig's dir. Ich komme schließlich aus Texas, da kriegt man ein Gewehr praktisch in die Wiege gelegt." Dieser Vergleich wollte Mindy so leicht nicht mehr aus dem Kopf.

Auf der Wiese hinter der Scheune waren im Abstand von etwa zehn, fünfzig oder einhundert Metern alte Blechbüchsen aufgestellt. Jeder hatte eine Markierung, an der man stehen musste, um zu zielen.

Josh schnappte sich eines der Gewehre, die am Gatter lehnten, lud es einmal gekonnt durch und reichte es Mindy. Etwas unbehaglich nahm sie die Flinte in die Hand und sah Josh fragend an.

„Du musst es *so* halten", er machte ihr die Bewegung einmal vor.

„Dann schaust du durch das Visier und zielst auf eine der Dosen. Der Griff sollte immer fest an der Schulter anliegen, damit du den Rückschlag besser abfängst. Und du solltest mit deinem Auge nicht zu nah ans Visier herankommen."

Puh. Das sind aber ziemlich viele Anweisungen auf einmal.

Sie versuchte alles richtig umzusetzen und Josh befand es für gut.

„Traust du dich?", fragte er.

Mindy kniff die Augen zusammen und konzentrierte sich auf die

Dose. Ihr Finger am Abzug zitterte ein wenig und sie wartete auf den richtigen Moment.

„Aber sei vorsichtig, du solltest den Rückschlag nicht unterschätzen, sonst...", Josh Worte wurden durch den enormen Knall unterbrochen und Mindy war rücklings mit dem Po auf dem Rasen gelandet. Das Gewehr hatte sie vor Schreck losgelassen und es war neben ihr auf den Boden gefallen.

Josh erschrak ebenfalls und musste dann aber einfach nur über ihre Tollpatschigkeit lachen.

„Das ist überhaupt nicht witzig", zeterte Mindy, während Josh ihr aufhalf und immer noch lachte. Natürlich hatte sie keine der Dosen getroffen.

„Was für ein Teufelsgerät", fluchte sie.

„Das ist doch noch gar nichts, nur ein kleines Kaliber."

Er hob diese vom Boden auf, setzte sie an, visierte die Dosen an und schoss die obere der drei übereinanderstehenden Büchse herunter. Mindy klatschte anerkennend in die Hände.

„Dafür kann ich reiten und du nicht", gab sie zurück.

Das konnte Josh so stehen lassen.

„Wo wir gerade beim Thema Hobbies sind", fing er an. „Komm mit, ich will dir was zeigen."

Mindy stieß sich vom Gatter ab und lief Josh hinterher durch das Getümmel. Gerade hatte die Rodeo-Vorstellung angefangen und über ein Mikrofon kündigte Mr. Cannaghan die mutigen Mitstreiter an. Sie sah Ian und ihre Mom ebenfalls auf der Tribüne stehen und die Action beobachten.

Sie folgte Josh etwas abseits der Menge zu der Scheune, in der er immer arbeitete und wo die landwirtschaftlichen Maschinen parkten.

„Was hast du vor?", wollte Mindy wissen.

„Wart's ab", gab er nur zurück und führte sie an drei Traktoren vorbei bis ans hintere Ende der Scheune.

Dort, wo kaum noch Licht hinfiel, stand etwas in der Ecke unter einer grünen Plane versteckt.

Mit wenigen gekonnten Handgriffen hob er die Plane an den untersten Enden an und raffte diese zurück, sodass darunter ein Fahrzeug zum Vorschein kam.

„Ein Auto", stellte Mindy emotionslos fest.

Josh schnalzte mit der Zunge. „Das ist nicht irgendein Auto. Das ist ein Ford Mustang Cabrio, Baujahr 1967."

Mindy strich mit der Hand einmal über die noch etwas staubige, rote Motorhaube. „Kann man damit fahren?"

„Mittlerweile wieder, ja. Ich habe es hier in der Scheune gefunden, kurz nachdem ich hier angefangen hatte zu arbeiten. Es gehörte wohl Mr. Garcias Vater, der aber schon lange tot ist. Ich habe ihn gefragt, ob er etwas dagegen hätte, dass ich ihn wieder fit mache. Und er meinte, ich darf ihn behalten, wenn ich ihn wieder zum Laufen kriege. Scheinbar hatte er nicht sehr viel Hoffnung daran gesetzt."

„Darf ich?", Mindy deutete auf die Tür und den Fahrersitz.

„Nur zu", erlaubte Josh. „Die Sitze haben noch einige Risse und Blessuren und die Karosserie hat noch so allerhand Roststellen. Dafür fehlte mir bisher das Geld. Aber der Motor schnurrt wieder wie ein Kätzchen", er lachte verlegen.

Mindy saß auf dem weißen, etwas vergilbten Ledersitz und umfasste das Lenkrad. Sie drückte die Hupe und es entwich ein klägliches Tröten. Josh schwang sich um das Auto herum und hüpfte auf den Beifahrersitz.

„So, und wo geht's jetzt hin?", fragte er Mindy.

„Na, nach Kanada, wie du es immer vorhattest", Mindy lachte und hupte erneut. Sie saßen eine Weile nebeneinander in dem Oldtimer und träumten sich an einen anderen Ort.

Mindy genoss den Tag und amüsierte sich seit langem mal wieder so richtig. Sie hatte heute noch keinen Gedanken an ihren Dad oder an Miguel verschwendet. Josh Gesellschaft schien ihr gut zu tun. Das Gefühl hatte sie wirklich zu lange vermisst.

„Warum können nicht alle Typen so ehrlich und interessant sein, wie du?"

Josh überlegte kurz, ob er es sagen sollte. „Dann *nimm* doch mich."

„Und lustig bist du auch noch."

„Ach, bin ich das?", Josh lachte verlegen und jetzt musste Mindy auch lachen. Wenigstens hatte er sie damit aufgemuntert, doch eigentlich hatte er es ernst gemeint. Aber er hatte sie tatsächlich heute zum ersten Mal lachen sehen, seit sie hier war.

Das ist ja schon mal was für den Anfang. Darauf konnte man aufbauen.

-

Langsam wurde es dunkel und einige Besucher waren bereits gegangen. An manchen Ecken wurde schon etwas aufgeräumt und Mindy und Josh hatten gerade noch ein paar Spare Ribs abgestaubt.

Sie saßen auf dem Gatter und nagten an den Rippchen. Josh rauchte und trank ein Bier und Mindy verzichtete lieber, falls ihre Mom auftauchen würde. Wo war die überhaupt abgeblieben? Mindy hatte sie schon eine ganze Weile nicht mehr gesehen.

Mindy dachte an die Geschichte von Mr. Garcia und sie fühlte sich ein bisschen so wie die Goldsucher. Sie hatte jetzt so viel Zeit hier in Hope verbracht. Und was hatte ihr das genützt? Antworten zu ihrem Dad und wie es jetzt weitergehen sollte, würde sie hier anscheinend nicht finden. Sie sollte aufgeben. Sie sollte den Kampf gegen ihre Mom beenden und wohl oder übel mit nach Alabama fahren. Von Miguel hatte sie immer noch nichts gehört. Scheinbar würde er sie wirklich nicht hier raus holen und sie zurück nach L.A. bringen. Also war sowieso alles hinfällig. Die ganze Zeit über hatte sie gedacht, es würde sich schon noch eine Gelegenheit, eine Lösung finden. Aber ihre Hoffnung schwand immer mehr. Und irgendwie hatte sie keine Kraft mehr, immer gegen alles anzugehen. Sie musste einsehen, dass sie den kürzeren gezogen hatte. Noch war sie nun mal siebzehn und so lange sie mit ihrer Mom zusammen war, würde sie wohl oder übel dahingehen müssen, wo ihre Mom hinwollte. Sie würden noch eine Weile hier in Hope bleiben und darauf warten, bis die Reparatur des Range Rovers abgeschlossen war. Das Geld dafür hatten sie tatsächlich fast zusammen. Und dann würden sie zu Tante Suzy fahren.

Mindy musste ihre Mom suchen. Sie wollte sich dafür entschuldigen, immer so trotzig und schwierig gewesen zu sein. Ihre Mom hatte es schon schwer genug, mit allem allein gelassen worden zu sein. Und sie musste jetzt zu ihr halten. Das wurde ihr plötzlich klar. Sie hatte doch so viel für sie getan und immer nur das Beste für Mindy gewollt.

Sie machte sich auf, zu der Stelle, an der vorhin die Versteigerung stattgefunden hatte. Sie hatte sie ganz verpasst und gar nicht mitbekommen, wer nun ihr Kleid erstanden hatte.

Sie traf Ian, der die übrig gebliebenen Sachen zurück in Kartons verstaute. „Weißt du, wo meine Mom ist?", fragte sie ihn.

Er zuckte nur mit den Schultern.

„Sie ist vor einiger Zeit ins Hauptgebäude gegangen. Dort hatten wir in einem der Räume die versteigerten Sachen gelagert. Vielleicht findest du sie dort", er deutete auf den Haupteingang.

Mindy trabte los. Im Haus war es dunkel und sie war ja bisher nur einmal hier gewesen, als sie nach dem Job gefragt hatten. Der alte Dielenboden quietschte und all die massiven Holztüren, die vom Flur abgingen, waren verschlossen. Sie fühlte sich etwas unwohl, hier einfach so herumzuschnüffeln und wollte nicht jede Tür öffnen. Es war immerhin das Wohnhaus von Mr. Garcia und seiner Frau.

Am Ende des Flurs, dort, wo sich das Büro befand, entdeckte sie einen kleinen Lichtspalt, der durch eine nur angelehnte Tür schien.

Sie hörte eine Stimme und war sich sicher, dass es die ihrer Mom war. Sie hörte sich aufgewühlt an, aber noch konnte Mindy die Worte nicht verstehen. Mit wem sprach sie? Sie hörte niemand anderen reden. Mindy blieb vor der Bürotür stehen und lauschte.

„Nein, das werde ich nicht zulassen. Das kann ich ihr nicht antun." Deborahs Stimme war bestimmend.

„Wir bleiben bei unserer Abmachung, du wirst keinen Kontakt zu Mindy aufnehmen. Das hast du dir alles selbst zuzuschreiben, Clark. Sie soll es nicht erfahren. Das würde sie nicht verkraften."

Mindy wich die Farbe aus dem Gesicht. Hatte ihre Mom gerade ernsthaft den Namen ihres Dads erwähnt? Wieso telefonierte sie mit ihm? Er war doch untergetaucht. Was sollte das?

Sie hörte Schritte und wie Deborah den Hörer energisch auf die Gabel schlug.

Mindy versteckte sich um die Ecke.

Deborah sah sich in alle Richtungen um, schloss dann zaghaft die dunkle Holztür und verschwand nach draußen durch den Nebeneingang am anderen Ende des Flurs.

Wieso konnte ihre Mom mit ihrem Dad telefonieren, wenn sie doch nicht wusste, wo er steckte? Oder hatte er sich bei ihr gemeldet? Aber woher sollte er wissen, dass sie in Hope sind und hier und heute auf der Ranch? Das kam Mindy alles äußerst seltsam vor. Hatte sich etwas getan in Dads Fall und er musste nicht mehr ins Gefängnis?

Das Gespräch hatte sich allerdings nicht so erfreulich angehört.

Und was sollte Mindy nicht erfahren? Sie verstand gar nichts mehr.

Mindy löste sich aus ihrer Starre und schlich sich ebenfalls in das Arbeitszimmer von Mr. Garcia.

Sie begutachtete das Telefon. Es war eines der moderneren Apparate, die bereits ein digitales Display hatten.

Mindy klickte sich mit den Tasten durch das Menü und fand die Rufliste der letzten, geführten Telefonate. Tatsächlich stand dort eine nicht unterdrückte Nummer. Und sie kam aus San Francisco.

Einen Monat zuvor, Brentwood Park, Los Angeles

Deborah kam beinahe lautlos ins Wohnzimmer, wo Clark auf dem Sofa saß, abwesend und eingenommen vom Footballspiel im Fernsehen. Er hatte sein Hemd aufgeknöpft und es hing kraus über seine Jeans. Vor ihm auf dem gläsernen Couchtisch stand eine bereits halbleere Rotweinflasche.

Ohne, dass Clark zu ihr aufschaute, stellte Deborah sich neben ihn und hielt sich an der Lehne des Sofas fest.

„Mindy sagte, heute sind zwei Männer vom FBI hier gewesen."
Sie hoffte, dass Clark das Zittern in ihrer Stimme nicht bemerkte. Clark reagierte immer noch nicht und zappte durch die Programme, ohne sie wirklich wahrzunehmen.

Deborah wartete ein paar Augenblicke, dann reichte ihr das Spielchen. Sie ging zum Fernseher und schaltete ihn am Gerät direkt aus. Clarks Reaktion bestand nur darin, resigniert die Fernbedienung neben sich auf das Sofa zu schleudern. Er schaute immer noch durch sie hindurch, obwohl sie genau dort stand, wo eben noch seine Lieblingsfootballmannschaft zu sehen gewesen war.

„Clark, was hast du getan?", Deborah schüttelte mit dem Kopf.

„Ich will es auch eigentlich gar nicht genau wissen. Aber egal, was es ist, du scheinst ziemlichen Mist gebaut zu haben."

„Beruhig dich Deb, ich krieg das wieder hin."

„Du kriegst das wieder hin?" Deborahs Stimme erhob sich.

„Seit Wochen ignorierst du die Vorladungen, jetzt klingelt schon das FBI bei uns. Willst du ernsthaft, dass deine Tochter mit ansehen muss, wie ihr eigener Vater in Handschellen abgeführt wird?"
Jetzt schwieg Clark wieder. Deborah senkte den Blick.

„Du wolltest immer hoch hinaus, immer höher und weiter. Wolltest immer gewinnen. Aber das anscheinend nicht immer ganz legal. Dieses Mal hast du zu hoch gepokert, Clark. Und du hast verloren, sieh es ein."
Clark knickte ein.

„Ich weiß nicht, wie das passieren konnte. Ich hatte alles im

Griff. Irgendeiner meiner Angestellten muss sich verplappert haben, einen Fehler gemacht haben bei den Zahlen. Jahrelang hatte doch alles so gut funktioniert", seine Stimme brach und er vergrub das Gesicht in seine Hände.

Deborah wusste nicht, ob er sich mehr darüber ärgerte, dass seine Machenschaften aufgeflogen waren oder sich eher dafür schämte, die krummen Geschäfte überhaupt begangen zu haben. Clark hatte sein ganzes Leben lang schon immer den großen Erfolg gewittert und war um nichts verlegen gewesen, diesen auch zu erlangen. Er hatte gegen Naturschutzaktivisten im Prozess gewonnen, um an einer Bucht am Pazifik Luxus-Apartments bauen zu können. Er hatte in seiner beruflichen Laufbahn reihenweise Mitarbeiter entlassen, die nicht bereit gewesen waren, genauso über Leichen für den Erfolg der Firma zu gehen, wie er. Irgendwann schreckte man also auch nicht mehr vor Steuerhinterziehungen und Unterschlagung von Geldern zurück, stellte Deborah fest. Deborah hatte selbstverständlich die Vorladungen mit den Anschuldigungen gelesen.

„Ich werde mich von dir trennen, Clark", verkündete Deborah kühl.

„Deb, sag so was nicht. Ich verspreche dir, ich rede mit denen und vielleicht gibt es ja eine Möglichkeit nur eine Bewährungsstrafe zu bekommen."

Deborah schnaubte. Bei den Anschuldigungen, um die es ging, und über solch einen langen Zeitraum. „Das glaubst du ja wohl selbst nicht. Aber das ist nicht der einzige Grund", fuhr Deborah fort und lächelte kalt.

Clark sah sie verständnislos an.

„Ach Clark, verkauf mich doch nicht für dumm. Glaubst du, ich wüsste nicht, dass du nicht nur länger *arbeitest*, wenn du über Nacht in San Francisco bleibst?"

Clark wich die Farbe aus dem Gesicht und er nahm noch einen kräftigen Schluck Wein.

„Seit wann weißt du davon?"

„Von *Rachel*? Von deinem *Doppelleben*? Viel zu lange."

Der Name kam ihr nur schwer über die Lippen.

Einmal hatte Deborah sie spät abends in Clarks Wohnung am Telefon gehabt. Da war ihr eigentlich alles klar gewesen.

„Mindy darf davon nichts erfahren. Sowohl von der einen Sache nicht, als auch von der anderen", flehte er.

Natürlich nicht, Mindy vergötterte ihn ja zutiefst. Ihre Welt würde zusammenbrechen, wenn sie erfuhr, dass ihr Dad jahrelang ein Doppelleben geführt hatte und all ihr Wohlstand nur auf einem Lügengerüst basierte.

„Das wird schwierig, wenn du plötzlich nicht mehr da bist, weil du im Gefängnis sitzt. Es würde ihr womöglich auffallen", spottete sie.

„Ich lasse mir schon etwas einfallen", brummte Clark.

„Nein, Clark, ich lasse mir etwas einfallen. Ich werde Mindy nicht verletzen. Ich möchte mich nämlich noch im Spiegel ansehen können. Wie *du* das noch kannst, frage ich mich wirklich." Deborah griff zu der fast leeren Rotweinflasche, füllte sich ein eigenes Glas voll und leerte es in einem Zug. Sie wusste nicht, wie lange es her war, dass sie überhaupt Alkohol getrunken hatte. Es würde das erste Mal seit langem und das letzte Mal sein.

„Clark, ich werde Mindy nichts davon erzählen. Aber im Gegenzug möchte ich, dass du dich für das verantwortest, was du getan hast und dich der Polizei stellst, egal, welche Konsequenzen das für dich haben wird. Und ich möchte, dass du morgen nicht mehr wiederkommst."

September 1998, Hope, Arizona

Mindy konnte es nicht zurückhalten, ihre Worte und Gedanken mussten jetzt raus, mussten irgendwohin. Schluss mit dieser ganzen Geheimnistuerei. Wie sich herausgestellt hatte, war Mindy nicht die einzige, die Geheimnisse mit sich herumtrug. Ihre Mom hütete offenbar ein viel schlimmeres Geheimnis.

Sie rannte aus dem Büro von Mr. Garcia nach draußen, wo es bereits dunkel geworden war und viele Leute beim Abbauen halfen. Ebenfalls Mindys Mom. Sie trug ein paar Kisten der versteigerten Gegenstände und quatschte mit Ian, als wäre alles wie immer. Nichts war wie immer.

Seit ein paar Wochen schon war nichts mehr wie vorher und seit wenigen Minuten hatte sich Mindys Welt, die sich gerade wieder eingependelt hatte, nun erneut völlig auf den Kopf gestellt.

„Mom", rief sie empört über den ganzen Hof. Und Deborah blieb erschrocken stehen, war gerade dabei, Ian beim Zusammenklappen eines Tisches zu helfen.

Mindy war jetzt schon ganz aus der Puste und ihre Unterlippe zitterte. Sie hatte Angst vor ihren eigenen Worten und vor der Antwort ihrer Mom.

Als Mindy in Reichweite war und sie nicht mehr schreien musste, stapfte sie die letzten Meter auf ihre Mom zu, die Hände zu Fäusten geballt, um sich innerlich zu beruhigen.

„Ich weiß es."

„Was weißt du?"

„Dass du Kontakt zu Dad hast. Du hast eben mit ihm telefoniert." Deborah ließ vor Schreck den Tisch aus den Händen gleiten und Ian polterte der Tisch beinahe auf den Fuß. Deborah war wie erstarrt und blickte Mindy nur an, fand keine Worte.

Mindy selbst konnte auch keinen klaren Satz formulieren, stattdessen rannen ihr die Tränen über die Wangen.

„Du wusstest, wo er ist und hast mir nichts gesagt?"

„Mindy, ich…"

„Wie lange weißt du es schon?"

Deborah starrte auf den Fußboden. Um die beiden herum waren

die fleißigen Helfer in ihren Aufgaben verharrt und bewegten die Blicke hin und her von Mindy zu Deborah. Mindy befürchtete, die Antwort bereits zu kennen.

Es herrschte fast eine Stimmung, wie bei einem Western, wo zwei Cowboys sich nur Auge in Auge anstarren und alle darauf warten, wann der erste Cowboy seine Waffe zückt.

„Du wusstest es die ganze Zeit, hab ich recht? Und du hast ihm den Kontakt zu mir verboten? Wieso?", Mindy klang völlig außer sich.

Sie fühlte sich so dermaßen von ihrer eigenen Mutter hintergangen. Dieses Gefühl hatte sie noch nie erlebt. Fast schämte sie sich für sich selbst, dass sie absolut nichts geahnt hatte.

„Ich wollte dich doch nur beschützen", entfuhr es Deborah.

„Vor was denn, Mom? Vor *Dad*?" Mindy war fassungslos.

„Vor der Wahrheit", flüsterte Deborah kleinlaut. Mindy schnaubte.

Wahrheiten sind genau das richtige Thema jetzt.

„Ach, und was ist die Wahrheit?", Mindy schüttelte den Kopf.

„Mindy, dein Dad ist nicht so perfekt, wie du ihn immer gesehen hast."

„Das ist *deine* Meinung, und selbst wenn, kannst du mir doch nicht vorenthalten, wo er ist."

Wieder schüttelte Mindy fassungslos mit dem Kopf.

„Nur weil du ihn seit Jahren hasst, gibt dir das noch lange nicht das Recht mich anzulügen. Die ganze Zeit hast du geschwiegen und gesagt, Dad sei untergetaucht, weil er ins Gefängnis muss."

„Das *ist* er ja auch. Und ins Gefängnis muss er auch", Deborahs Stimme begann brüchig zu werden.

„Und warum hast du mich dann im Glauben gelassen, du wüsstest nicht wo er ist? Er ist immerhin mein Dad."

„Und ich bin deine Mutter und ich habe entschieden, dass es so das Beste ist fürs Erste."

Mindy schnaubte. „Wann hattest du vor, es mir zu sagen?"

„Hör zu, Mindy. Es gibt Dinge zwischen Erwachsenen, die sind nicht so einfach zu erklären, ich wollte dich schützen. Du hast Dad immer über mich gestellt, ich habe nie gezählt, egal, was ich für dich getan habe. Die Wahrheit hättest du nicht verkraftet."

Mindy wollte die Selbstbemitleidung ihrer Mom nicht hören.

„Ach, und was ist nun die Wahrheit? Und was darf ich nicht erfahren, was mich zu sehr verletzen würde? "

Deborah schaute sich unsicher nach Ian um, dann wieder zu Mindy. Ian kam zu ihr und nahm ihre Hand, aber sie schüttelte sie wieder ab. Sie suchte nach den richtigen Worten und wie viel sie preisgeben sollte.

„Dass ich mich von ihm getrennt habe, ihm gesagt habe, er soll sich der Polizei stellen und verschwinden", flüsterte Deborah und sie konnte es selbst kaum glauben, dass ihr diese Worte über die Lippen kamen. Aber mehr durfte sie nicht sagen.

Mindys Augen weiteten sich und sie wusste absolut nicht mehr, was sie denken sollte. Wie hatte ihre Mom ihr das die ganzen letzten Wochen verschweigen können? Die ganze Zeit hatte Mindy gedacht, ihr Dad hätte sie im Stich gelassen, einfach mit den Problemen zurückgelassen. Solch einen Egoismus sah ihm auch gar nicht ähnlich. Klar, er war erfolgssüchtig, aber nicht egoistisch. Und dabei war die ganze Zeit ihre Mom die Egoistische gewesen. Nur weil Dad nicht mehr ihren Idealen und Vorstellungen eines guten Ehemannes entsprach und im Job einen Fehler begangen hatte, trennte sie sich von ihm und verlangte von ihm, seine Familie zu verlassen? Nur damit sie wieder beruhigt schlafen konnte?

„Okay, das reicht jetzt, das geht mir einfach echt zu weit, ich will nichts mehr hören." Mindy fühlte sich so hintergangen von ihrer eigenen Mom.

Deborah begann zu schluchzen. „Mindy, ich wollte mir gemeinsam mit dir etwas Neues aufbauen."

Mindy musste fast lachen über diese Aussage, obwohl ihr zum Heulen zumute war. „Ich aber nicht mit dir." Mindy wusste, dass diese Worte sie verletzen würden, aber sie kamen einfach aus ihr heraus. So lange schon hatte sie sie zurückgehalten. „Seit Wochen schon wollte ich abhauen, wollte weg von hier, weg von *dir*, Mom. Wir haben uns nie verstanden und jetzt hast du mir einmal mehr gezeigt, wie heuchlerisch du in Wirklichkeit bist."

Mindy stapfte quer über den Hof und ihr liefen die Tränen über die Wangen. Immerzu sprach ihre Mom von Werten und Moral und dann belog sie ihre eigene Tochter über Wochen und hielt ihren Dad auf Abstand. Was hatte sie denn damit bezwecken wollen? Ihre Mom konnte doch nicht ernsthaft glauben, dass sich dann plötzlich alle Ungereimtheiten in ihrer Mutter-Tochter-Beziehung in Luft auflösten. Im Gegenteil.

Sie fühlte sich so verraten. Seit Wochen hing sie hier in Hope fest und versuchte, das Beste aus der Situation und der verkorksten Beziehung zu ihrer Mom zu machen und dann tat sie ihr so etwas an.

So war Mindy doch die ganze Zeit davon ausgegangen, dass ihr Dad verschwunden war oder sogar bereits hinter Gittern. Und jetzt sowas. Das hatte ihr mal wieder gezeigt, dass ihre Mom eiskalt war und ihre Moral über ihre Gefühle stellte.

„Ich bin durch mit dir, Mom. Dieses Mal wirklich. Das ist echt das Letzte."

-

Mindy begann zu rennen. Runter vom Ranch-Gelände und quer über den Schotterweg bis zum Trailer Park.

Weg hier, einfach weg hier.

Sie hatte viel zu viel Zeit vergeudet.

Deborah wollte ihr nachlaufen, aber Ian hielt sie zurück. Als sie fast an ihrem Mobile Home angekommen war, hörte sie wie jemand hinter ihr herrannte. Bitte nicht, sie wollte jetzt niemanden sehen und schon gar nicht ihre Mom.

„Mindy, warte", es war Josh.

Ganz außer Atem erreichte er endlich ihre Veranda. Mindy ignorierte ihn erst und trat in ihr Zimmer.

Ohne zu zögern, begann sie ihren Rucksack unter dem Bett hervorzuholen und stopfte willkürlich irgendwelche Klamotten hinein.

„Hey, Mindy, warte doch, was hast du denn vor?" Josh stand im Türrahmen und beobachtete sie verzweifelt.

„Wonach sieht's denn aus?", pampte sie ihn an.

Josh musste grinsen. „Schon klar, du willst abhauen. Aber wo willst du hin? Es ist elf Uhr abends."

Mindy verdrehte die Augen. „Danke, Big Ben. Ich muss hier weg, ich muss meinen Dad finden. Und wenn ich zu Fuß gehe. Ich muss wissen, was genau los ist und meiner Mom glaube ich kein Wort mehr."

„Das versteh ich ja, aber willst du nicht erstmal drüber schlafen? Du kommst jetzt hier eh nicht weg."

„Ich kann meiner Mom nicht noch ein einziges Mal in die Augen sehen, ich habe mich lange genug von ihr verarschen lassen."

„Dann komm doch erstmal mit zu mir."

Mindy stopfte ihr bisher auf der Ranch verdientes Geld und den falschen Pass in eines der Seitenfächer des Rucksacks. Sie wollte aber nicht in Hope bleiben, sondern ihren Dad finden. Da hielt sie kurz inne und bekam eine Idee. Sie schaute zu Josh herüber und schwang sich den Rucksack über die Schultern.

„Josh?"

Er schaute sie fragend an.

„Du wolltest doch auch schon immer weg hier und ein Abenteuer erleben, oder?"

Als sie und Josh eine Weile später wieder auf der Ranch ankamen, war niemand mehr dort und alles war wieder aufgeräumt, so als hätte hier heute kein großes Fest stattgefunden. Alles wirkte wie ausgestorben, nur ein Coyote schlich ums Haus herum. Wo ihre Mom abgeblieben war, war ihr völlig egal, vermutlich heulte sie sich jetzt bei Ian aus.

Mit gezielten Schritten bewegten sie sich auf die hintere Scheune zu, in der Josh immer arbeitete.

Josh schüttelte den Kopf. „Ich kann immer noch nicht glauben, dass du mich tatsächlich überzeugen konntest."

„Tja, ich konnte Typen schon immer gut um den Finger wickeln", Mindy hatte sich wieder etwas gefasst. Josh brachte sie immer wieder runter mit seiner Art und nun hatte sie endlich einen

Plan, der sich auch in die Tat umsetzen ließ. Und sie würde dieses Mal nicht allein sein.

Josh öffnete das alte Tor mit seinem Schlüssel und schob es quietschend auf. Mindy und er zogen mit feuchten, nervösen Fingern die Plane vom Mustang beiseite und warfen sie in die staubige Ecke. Mindy schmiss ihren Rucksack auf die Rückbank und schwang sich auf den Beifahrersitz.

„Jetzt muss er nur noch anspringen. Eigentlich hätte ich noch etwas weiter daran basteln müssen, bis er wieder komplett in Schuss ist." Josh nahm neben ihr Platz und steckte zögerlich den Schlüssel ins Zündschloss. Der Motor stotterte etwas und Josh brauchte einen zweiten und einen dritten Anlauf, bis der Motor endlich an blieb und laut aufheulte, als Josh ein paar Mal das Gas im Stand durchdrückte.

Mindy hatte Bauchweh vor Aufregung. Endlich geschah etwas. Endlich löste sie sich aus dieser Starre, die diese aussichtslose Station in Hope in ihr ausgelöst hatte.

Der Auspuff qualmte die ganze Halle voll und Josh manövrierte das Cabrio vorsichtig um die landwirtschaftlichen Maschinen herum aus der Scheune und beschleunigte.

Mindy sog die frische Nachtluft ein und schloss die Augen.

Dann sah sie Josh hoffnungsvoll an und lächelte. Sie war ihm so dankbar dafür. Er bemerkte das und meinte nur: „Aber vorher muss ich auch noch ein paar Sachen bei mir zu Hause einpacken."

September 1998, Hope, Arizona

Deborah bekam kein Auge zu. Ian hatte sie mit zu sich genommen, da Ian verstand, dass es keine gute Idee war, wenn sie und Mindy jetzt aufeinandertreffen würden. Da stimmte sie ihm wohl oder übel zu und sie wollte Mindy die Zeit geben, die sie brauchte. Das wollte sie wirklich, aber sie konnte nicht. Sie musste ihre Tochter sehen. Sie hatte ihr doch nur die Hälfte erklären können. Sie hatte es in dem Moment einfach nicht aufgebracht, ihr die ganze Wahrheit über ihren Dad zu gestehen.

Sie wühlte sich aus ihren Laken auf Ians Schlafcouch, zog sich ihre Schuhe an und schlich nach draußen in die dunkle Nacht. Bis zu ihrem Wohnwagen waren es nur ein paar Schritte.

Sie trat durch das Fliegengitter und die dünne Kunststofftür. Dass die Tür nicht abgeschlossen war, beunruhigte sie schon wieder.

Sie betrat Mindys Zimmer, aber es war leer und es herrschte ein wildes Chaos an Mindys bunten Kleider, die verstreut auf dem Bett lagen und die Schubladen der Kommode standen sperrangelweit offen. Sie überkam wieder derselbe Gedanke, den sie bereits vor wenigen Tagen schon einmal durchlebt hatte.

Mit zitternden Fingern tastete sie in der Kommode an genau die Stelle, wo neulich noch der gefälschte Ausweis versteckt gewesen war. Dieses Mal aber griffen ihre Finger ins Leere. Die Schublade war bis auf wenige unwichtige Dinge leer.

Oh nein, das darf nicht wahr sein.

Verzweifelt sah Deborah sich in allen, winzigen Räumen und Ecken des Wohnwagens um, wohlwissend, dass es völlig umsonst war. Es war zu spät. Die ganze Zeit schon hatte ihre Tochter abhauen wollen. Weg von ihrer eigenen Mutter. Dieser Gedanke verursachte beinahe Übelkeit in ihr. Dieses Mal hatte sie es in die Tat umgesetzt und Mindy war wirklich weg. Und sie konnte es ihrer Tochter noch nicht mal verübeln.

Bis in die frühen Morgenstunden saß Deborah auf der Couch und starrte ins Nichts. Sie hatte den Wein getrunken, den Ian ihr vor kurzem geschenkt hatte, obwohl sie doch eigentlich nicht trank. Jetzt belog sie sich schon selbst. Ihre Gedanken waren verschleiert. Deborah ahnte, was Mindy vorhatte und wo sie hinwollte. Aber was würde sie vorfinden? Wie würde sie reagieren?

Als es draußen hell wurde, ging sie zurück zu Ians Wohnwagen. Er war schon wach. Deborah brachte nicht viele Worte heraus. Sie bat ihn, sie zum Pfarrer Smith nach Hause zu fahren.

Ohne zu fragen, was sie in dieser Herrgottsfrühe dazu bewegte, jetzt sofort mit dem Pfarrer zu sprechen, fuhr er den Wagen vor und sammelte die völlig übernächtigte Deborah ein.

Eigentlich kannte er ja die Antwort. Aber er ließ sie in Ruhe, wollte nicht noch weiter in der Wunde herumstochern.

Sie hielten vor dem kleinen, windschiefen Haus ganz in der Nähe der Saint Johns Chapel und Deborah klopfte energisch an die schwere Holztür. Etwas verdattert öffnete Pfarrer Smith im Morgenmantel die Tür.

„Mrs. McStafford, was verschafft mir die Ehre an diesem wunderschönen Sonntagmorgen? Der Gottesdienst ist doch erst um zehn Uhr." Er wirkte aber keinesfalls verbittert, dass man so früh in seinem privaten Haus nach ihm verlangte.

„Bitte entschuldigen Sie die Störung, Pfarrer Smith", Deborah versuchte, sich nicht anmerken zu lassen, dass sie getrunken hatte und formte jedes Wort ganz behutsam. „Ich muss etwas beichten."

Sechs Monate zuvor, Brentwood Park, Los Angeles

„Tut mir leid, Mrs. McStafford, aber ihr Mann befindet sich gerade in einer Besprechung", säuselte Clarks Empfangsdame. „Außerdem soll ich Ihnen ausrichten, dass er voraussichtlich erst Morgen nach Los Angeles zurückkehren wird."

„Vielen Dank für die Auskunft", Deborah bemühte sich um einen freundlichen Tonfall und knallte dann den Hörer auf die Gabel. Das junge Mädchen am Empfang konnte schließlich nichts dafür, dass hier etwas gehörig falsch lief.

Deborah knotete ihren Dutt vor dem Spiegel im Flur neu und rang um Fassung.

Wie lange sollte das noch so gehen? Oder besser gesagt, wie lange ging das schon so? Sie war viel zu lange viel zu gutgläubig gewesen, was ihren Mann betraf. Eigentlich wartete sie nur noch auf den richtigen Moment, ihn damit endlich zu konfrontieren. Lange genug hatte sie es stillschweigend akzeptiert und heruntergeschluckt. Damit Mindy nichts mitbekam und um Clark noch die letzte Gelegenheit zu geben, diesen Fehltritt von selbst wieder in Ordnung zu bringen.

Aber seine sich immer öfter häufenden Termine in San Francisco und die viele Arbeit und frühen Termine, die ihn angeblich zwangen, über Nacht dort zu bleiben, hatten ihr mehr und mehr gezeigt, dass Clark gar nicht vorhatte, diese Sache mit Rachel zu beenden.

Glaubte er wirklich, sie war so naiv? Natürlich glaubte sie an das Gute in den Menschen und sie hatte Clark vor vielen Jahren ein Versprechen gegeben – in guten, wie in schlechten Zeiten, bis dass der Tot sie scheidete. Deborah war so erzogen worden, sich an das Eheversprechen zu halten, egal, was geschah. Das erwartete man von ihr als gläubige Christin und das erwartete sie auch von sich selbst.

Sie hatte sich nie als Frau gesehen, die einmal geschieden von ihrem Mann leben würde, alleinerziehend, alleinlebend.

Ihr ganzes Leben hatte sie um Clarks Leben herum gebaut. Ohne ihn ging es gar nicht. Das wurde ihr nun wieder allzu sehr bewusst.

Denn allein diese winzige Überlegung im hintersten Versteck ihrer Gedanken, sich von Clark zu trennen, bereiteten ihr solch eine Angst. Und genau das war das Problem. Und das wusste Clark ebenfalls. Sie war von ihm abhängig. Daher dachte er wohl, er käme damit durch. Sie würde ja eh nichts unternehmen. Mit ihr konnte man es ja machen. So wie sie sich alles hatte gefallen lassen in all den Jahren, seit sie verheiratet waren.

Überall hatte er sie gegen ihren Willen mit hingenommen, immer wieder einer neuen Umgebung ausgesetzt. Und nie war sie irgendwo angekommen. Schon gar nicht in Brentwood Park. Sie war einfach nicht wie diese Frauen hier.

Immer war die Arbeit vorgegangen und immer hatte er sich bei Mindy seine Zuneigung durch Wiedergutmachungen mit materiellen Dingen erschlichen. Und was hatte Deborah von ihm bekommen? Einen Range Rover. Als ob das ihre Ehe retten würde. Deborah schnaufte und schloss die Augen.

Sie hatte immer alles hingenommen und heruntergeschluckt und sich gesagt, dass sie ein wundervolles Leben hatte, was Gott ihr beschert hatte. Sie besaß mehr als sich manche Menschen zu träumen erhofften. Sie hatte das Glück genossen, Mutter sein zu dürfen und sie lebte in einer Gegend, in der fast immer die Sonne schien. Sie sollte sich glücklich schätzen und nicht die negativen Dinge zu sehr in den Fokus stellen. Aber bei jedem Gebet, indem sie sich diese Worte immer wieder vor Augen führte, empfand sie fast Ekel vor diesem Selbstbetrug.

Sie musste sich endlich offen und ehrlich eingestehen, dass Clark seine Karriere und sein eigener Vorteil immer wichtiger gewesen war, als seine Ehe und seine Familie. Sie musste diese Worte endlich laut aussprechen und reinen Tisch machen.

Er sollte endlich begreifen, dass Deborah keine dieser untergeordneten Ehefrauen sein wollte, wie sie es all die Jahre gewesen war. Er sollte endlich dafür einstehen, dass er sie hinterging und betrog, dafür, dass sie ihm die besten Jahre ihres Lebens geopfert hatte. Sie musste mit ihm abrechnen, aber sie wusste nicht wie. Voller neuer gesammelter Energie, die sich aus ihrer angestauten Wut freisetzte, schritt sie in Clarks Büro.

Wenn es etwas über seine Affäre herauszufinden gab, womit sie ihn konfrontieren konnte, dann hier. Denn sein Büro war seine heilige Halle.

Deborah hielt sich hier fast nie auf. Wenn es also etwas gab, was er vor ihr verheimlichen wollte, dann lag es hier irgendwo herum. Sie brauchte handfeste Beweise. Bis jetzt war es immer nur ihr Gefühl gewesen. Wenn es etwas schwarz auf weiß gab, konnte sie Clark zur Rede stellen, dann konnte er ihre Befürchtungen nicht mehr abtun und herunterspielen.

Ratlos stand sie in der Bürotür und schaute sich um.

Ein Haufen Aktenordner türmten sich in den Regalen aus Mahagoniholz an der Wand. Sie überflog die Beschriftungen, aber es handelte sich immer nur um Projektnamen aus den vergangenen Jahren. Sie nahm ein, zwei Stück aus dem Regal und blätterte sie lieblos durch. Rechnungen, Gutachten, Bauzeichnungen, mehr fand sie hier nicht.

Sie durchwühlte die Schubladen am Schreibtisch, in der Hoffnung irgendein Bild von Rachel zu finden.

Die rechte Schublade war verschlossen, sie rüttelte daran. Den Schlüssel dazu fand sie allerdings direkt in einer Schale mit Büroklammern offensichtlich auf der Arbeitsfläche liegen. So einfach würde er es ihr nicht machen. Sie steckte den Schlüssel in die Schublade und öffnete auch diese.

Aber auch dort fand sie nur berufliche Dinge wie Scheckbücher und irgendwelche Kontozugänge. Sie blätterte diese fahrig durch, nur über einen Begriff stolperte sie kurz.

Ausbildung Ava.

Dahinter waren ein paar Kontoauszüge angeheftet aus den letzten Monaten. In regelmäßigen Abständen wurden dort immer wieder ein paar hundert Dollar eingezahlt.

Was hatte das zu bedeuten? Gab es neben Rachel etwa auch noch eine Ava? Mittlerweile traute sie Clark alles zu. Aber was hatte es dann mit der Ausbildung zu bedeuten?

Sie konnte ja nur hoffen, dass Clark sich nicht auf Minderjährige einließ. Schnell schüttelte sie den Kopf. Das war absurd. Deborah legte die Zettel wieder genauso zurück, wie sie sie vorgefunden hatte, damit er keinen Verdacht schöpfen konnte. Sie atmete einmal tief ein und wieder aus und schaute aus der Terrassentür in den wild blühenden Garten. Was war nur aus ihrem Leben geworden? Eine einsame, verbitterte Ehefrau, die in den Angelegenheiten ihres Mannes herumschnüffelte. So etwas sah ihr gar nicht ähnlich. Und gerade dachte sie kurz wieder darüber nach, es sein zu lassen und erstmal wieder den Kopf freizubekommen. Vielleicht redete sie sich auch alles nur ein.

Dann entdeckte sie auf einmal hinter dem schweren Brokatvorhang in der Ecke eine kompakte, metallische Box.

Deborah schob den Stuhl mit einem knarrenden Geräusch zurück und beugte sich herunter, um die Kiste zu begutachten. Sie hob sie aus der Ecke und sie war schwerer als erwartet, im Vergleich zu ihrer Größe.

Erst als sie sie genauer betrachtete, erkannte sie, dass es ein Safe war. Sie stellte ihn auf den Schreibtisch und betrachtete ihn eine Weile. Sollte sie wirklich hineinsehen? Ein paar Mal drehte sie an dem Schloss herum. Clark war nie sonderlich einfallsreich gewesen, was Passwörter und Codes anbelangte, und vergesslich noch hinzu. Was also würde er selbst nie vergessen?

Sie probierte es mit seinem Geburtsdatum, dann mit ihrem, aber die Tür sprang nicht auf. Dann versuchte sie es mit dem Geburtstag ihrer Tochter und das Schloss gab ein leises Klicken im Inneren von sich. Deborah war nervös.

Im Safe lagen einige Dokumente. Alle ähnelten denen, die sie bereits in den Ordnern gefunden hatte. Warum also waren ausgerechnet diese im Safe verschlossen?

Immer noch darauf bedacht, ein Indiz für Clarks Fehltritt zu finden, griff sie ganz hinten nach einem Briefumschlag. Ein Brief konnte durchaus ein Beweis sein.

Er war nicht adressiert, aber bereits geöffnet worden und sie fingerte den Zettel aus dem Umschlag. Zu ihrer Überraschung war es ein Brief von Jonathan, seinem Geschäftspartner und langjährigem Freund:

Hallo Clark,

mit diesem Brief möchte ich dir mitteilen, dass ich aus unserem gemeinsamen Geschäft aussteige. Ich kann das einfach nicht mehr länger mit meinem Gewissen vereinbaren. Wir sind viel zu weit gegangen, viel zu lange. Und das weißt du auch.

Ich kann so nicht mehr weitermachen. Kann nicht mehr ruhig schlafen. Wir haben es zu weit getrieben und es ist aus dem Ruder gelaufen. Am Anfang waren es vielleicht nur hier und da ein paar hundert Dollar. Mittlerweile habe ich den Überblick verloren. Du und ich, wir sind größenwahnsinnig geworden. Es war einfach zu leicht. Aber mittlerweile sind daraus Millionenbeträge geworden, die uns nicht gehören.

Clark, wir haben uns mehr als strafbar gemacht. Und ich bitte dich hiermit inständig, als ein guter, alter Freund, der immer zu dir gestanden hat: Bitte setz dem ein Ende. Bitte hör auf damit.

Vernichte all die Beweise, solange du noch die Möglichkeit dazu hast. Schließlich betrifft es uns alle. Nicht nur dich und mich, sondern auch unsere Angestellten. Du willst doch nicht ins Gefängnis. Denk doch an deine Familie und an deine Kinder.

Gruß
Jonathan

Deborah zitterte und ihr wurde übel. Sie hielt den Zettel so verkrampft in ihren Händen, dass er bereits knitterte. Sie las ihn ein zweites und drittes Mal.

Was hatten er und Clark getan? Es ging um Millionenbeträge? Er solle die Beweise vernichten? Panisch wühlte Deborah in den anderen Unterlagen, die im Safe lagen. Deborah verstand von all dem Nichts. Es waren Rechnungen, manche Beträge waren mit einem Sternchen markiert. Bei weiteren Akten handelte es sich um Geldtransfers enormer Summen auf irgendwelche Konten. Sie konnte nicht alles begreifen, was das heißen sollte, aber Fakt war, das Jonathan und Clark etwas getan hatten, was nicht legal war.

Es war sogar die Rede von Gefängnis. Deborah brach der Schweiß aus. Was hatte sie da bloß aufgedeckt? Wie lange ging das schon so? Aber während sie all die Zeilen immer und immer wieder las, machte sie eine Sache besonders stutzig. *Denk doch an deine Familie und an deine Kinder.* Wen meinte Jonathan damit, wenn er von Kindern in der Mehrzahl sprach? Mindy war schließlich ihre einzige Tochter.

Plötzlich hielt sie inne und ihr fiel der Brief aus den Händen, der langsam zu Boden segelte. Ihr blick flog zu der anfangs verschlossenen Schublade mit den Kontoauszügen.

Ausbildung Ava.

Die Worte hämmerten ihr von innen gegen die Stirn. Und dann auf einmal fiel der Groschen und sie konnte alles zusammensetzen. Sie wurde blass und klammerte sich an die Stuhllehne. Wären seine kriminellen Machenschaften nicht schon der Gipfel gewesen, so machte es doch den Anschein, als habe er in San Francisco mit seiner Affäre Rachel zudem auch noch eine Tochter namens Ava.

-

Deborah war wie in Trance. Sie ging im Flur auf und ab und wurde beinahe wahnsinnig vor lauter Gedanken. War sie doch ursprünglich auf der Suche nach einem Beweis für seine Affäre gewesen, um ihn diesbezüglich zur Rede zu stellen, so hatte sie ganz offensichtlich die tiefsten Abgründe ihres Mannes aufgetan. All die Befürchtungen hatten sich bewahrheitet und waren sogar noch viel schlimmer, als sie je zu denken gewagt hätte.

Vorhin noch war ihre Verletzlichkeit auf Konfrontation und Entschlossenheit umgesprungen.

Nun aber sann sie immer mehr nach Rache, dafür, was er ihr angetan hatte. Er hatte ihre Familie zerstört. Und sie hatte die ganze Zeit nichts davon geahnt. Aber sie würde ihn nicht verlassen. Noch nicht. Das wäre viel zu einfach und das würde ihm womöglich noch entgegenkommen. Sie würde auf den richtigen Moment warten. Dann, wenn es ihn am meisten treffen würde. Nein, das wäre nicht das, was ihn innerlich zerstören würde. Sie war sich sicher, dass er sie schon lange nicht mehr liebte. Seine Arbeit und seine Sucht, nach immer mehr Geld war ihm viel wichtiger als diese Ehe. Das war Clarks Kryptonit. Das hatte ihn offensichtlich auch zu seinen kriminellen Machenschaften gebracht. Und damit sollte er nicht länger durchkommen. Damit war er zu weit gegangen und das sollte ihn letztendlich vernichten.

Deborah schritt in die Garage, stieg in den Range Rover und fuhr ein paar Meilen in einen anderen Bezirk bis zu einer Telefonzelle, damit ihr Anruf nicht zurückverfolgt werden konnte. Sie schaute sich in alle Richtungen um, ob sie auch niemand beobachtete.

Während sie mit entschlossener Miene die Nummer wählte, sprach sie in Gedanken: *Vergib mir diese Sünde, Herr. Aber wer seine Missetat leugnet, mit dem hab kein Erbarmen. Wer sie aber bekennt, der soll Barmherzigkeit erlangen.*

Deborah war bewusst, dass sie sündigen würde und etwas ungeheuerliches tat, was sie sich selbst niemals zugetraut hätte. Aber Clark hatte ihre Seele verletzt. Sie erkannte diesen Mann nicht mehr wieder. Und sie empfand in diesem Moment kein Mitleid und keine Reue. Das Freizeichen des öffentlichen Telefons ertönte.

„*Federal Bureau of Investigation*, Sie sprechen mit Logan Jenkins, wie kann ich Ihnen behilflich sein?"

„Guten Tag, Sir, ich möchte bitte einen anonymen Hinweis geben. Es besteht ein starker Verdacht auf Betrug gegen Clark McStafford."

Oktober 1998, Bakersfield, Kalifornien

Mindy fielen die Augen zu, wurde aber immer wieder von der Sonne geblendet, die durch das Seitenfenster auf ihre Wangen schien. Die morgendliche Wärme fühlte sich angenehm an und Mindy hatte sich einen von Josh's Pullovern umgelegt, um sich während der nächtlichen Fahrt durch die Wüste zu wärmen. Er roch nach Sommer und Waschmittel.

Sie waren die ganze Nacht durchgefahren und Mindy hatte kein Auge zu bekommen. Viel zu aufgewühlt war sie immer noch gewesen von den letzten Ereignissen. Sie stand wohl immer noch etwas unter Adrenalin. Endlich hatte sie diesen Drang danach, etwas zu unternehmen und abzuhauen, in die Tat umsetzen können.

Der Mustang rollte dröhnend über den schnurgeraden Highway. Die Sonne ging gerade auf und links und rechts wechselten sich ein paar mit Büschen und Sträuchern bewachsene, sandige Hügel mit bewässerten, landwirtschaftlichen Feldern sowie Ölfeldern ab. Endlich wieder ein bisschen mehr Vegetation als in Arizona. Josh hatte sich gemütlich zurückgelehnt, trug seine Sonnenbrille und hörte eine Rock-Kassette.

Sie waren endlich wieder in Kalifornien angekommen.

Alles kam ihr wieder irgendwie vertrauter vor, auch wenn Los Angeles von hier noch ein paar hundert Meilen entfernt lag.

Sie fühlte sich so befreit, wie seit langem nicht mehr.

Zuerst immer dieser Druck, ihren gemeinsamen Plan mit Miguel realisieren zu können. Dann dieses ganze Chaos mit ihrem Dad und dem Haus, das sie verlassen mussten. Die missglückte Fahrt und die letzten Wochen in Hope. Mindy hatte das alles noch gar nicht so richtig verarbeitet.

Sie war immer noch sauer auf Miguel, dass er ihr einfach nicht zu Hilfe gekommen war. Aber all das war durch die neusten Geschehnisse doch ziemlich in den Hintergrund gerückt.

Wie hatte ihre Mom ihr bloß die vergangenen Wochen die ganze Zeit verheimlichen können, dass ihr Dad gar nicht wirklich untergetaucht war und sie sogar Kontakt zu ihm hatte? Scheinbar war er nicht im Gefängnis, zumindest noch nicht. Dass er irgendwas Illegales getan hatte, war klar. Und dass es um unterschlagene Millionenbeträge ging, das wusste Mindy auch. Sonst hätte man ihr Haus ja nicht gepfändet und die Konten gesperrt. Wenigstens darüber hatte ihre Mom ihr die Wahrheit erzählt. Beziehungsweise, hatte der eine Mann vom FBI mit Mindy dazu gesprochen und es ihr erklärt, als wäre sie noch ein kleines Kind. Wieso hatte sie ihr aber bloß verschwiegen, wo Dad war? Was hatte Mindy ihr getan, warum sie ihr ihren Dad verwehrte? Oder was hatte ihr Dad getan, warum ihre Mom der Meinung war, Mindy von ihm fernhalten zu müssen? Er war ja nicht plötzlich ein Krimineller, dem man nicht mehr trauen konnte. Er blieb doch immer ihr Dad, auch wenn er ins Gefängnis musste. Mindys Mom wusste doch, wie viel er ihr bedeutete.

Hasste ihre Mom ihren Dad so sehr, dass sie sich gleich von ihm trennen musste, nur weil er einen Fehler gemacht hatte? Er hatte bestimmt seine Gründe gehabt.

Ihr gingen die Worte ihrer Mom durch den Kopf. *„Dein Dad ist nicht so perfekt, wie du ihn immer gesehen hast."*

Mindy hatte lange genug immer nur die Meinung ihrer Mom gehört. Es war auf jeden Fall an der Zeit, auch die andere Seite der Medaille zu betrachten und mit ihrem Dad zu reden.

Mindys Magen knurrte. Sie hatte seit dem Fest gestern nichts mehr gegessen. Die ganze Aufregung und der Streit mit ihrer Mom am Abend hatten ihr den Appetit verdorben und sie war viel zu aufgebracht gewesen.

Josh nahm die nächste Abfahrt zu einem Rasthof. Sie hielten an einer *Chevron* und tankten den Mustang voll und frühstückten anschließend Cheeseburger und Apfeltaschen bei *McDonald's*. Josh hing über seinem Fastfood und hatte dunkle Ränder unter den Augen. Er sah aus, als würde er jede Sekunde einschlafen.

„Soll ich gleich weiterfahren?", sie sah ihn besorgt an. Immerhin hatte sie ihn dazu überredet, sie auf diesem Trip zu begleiten.

„Wenn du mit dem Wagen klarkommst. Fährt sich etwas anders als euer Range Rover."

„Haha, das schaff ich schon."

Josh musste grinsen und schob Mindy den Schlüssel über den fettigen Tisch. Sie schlürften noch ihre Cola aus und machten sich wieder auf zu ihrem Wagen.

Wieder brauchte er drei Anläufe zum Starten. Und Mindy hatte schon Sorge, dass dieses Auto nun auch noch eine Panne hätte. Das hätte ihr gerade noch gefehlt. Sie wollte nicht schon wieder irgendwo stranden.

Nachdem Mindy einige Meilen gefahren war, merkte sie, dass ihr doch ein paar Stunden Schlaf fehlten. Sie hatte immer nur kurz im Auto gedöst und hatte verrücktes Zeug geträumt. Sie musste gähnen.

Die ersten Vororte von Bakersfield taten sich auf, es gab Fabriken mit qualmenden Schloten, Outlets, Autohändler und Motels.

Irgendwann fuhr Mindy ab und steuerte den Wagen etwas orientierungslos durch die Straßen von Bakersfield. Sie fand das *California Motel*, das ganz ansehnlich aussah und auf dem noch nicht allzu viele Fahrzeuge standen.

Sie checkten ein und schleppten ihre Rucksäcke bis zur Tür im ersten Stock. Das Zimmer war dunkel, die Gardinen mit altmodischem Blumenmuster, waren zugezogen und es roch zugleich muffig und nach Chlorreinigern. Mindy wusch sich das Gesicht und Josh warf sich auf das Doppelbett.

„Jetzt erholen wir uns erstmal von dem ganzen Stress des letzten Tages und morgen sehen wir dann weiter", beschloss Mindy. Das kam Josh nur gelegen, er wäre fast schon im Sitzen eingeschlafen.

Mindy trocknete sich das Gesicht mit einem Handtuch ab und rollte sich ebenfalls aufs Bett.

„Ich kann auch auf dem Sofa schlafen", bot Josh an.

Aber Mindy schüttelte mit dem Kopf. „Schon okay."

Sie drehte sich zu ihm um und lächelte ihn an.

„Ich bin froh, dass du das hier mit mir durchziehst."

Nur wenige Sekunden später waren beide eingeschlafen. Und das mitten am Tag.

Josh wurde davon geweckt, dass Polizeiautos mit ihren lauten Sirenen direkt vor dem geöffneten Fenster an der sechsspurigen Straße entlang rauschten. Er war vorhin so müde gewesen, da hatte ihn selbst der ungewohnt laute Stadtlärm nicht vom Schlaf abhalten können.

Mindy schlief noch und lag zusammengerollt neben ihm. Er wollte sich nicht bewegen, da sie ihren rechten Arm um ihn gelegt hatte. Er wollte sie nicht wecken und diesen Moment noch eine Weile für sich genießen. Dieses Mädchen brachte ihn ganz durcheinander. Normalerweise hielt er sich von solch einer Sorte Mädchen, wie Mindy es war, fern. Er wusste immer noch nicht genau, woran er bei ihr war.

Er war sich auch nach den letzten Wochen immer noch nicht sicher, ob Mindy ihn wirklich mochte, oder ob sie ihn nur zu ihrem Vorteil ausnutzte. Das konnte man nie wissen.

Aber wie sie jetzt so zusammen auf dem Bett lagen, war es so vertraut. Sie hatten so viel gemeinsam. Sie hatte in den letzten Wochen viel Scheiße erlebt, was ihre Familie anbelangte. Bei ihm lag es schon eine ganze Weile in der Vergangenheit, aber er konnte verstehen, was in ihr vorgehen musste. Und beide sehnten sich immer an einen anderen, besseren Ort. Immer auf der Suche und noch nie richtig angekommen.

Er konnte sich nicht vorstellen, dass Mindy ihn wirklich nur als Fahrer und als Mittel zum Zweck betrachtete. Dafür wirkte ihre Art, wie behaglich sie neben ihm schlief und ihr Arm um ihn lag, zu ehrlich. Sie brauchte ihn. Er tat ihr gut und er war der Einzige, der sie verstand.

Irgendwas hatte sie mal beiläufig von einem Miguel erzählt, aber er wusste nicht, wie tief das ging. Sollte ihm auch egal sein. Denn wer lag jetzt hier mit diesem geheimnisvollen, hübschen Mädchen in einem Motel in Bakersfield? Richtig, *er* und nicht dieser Miguel.

Er musste in sich hineinlächeln und Mindy drehte sich im Schlaf auf die andere Seite. Eine Weile beobachtete er sie noch und dann stand er vorsichtig auf, schlüpfte in seine ausgelatschten Chucks und trat vor die Tür in den Laubengang, um sich dort eine Zigarette anzuzünden.

Draußen war es staubig, heiß und trocken. Er beobachtete die Rushhour auf der Straße, die Luft roch nach Abgasen und Frittierfett der gegenüberliegenden Fastfood-Ketten.

Diesen Trubel war er überhaupt nicht gewohnt. Weder in Hope noch in seinem früheren Heimatort in Texas in der Nähe von Austin, war so viel los und so viel Lärm gewesen.

Er war nie wirklich rumgekommen in seinem früheren Leben. Vermutlich hatte er deswegen mit achtzehn Jahren den Drang verspürt auszubrechen und neue Gegenden zu entdecken.

Und genauso musste es Mindy gehen. Sie hatte vielleicht keine alkoholabhängige Mutter, aber sie hatte einfach genug von dieser falschen Plastikwelt in Brentwood Park und den Problemen ihrer Eltern. Dass sie in Hope nicht glücklich geworden wäre, konnte er nur zu gut verstehen. Das war kein Ort für so ein Mädchen wie sie.

Er dachte daran, wie es weitergehen würde, wenn sie in San Francisco ankämen. Was würde dann passieren? Würde sie bei ihrem Dad bleiben oder würde sie nach Los Angeles zurückgehen? Und würde er wieder allein zurück nach Hope fahren?

Will ich überhaupt nach Hope zurück?

Es war ohnehin verrückt, dass er einfach, ohne jemanden zu informieren, mit Mindy aufgebrochen war. Er hatte weder seiner Vermieterin noch seinem Chef, Mr. Garcia, Bescheid gegeben. Dieser würde ihn mit Sicherheit feuern. Und es war ein echt guter Job gewesen. Aber Josh war schon immer ein Überlebenskünstler gewesen. Es würde irgendwo, irgendwas Neues auf ihn warten.

Vielleicht war Mindy mit ihrem kleinen Abenteuer und ihrem Leichtsinn genau zur richtigen Zeit gekommen. Womöglich wäre er sonst doch noch für immer in Hope hängen geblieben und hätte seinem Traum, mehr von der Welt zu sehen, ewig nachgehangen.

Die Tür ging auf und Mindy tappte hinaus und streckte sich.

„Ach, hier steckst du", murmelte sie und sie nahm wie selbstverständlich Josh die Zigarette aus der Hand und zog daran.

„Ist schon voll spät", stellte sie fest. „Ich geh' mal duschen und dann muss ich was essen." Sie verschwand wieder nach drinnen. Josh musste grinsen. Sie war bestimmend und wusste genau, was sie wollte. Das mochte er. Er kramte in seiner hinteren Hosentasche und zog seine Geldbörse mit seinen letzten Scheinen heraus. Das würde noch reichen, um sie zum Essen einzuladen. Er musste sich ja ranhalten, wenn er sich noch bei ihr beweisen wollte. *Wer weiß, wie lange sie noch an meiner Seite bleiben wird?*

-

Sie durchkämmten den *Walmart*, kauften sich Proviant für den morgigen Tag. Mindy geizte nicht mit ihrem auf der Ranch verdienten Geld und kaufte sich noch ein Blumenkleid. Sie hatte noch nie etwas in der Modeabteilung bei Walmart gekauft und ihr war nicht bewusst, dass man für nur fünf Dollar Kleider kaufen konnte. Sie durfte aber nicht in alte Muster zurückfallen, in einer Welt, in der Geld keine Rolle gespielt hatte. Sie musste sich ihre Ersparnisse noch etwas einteilen. Wer wusste schon, wozu sie das Geld noch brauchen konnte. Und viel war es nicht mehr. Sie aßen Tacos bei *Taco Bell*, tranken Erdbeer-Milchshakes und ließen sich im Dunkeln noch auf den durchgelegenen Liegen am Pool des Motels nieder.

Das Licht im Wasser färbte die Umgebung in der Dunkelheit Türkis und auf ihren Gesichtern reflektierten die leichten Wellen, die das Wasser durch eine sanfte Brise erzeugten.

Die Zikaden zirpten in den Sträuchern um sie herum und sie blendeten den Lärm der Vorstadt um sie herum aus.

Mindy schlürfte an ihrem Strohhalm und zerstörte damit die Stille. Beide starrten gedankenverloren in den Nachthimmel und waren noch viel zu wach, weil sie bis in den Tag hinein geschlafen hatten. Keiner wusste, was der nächste Tag bringen würde, geschweige denn der übernächste. Das war einerseits ein befreiendes Gefühl, andererseits machte es Mindy aber auch unbehaglich. Alles konnte passieren. Alles war möglich.

Momentan hatte sie noch das Steuer in der Hand und lenkte die Geschehnisse in die Richtung, wie sie es wollte. Aber was, wenn ihr wieder irgendetwas in die Quere kam, so wie es in den letzten Wochen immer gewesen war? Unvorhergesehene Dinge, die keiner beeinflussen konnte. Das machte ihr Angst, denn gerade war alles auf dem richtigen Weg. Sie war weg von ihrer Mom. Hatte sie endlich durchschaut, und war drauf und dran ihren Dad zu finden. Sie war hier in dieser fremden Stadt mit Josh, der zu ihrer einzigen, vertrauten Person geworden war, dem sie blind vertraute. Er war der ehrlichste Mensch, den sie seit langem kennengelernt hatte. Alle anderen Menschen, die ihr zuvor nahegestanden hatten, hatten sie enttäuscht oder hintergangen.

Der Abend heute hatte ihr gut getan, er hatte sie von ihren Sorgen abgelenkt und sie war seit langem wieder froh gewesen. In ihr machte sich wieder das Gefühl von Freiheit bemerkbar. Sie stellte den leeren Milchshake auf den Fußboden und sprang aus dem Nichts mit ihren Klamotten in den Pool.

Das Wasser schwappte über und Josh war völlig nassgespritzt. Er musste lachen.

„Was sollte das denn?", rief er.

Mindy tauchte wieder auf und lachte auch.

„Ich fühl' mich so frei, kann halt einfach endlich das machen, was ich will." Mindys Haare hingen klatschnass an ihren Wangen herunter und sie tauchte noch einmal unter.

„Und das hier ist jetzt genau das richtige, auch wenn es völlig bescheuert ist."

Aber genau das bedeutete doch, zu leben, oder nicht? Einfach das zu machen wonach einem ist und nicht, was andere von einem erwarten.

Josh stand auf, drückte seine Zigarette aus und rief: „Hast Recht, ist echt bescheuert", und hüpfte mit einem riesigen Sprung zu Mindy in den Pool. Vielleicht wurde ja doch noch alles irgendwie gut.

Oktober 1998, Hope, Arizona

Deborah stand gemeinsam mit Ian im Schatten vor dem Mini Market in der sengenden Mittagssonne und trank einen Kaffee aus einem einfachen Pappbecher. Sie waren gerade in der Kirche gewesen und Deborah hatte für Mindy gebetet, dass es ihr hoffentlich gut ging und sie zur Vernunft kommen würde.

Mindy war klug, sie würde ihren Vater garantiert in San Francisco ausfindig machen. Gar nicht auszudenken, was geschehen würde, wenn sie herausfand, dass ihr eigener Vater noch eine zweite Familie hat, eine weitere Tochter. Es würde ihr das Herz brechen. Vermutlich mehr noch, als es Deborahs Herz gebrochen hatte. Ihres war über all die Jahre hinweg, ganz, ganz langsam zerbrochen. Daran konnte man sich gewöhnen. Mindys Herz würde von einem Moment auf den anderen zerbersten.

Und sie war temperamentvoll. Nicht auszudenken, was ihr danach für Flausen in den Kopf kamen. Deborah konnte nur hoffen. Hoffen und beten, dass Mindy zurückkehren würde und sie Deborah im Nachhinein besser verstehen würde. Sie hatte es ihrer Tochter ja sagen wollen, aber die ganzen Umstände, die Autopanne und die neue Umgebung in Hope hatten sie zunächst davon abgehalten. Es war ja auch für sie alles erstmal ein bisschen viel auf einmal. Und sie wollte ihrer Tochter nicht zu viel zumuten. Wollte auf den richtigen Moment warten.

Auch Mindy musste von einem Tag auf den anderen raus aus ihrer vertrauten Umgebung, hatte erfahren, dass ihr Dad ins Gefängnis musste und sie mit ihrer Mom irgendwo hinfuhr, wo sie niemals hinwollte. Deborah konnte schon verstehen, dass Mindy durchgedreht war, nachdem sie erfahren hatte, dass ihre Mom selbst diese Umstände quasi ins Rollen gebracht hatte, indem sie sich von Clark getrennt und ihn aufgefordert hatte, zu verschwinden.

Dass Deborah sogar diejenige war, die Clark beim FBI verraten hatte, das würde sie wohl mit ins Grab nehmen. Das wussten derzeit nur sie und Pfarrer Smith. Selbst Ian hatte sie sich nicht anvertraut. Und Clark sollte ruhig weiter glauben, dass seine Geschäfte von allein aufgeflogen sind.

Sie war ihm tatsächlich dankbar, dass er sich endlich seinen Taten gestellt hatte und es vor dem FBI zugegeben hatte.

Deborah hatte noch mitbekommen, dass sie ihn lange verhört haben und auch seine aktuellen und ehemaligen Angestellten. Auch Jonathan musste aussagen. Aber Clark hatte versucht, alle anderen weitestgehend zu entlasten und die Schuld auf sich zu nehmen. Er war der Drahtzieher. Er hatte damit angefangen und andere förmlich genötigt, sich daran zu beteiligen.

Nach dem Verhör war er nun bis zur Verhandlung zunächst auf Kaution draußen. Sowas zog sich schließlich immer lange hin. Aber aufgrund der enormen Geldbeträge, die er sowohl manchen Klienten als auch dem Staat im Laufe der Jahre unterschlagen hatte, wurde als Ausgleich zunächst all sein Vermögen und somit auch das Haus als Hypothek verwendet, um die Geschädigten auszuzahlen.

All das geschah noch kurz bevor Deborah und Mindy ihr Haus dann endgültig verlassen mussten. Die ganze Zeit stand Deborah neben sich. Ihr war ja bewusst, dass ihre anonyme Aussage große Folgen nach sich ziehen würde. Und auf der anderen Seite musste sie vor Mindy ja vorgeben, genauso aufgelöst zu sein, und sich fragen, wo Clark bloß hin sei. Es war eine schwierige Woche, die darin gipfelte, dass die beiden innerhalb von vierundzwanzig Stunden die Villa in Brentwood Park räumen mussten. Seitens der Ermittler hieß es immer nur *vorerst*. Aber Deborah war klar, dass es für immer war. Eigentlich hatte sie sich doch genau das immer gewünscht. Endlich raus aus Los Angeles und zurück zu ihren Wurzeln, dort, wo sie hingehörte. Die vorangeschrittenen Umstände milderten ihre Freude darüber sichtlich ab. Aber sie musste jetzt nach vorne schauen.

Sie hatte Ungeheuerliches getan, wozu sie nie gedacht hätte, fähig zu sein. Und sie hatte den Schritt gewagt, sich von Clark zu trennen. Sie betete immer wieder, dass Gott ihr vergeben würde. Sie hatte es doch nur für Mindy getan und weil sie selbst fast erstickt wäre an diesem falschen Leben, neben einem Mann, der eigentlich ein ganz anderes Leben führte, als sie.

-

Ian hatte Deborah zur Autowerkstatt begleitet. Sie hatte das Geld für die Reparatur fast beisammen und sie konnte bereits eine Anzahlung machen. Dank Ian, der ihr noch etwas dazugegeben hatte. Nun wollte sie eigentlich Josh mitteilen, dass er starten kann. Aber statt Josh war dort ein anderer, etwas älterer Mann, der sie empfing und ihnen erklärte, dass Josh seit gestern nicht mehr bei der Arbeit erschienen ist und ihn auch sonst niemand gesehen hatte.
Daher müsse er sich nun selbst um ihren Range Rover kümmern.
Das war Deborah ja völlig gleich, wer diesen Wagen nun endlich wieder instand setzte, aber bezüglich Josh und seinem Verschwinden hatten Ian und sie gleich eins und eins zusammengezählt.
Immerhin hatte Mindy Josh an ihrer Seite. Das beruhigte Deborah ein wenig. Sie hatte schon Sorge gehabt, dass sie mit irgendjemand Wildfremden getrampt sei. Dennoch hatten sie zusätzlich Officer Dalton eingeschaltet, der sogleich einen Suchaufruf per Funkspruch rausgegeben hatte.
Ian kannte den Kollegen von Josh und sie wechselten ein paar Worte und besprachen die nächsten Schritte für die Reparatur.
Sie war so froh, dass sie Ian hatte. Ihr war sicherlich in den letzten Wochen klargeworden, dass er das alles nicht ganz uneigennützig tat und er sich mehr davon erhoffte. Aber dazu war sie in dieser Phase noch nicht bereit. Sie hatte sich vorgenommen, ihn anzurufen, wenn sie bei ihrer Schwester angekommen war.
Es waren so viele andere Gefühle in ihr, die die Gefühle der Zuneigung versperrten. Aber Deborah musste sich eingestehen, dass sie seine Aufmerksamkeiten und seine Unterstützung sehr zu schätzen wusste und ihr schmeichelten. Lange war es her, dass sich mal wieder ein Mann für sie interessierte, sie als Frau überhaupt jemandem auffiel und Blumen geschenkt bekam.

Deborah wurde rot, als sich Ians und ihr Blick trafen, während er bei dem Automechaniker noch einen Rabatt verhandeln wollte. Er legte sich so ins Zeug für sie.

Sie nippte an ihrem Kaffee. Ian war das komplette Gegenteil von Clark. Er war schüchtern, zurückhaltend und bodenständig, nicht gerade hochgewachsen und ein eher unauffälliger Mann. Außerdem war Ian wie sie ein treuer Christ und sie hatten in den letzten Tagen viele tiefsinnige Gespräche geführt. Das hatte sie mit Clark nie gekonnt.

Der Automechaniker kam mit Ian zu ihr nach draußen.

„Ma'am, ich werde nun alles in Angriff nehmen und spätestens in ein paar Tagen ist Ihr Wagen wieder fahrbereit."

Das hörte sich doch super an. So blieb ihr noch ein bisschen Zeit, darauf zu hoffen, dass Mindy mit Josh bis dahin zu ihr nach Hope zurückgekehrt ist, und sie wieder vereint gemeinsam ihre Reise fortsetzen können.

Ian schaute sie aufmunternd an. Er wusste genau, welche Hoffnungen Deborah hegte. Sie hatten über nichts anderes in den vergangenen Stunden gesprochen. Aber eigentlich musste sie ihren aufkeimenden Optimismus schon selbst verspotten.

Ohne die wachenden Augen von Deborah war Mindy frei. Darauf hatte sie doch nur gewartet, endlich frei und weg von ihrer Mutter zu sein. Einen Teufel würde Mindy tun, dahin zurückzukehren, nach all dem, was sie Deborah an den Kopf geworfen hatte.

Deborah bewunderte den Mut und diese Entschlossenheit ihrer Tochter. Sie war so ganz anders als Deborah es in jungen Jahren gewesen war und auch heute noch ist. Sie hatte solch eine Angst gehabt, diese Reise quer durch Amerika zu machen, allein mit ihrer Tochter. Gut, weit waren sie nicht gekommen, aber auch hier war Deborah immer auf andere angewiesen und fühlte sich manchmal gefangen von ihren eigenen Gedanken und Ansichten und hielt diese lieber hinter ihrer Fassade versteckt, um sich nach außen hin der Masse anzupassen. Sie hatte immer sämtliche Gefühle unterdrückt und zurückgestellt.

Mindy hatte solche Probleme nicht. In Mindys Gesicht konnte

man sämtliche Emotionen lesen, die sie auch immer offen zuließ. Das war schon früher als kleines Mädchen so gewesen und es war heute noch so. Freude, Trauer, Wut, alles ließ sie raus, wenn es eben rauswollte.

Umso mehr überraschte es Deborah, dass absolut nichts darauf hingedeutet hatte, dass Mindys Verlangen danach abzuhauen, so enorm war.

Was das betraf, hatte sie sich scheinbar sehr gut unter Kontrolle gehabt, um dies zu verbergen. War nicht wie sonst so impulsiv gewesen. Es war immer wieder erstaunlich, wie wenig sie mit ihrer Tochter gemeinsam hatte. Das war sicherlich auch mitunter ein Grund, weshalb sie immer wieder aneinander geeckt waren, bei jeder noch so kleinen Uneinigkeit.

Deborah war einfach so anders erzogen worden, als es heute üblich war und sie konnte sich nicht davon befreien. Und das hatte sie ihr ganzes Leben immer wieder davon abgehalten, aus dieser emotionalen Starre auszubrechen, so wie Mindy es jetzt einfach getan hatte.

Oft stellte Deborah sich die Frage, ob ihr Leben auch anders hätte aussehen können. Ohne diesen einnehmenden, so präsenten Clark, um den es immer nur gegangen war.

Wäre sie glücklicher und die Beziehung zu ihrer Tochter besser gewesen, wenn sie in Alabama aufgewachsen wäre?

Nur ein einziges Mal war Deborah kurz davor gewesen, es herauszufinden. Wie ihr Leben wohl verlaufen wäre, wenn sie sich damals schon getraut hätte, diesen Weg zu gehen?

November 1981, Brentwood Park, Los Angeles

Nichts hatte sich verändert, seitdem sie nach Brentwood Park gezogen waren. Alle Versprechungen, die Clark ihr gegeben hatte, konnte er nicht einhalten. Seitdem er sich mit Jonathan selbstständig gemacht hatte und sein eigenes Büro in Beverly Hills besaß, war es eigentlich noch schlimmer geworden. Clark arbeitete teilweise bis in die Nacht hinein. Und sogar an den Wochenenden traf er wichtige Klienten und ging mit ihnen zum Golfspielen oder zum Hummer Essen nach Santa Monica. Alles drehte sich nur ums Geschäft.

Und Deborah saß in diesem Viertel fest, indem sie sich noch unwohler fühlte als in Harbor City. All diese Villen und Pools und diese Frauen, die schon morgens in High Heels und mit viel zu viel Make-Up in ihrem Cabrio in die Mall oder zum Country Club fuhren. Sich und ihre Kinder mit der Kreditkarte ihres Mannes neu einkleideten oder den Innenarchitekten herumkommandierten, wie er die Küche neu zu gestalten hatte. Alles nur aus Langeweile.

Deborah hatte auch Langeweile, aber *so* war sie nicht.Sie ging mit Mindy täglich spazieren, manchmal fuhren sie auch mit dem Bus an den Strand. Immer wenn sie in Brentwood Park an der Bushaltestelle stand, wurde sie seltsam angeschaut. Niemand hier in dieser Gegend fuhr mit dem Bus. Alle Familienmitglieder, seien es noch so viele, hatten ihren eigenen Wagen und chauffierten sich damit überallhin.

Sie war dankbar, sich ab und an etwas mit der Putzfrau zu unterhalten. Aber diese war nach getaner Arbeit meistens auch auf dem Sprung, um ebenfalls den Bus zu bekommen, der sie wieder in eine einfachere Gegend von Los Angeles zu ihrer Familie brachte.

Sie führte lange, sehnsüchtige Gespräche mit ihrer Mutter und auch mit ihrer Tante, bei der sie ja lange in Tuscaloosa während ihrer Ausbildung gelebt hatte und zu der sie ein weitaus innigeres Verhältnis pflegte, als zu ihrer eigenen Mutter.

„Debbie Schatz, du musst mit Clark reden. So kann das doch nicht weitergehen. Er hat dich schließlich nicht geheiratet, um dich

einfach mit allem allein zu lassen in einer so fremden Umgebung."
Es kam immer wieder nur derselbe Ratschlag. Mit Clark zu reden.
Zeit zu reden fanden sie ja kaum. Und wenn sie das Thema an-
sprach, dann kamen von Clark immer nur dieselben Worte:
„Du musst dich hier einleben, geh in den Country Club, such
dir Bekanntschaften, andere Mütter mit Kindern. Ich bringe nun
mal das Geld ins Haus und du kannst dafür dein Leben genießen,
also tu das doch zur Abwechslung auch mal."
Deborah mochte den Country Club nicht und sie mochte die an-
deren Mütter nicht. Sie fand diesen ganzen aufgesetzten Stadtteil
einfach nur falsch. Alles war unecht. Wie eine Plastikwelt.
Heute meinte ihre Tante tatsächlich zu ihr: „Debbie, wenn du es
nicht mehr aushältst, dann komm zurück nach Alabama.
Niemand würde dich verurteilen. Wir leben schließlich in den
Achtzigerjahren. Niemand wird mehr gesteinigt, wenn seine Ehe
zerbricht."
Debbie seufzte. Das würden ihre Eltern aber ganz anders sehen.
Diese pflegten dazu noch eine ganz andere Einstellung. Sie würden
ihr vorwerfen, dass sie es ja gar nicht zu schätzen wusste, was
für ein fleißiger Mann Clark war und dass er doch nur das
Beste für seine Familie wollte. Und Deborah musste sich doch
so langsam an die Pflichten einer Hausfrau und Mutter gewöhnen.
Ihren Eltern war es von Anfang an gegen den Strich gegangen,
dass Deborah aus der ländlichen Region Alabamas heraus wollte,
um eine Ausbildung in der Großstadt zu beginnen. Sie wäre eine
fehlende Hand bei der Arbeit auf der Farm gewesen. Sie durfte
ihre Ausbildung in der Kanzlei nur unter der Bedingung antreten,
dass sie bei ihrer Tante in Tuscaloosa wohnen würde, und sie
nach ihrer Ausbildung zurück ins Elternhaus zurückkehren
würde. Es sei denn, sie würde einen Mann heiraten. Dann würde
sie selbstverständlich dort wohnen, wo ihr Mann es für richtig
hielt und wo er Arbeit hatte. Danach hatte man sich schließlich
zu richten. Und so hatte es sich dann ja auch ergeben. Manchmal
fragte sich Deborah, was geschehen wäre, wenn sie aufs Land zu
ihren Eltern zurückgezogen wäre. Wenn sie Clark nicht kennengelernt und er sie nicht mit an die Westküste genommen hätte.

An einem Abend kurz nach Mindys erstem Geburtstag, den sie wie immer allein zu Hause verbrachte, ging ihr das Gespräch mit ihrer Tante nicht mehr aus dem Kopf. Sie wurde fast wahnsinnig hier vor Niedergeschlagenheit. Sollte sie wirklich nach Alabama zurückkehren? Was sollte sie dann dort machen?

Aber sie wollte auch nicht, dass ihre Tochter in einer Welt aufwuchs, in der man alles auf dem goldenen Tablett präsentiert bekam. Ihre Tochter sollte Werte haben und das Verlangen sich einen Traum zu erarbeiten und ihn nicht mit der Kreditkarte kaufen zu können.

Mit dieser Unverhältnismäßigkeit konnte man doch nicht lernen, was wirklich Bedeutung hatte im Leben.

Erst vor ein paar Tagen, an Mindys erstem Geburtstag, hatten sie seit langem zu dritt mal wieder gemeinsam einen Ausflug unternommen. Wenigstens für seine Tochter nahm Clark sich die nötige Zeit.

Sie waren nach Malibu gefahren und Mindy hatte es geliebt mit ihrem Eimer und der Schaufel im Sand zu spielen und wenn Clark sie mit ihren winzigen Füßen in die Gischt des Pazifiks gehalten hatte.

Das war doch alles, was Deborah wollte. War das nicht genug? Für einen Tag wie diesen brauchte man schließlich keine Million auf dem Konto.

Aber Clark hatte es sich natürlich nicht nehmen lassen, Mindy obendrein noch eine Feier zu organisieren. Es gab eine eigens angefertigte Torte mit persönlichem Schriftzug. Es waren ein paar andere Eltern mit ihren Kleinkindern dort, zu denen Clark durch Golf und Country Club Kontakt hatte. Die Mädchen hatten Kleider an, die den Wert von Deborahs Kleiderschrank vermutlich übertrafen, es gab unendlich viel Dekoration, Planschbecken und sogar ein Clown war dort. Bis auf ängstliches Geschrei der zahlreichen Kleinkinder, löste dieser aber nichts weiter aus. Es war alles viel zu viel und Deborah war es fast peinlich. Aber alle anderen fanden es superschön. Was hatte denn ein einjähriges Kind von einer solchen Galaveranstaltung?

Deborah vergrub das Gesicht in ihren Händen und ließ sich auf ihrer Seite des Ehebetts nieder. Dabei stieß sie mit der Ferse gegen etwas, das unter ihrem Bett lag. Es war ihr Koffer. Der Koffer mit ihren Kleidern, war das Einzige, was sie aus Alabama mit in diese Ehe gebracht hatte. Alles andere war neu oder gehörte irgendwie nicht zu ihr.

Es gab nicht viele von diesen Momenten, in denen das Gehirn für wenige Sekunden einen Schalter umlegte, und eine Entscheidung traf. Wenn man dann auch nur einen Augenblick zögerte, war dieser Moment verstrichen.

Deborah krallte sich den Griff des Koffers, zog ihn zu sich und öffnete ihn.

Sie betrachtete ihre Kleider in ihrem begehbaren Kleiderschrank und stellte fest, dass sich die Anzahl ihrer Kleider mit Sicherheit verdreifacht hatte. Sie würde sich auf das Nötigste beschränken müssen. Eine Tasche für Mindy brauchte sie schließlich auch noch.

Wenn sie es klug anstellte, würde Mindy gar nicht aufwachen, zumindest nicht in den nächsten Stunden. An sich hatte sie seit sie etwas älter geworden war, einen sehr festen Schlaf.

Deborah hatte noch die Ruhe, alles fein säuberlich zusammenzulegen. Strich anschließend noch die Tagesdecke des Bettes glatt, schrieb ein paar kurze Zeilen auf ein Blatt Papier und legte dieses in einem Briefumschlag auf Clarks Hälfte des Bettes. *Tut mir Leid, Clark.*

Aber eigentlich hatte sie doch gar keinen Grund sich zu entschuldigen. Sie hob Mindy behutsam aus ihrer Wiege und bettete sie in ihren Kinderwagen. Dann schulterte Deborah den Rucksack und nahm ihren Koffer. Sie sah sich noch einmal im Flur um. Die Leere sprach für sich und machte ihr die Entscheidung leichter. Dann zog sie hinter sich die Tür zu. Es war etwa acht Uhr abends. Noch würde sie einen Bus erwischen, der nach Downtown fuhr.

Nach einer schier endlosen Fahrt in der nächtlichen Metro-
pole, erreichte Deborah mit Mindy etwa anderthalb Stunden
später die Downtown Greyhound Station. Diese Fahrt bis hierher war ja schon eine ewige Tortur. Hatte sie das auch wirklich
gut durchdacht? Mit dem Bus quer durch die Staaten zu fahren?
Mit einem einjährigen Kind im Gepäck?
Aber jetzt hatte sie es immerhin schon bis hier geschafft.
Es war stockfinster und nur der große Busparkplatz war mit
grellen, kalten Scheinwerfern ausgeleuchtet. Es waren nicht viele
Leute hier. Nur vereinzelt saßen welche draußen auf den Bänken
in den Wartehäuschen an den verschiedenen Abfahrtsstationen
oder in der Wartehalle im Gebäude. Auf diese steuerte Deborah
auch zu, denn sie brauchte noch ein Ticket.
Am Schalter saß ein gelangweilter, dicker Mann.
   „Ein Ticket bitte, für mich und meine Tochter, nach Mont-
gomery, Alabama."
Der Mann beäugte sie eine Weile komisch und studierte die
Abfahrtspläne. Dann hob er seinen Blick wieder.
   „Sind Sie sicher, Ma'am? Die Fahrt dauert über zwei Tage und
führt Sie über Oklahoma City, Nashville und Atlanta bis nach
Montgomery."
Deborah schluckte, nickte aber entschlossen. Nervös sah sie sich
um. Ihr war die Umgebung nicht geheuer. Allein hier draußen in
Downtown mit einem Kleinkind um diese Uhrzeit.
   „Ist alles in Ordnung, Ma'am?", dem Fahrkartenverkäufer
erschien das ganze wohl auch etwas seltsam.
Wieder nickte Deborah zuversichtlich und lächelte den Mann
an, um ihn zu beruhigen. Und um sich zu beruhigen. Mit festem
Griff nahm sie die Tickets entgegen, damit der Mann ihre zittern-
den Hände nicht bemerkte.
   „Abfahrt in zwanzig Minuten von Linie fünf", mit einer laschen
Bewegung deutete er irgendwo auf die Reihen hinter Deborah.
Sie schob den Kinderwagen über den ganzen asphaltierten Platz
und nahm auf einer der freien Bänke Platz. In den nächsten

Minuten, die verstrichen, bekam Deborah immer größere Angst. Was für eine hirnrissige Idee mit einem Baby solch eine Strecke mit dem Bus zurücklegen zu wollen. Einfach so. Mitten in der Nacht. Sie hatte das alles doch überhaupt nicht durchdacht.

Sie hätte auch fliegen können, wenn sie nicht solche Flugangst gehabt hätte.

Ihr Blick verfolgte den Sekundenzeiger. Andere Busse fuhren röhrend ein, Richtung Seattle, San Diego oder Las Vegas.

Menschen, von denen sie durch das blendende Licht nur die schwarzen Konturen erkannte, stiegen ein und aus. Dann war wieder für ein paar Minuten Stille. Der Mann am Fahrkartenverkauf hatte sie immer noch im Blick.

Deborah dachte an ihre Worte, die sie Clark hinterlassen hatte. War er schon nach Hause gekommen und hatte ihren Brief bereits gefunden? Wie würde er reagieren? Deborah hegte immer mehr Zweifel, je länger sie hier in dem Wartehäuschen saß. War es richtig, Clark einfach seine Tochter zu entziehen? Nur damit sie selbst wieder durchatmen konnte? Das erschien ihr ziemlich selbstsüchtig. Und was sollte sie allein mit ihrer Tochter in Montgomery auf der Farm ihrer Eltern? Dort gab es kaum Arbeit außer in der Landwirtschaft. Sie müsste Mindy tagsüber abgeben, um auf den Feldern zu helfen. War das der Weg, den sie gehen wollte? Sie war hin- und hergerissen und kurz bevor der Bus um die Kurve kam, verließ sie der Mut, diesen Schritt zu wagen.

Mindy war aufgewacht und begann bitterlich zu weinen. Die Scheinwerfer blendeten so sehr und ihr war kalt. Andere Wartende sahen sich schon nach ihr und dem schreienden Baby um. Sie wiegte den Wagen hin und her und sang ein klägliches Schlaflied.

Der Bus hielt fast direkt vor ihr und mit einem pneumatischen Zischen öffneten sich die Türen vorne und hinten. Nur wenige stiegen aus. Keiner stieg hinzu. Deborah drehte sich der Magen um. Sie war völlig durcheinander und haderte mit sich selbst.

Ein Schritt nach vorn oder zurück?

Eine Weile hielt der Bus dort, ohne dass Deborah sich regte.

Der Busfahrer beugte sich leicht genervt nach hinten und schaute Deborah ins Gesicht.

„Ma'am, wir fahren gleich ab. Fahren Sie auch mit diesem Bus nach Oklahoma City?"

Deborah drückte Mindy fest an sich, die langsam nur noch schluchzte und sich beruhigte. Deborah senkte den Blick und lächelte in sich hinein.

„Nein, Sir. Ich denke nicht."

Der Busfahrer schüttelte den Kopf und winkte ab. Dann schlossen sich die Türen erneut und er brauste davon auf die East 7th Street.

-

Gegen Mitternacht war Deborah wieder in Brentwood Park. Sie hatte mit ihrem restlichen Bargeld ein völlig überteuertes Taxi gerufen. Stolpernd und völlig übermüdet, holperte Deborah mit Koffer und Kinderwagen die Auffahrt ihres zu Hauses hinauf. Erleichtert stellte sie fest, dass Clark noch nicht zu Hause war. Mindy schlief wieder und schnell bugsierte sie sie zurück in ihre Wiege. Den gepackten Rucksack versteckte sie im Schrank und ihren Koffer wieder unter dem Bett.

Niemand durfte je davon erfahren, was heute Nacht beinahe geschehen wäre. Mindy war noch viel zu klein, um sich daran erinnern zu können. Und Clark? Schnell schnappte sie sich den Brief von ihrem gemeinsamen Bett, nahm ihn mit in die Küche, zündcte cin Streichholz an und verbrannte ihn in der Spüle. Während die Flammen am Papier leckten, liefen ihr zahllose Tränen über die Wangen.

Seltsamerweise fiel ihr gerade eine enorme Last von den Schultern, seit sie wieder mal einen Rückzieher gemacht hatte. Einen Rückzug davor, was sie eigentlich wollte.

In Gedanken sprach sie einen Vers: *Bisher hat euch nur menschliche Versuchung getroffen. Aber Gott ist treu, der euch nicht versuchen lässt über eure Kraft, sondern macht, dass die Versuchung so ein Ende nimmt, dass ihr's ertragen könnt.*

Dann hörte sie Clarks Wagen in die Garage fahren.

Von da an spielte Deborah ihre Rolle in Brentwood Park. Sie bemühte sich, gelegentlich in den Country Club zu gehen und freundete sich mit ein paar Frauen an.

Als Hauptaufgabe hatte sie sich aber aufgetragen, für immer über Mindy zu wachen und ihr die richtigen Werte und weniger Oberflächlichkeit zu vermitteln. Sie suchte sich eine Kirchengemeinde, in der sie tatsächlich ein paar Gleichgesinnte traf und mehr Bodenständigkeit und Ehrlichkeit erfuhr als im Rest von Brentwood Park. Und als Mindy älter wurde und zur Schule ging, suchte Deborah sich als Ausgleich zu ihrem aufgezwungenen Lebensstil gemeinnützige Beschäftigungen. Sie half in der Kirche bei Spendenaktionen für Kinder aus schlechten, familiären Verhältnissen und beteiligte sich einmal die Woche abends bei der Obdachlosenhilfe in der Suppenküche.

Sie hatte einen innerlichen Drang danach, diesen ganzen Luxus, der immer mehr über sie einprasselte, wieder gut machen zu müssen, indem sie selbstlos blieb und alles ihr Mögliche zurückgab. Anders konnte sie dieses Leben in Brentwood Park nicht ertragen. Die Versuchung, auszubrechen, sollte ein Ende haben. Sie würde es so hinnehmen. Mindy und ihrer Ehe zuliebe, die noch nicht bereit war, zu zerbrechen. Jetzt noch nicht.

Oktober 1998, San Francisco, Kalifornien

Der Verkehr verdichtete sich zur Rushhour und kam unmittelbar auf der Oakland Bay Bridge auf der Interstate 80 zum Stoppen. Sie hatten das Cabrio-Dach heruntergelassen, sodass Mindy die Haare auf der riesigen Brücke um die Ohren wehten.

Sie war schon öfter hier gewesen, aber hatte die Stadt nie von hier aus dieser Perspektive betrachten können.

Sie konnte von hier den Financial District sehen, der als einziger Stadtteil mit seinen futuristischen Wolkenkratzern und der *Transamerica Pyramid* eine spektakuläre Skyline bildete.

Mindy konnte das Auf und Ab der hügeligen Stadt sowie die historischen Hafengebäude am Pier erkennen. Diese Stadt war für sie fast wie ein Dorf im Vergleich zu Los Angeles.

Aber Mindy hatte das Flair, das diese Stadt versprühte immer schon gemocht, wenn sie mit ihren Eltern vor einiger Zeit mal hier gewesen war.

Wenn Mindy so zurückdachte, hatte sie, als sie noch ein paar Jahre jünger war und mit ihren Eltern einen Ausflug machte, nie etwas bemerkt, dass zwischen ihren Eltern etwas nicht in Ordnung war. Vielleicht war es das damals ja auch noch. Oder sie hatten es vor ihr einfach immer nur sehr, sehr gut überspielt. Mindy schaute seit einer gefühlten Ewigkeit auf ihr Handy.

Zu ihrer Überraschung hatte sie hier in der Stadt endlich wieder drei Balken Empfang. Eine unbekannte Nummer hatte zig Mal versucht, sie zu erreichen. Mit Sicherheit ihre Mom, die von einer der Festnetzleitungen in Hope angerufen hatte. Mindy ignorierte diese Anrufe geflissentlich und versuchte stattdessen bei ihrem Dad auf seinem Firmenhandy anzurufen, aber da ging nur die Mailbox heran. Dann dachte sie an Miguel.

Soll ich ihn anrufen? Will ich ihn überhaupt anrufen? Was ist das mit uns?

Verstohlen schaute sie zu Josh herüber und bekam Herzklopfen. Seit einer Woche hatte sie nun schon nichts mehr von Miguel gehört. Sie würde erstmal abwarten, was sich mit ihrem Dad ergab und wie es dann weitergehen würde.

Der Verkehr ging nur langsam voran und allmählich wurde es Mindy etwas mulmig auf dieser super hohen Brücke.

Sie bemerkte Josh, wie er von der Höhe gänzlich unbeeindruckt war, sich aber völlig fasziniert in alle Richtungen umschaute.

„Krass, der Pazifik", stellte er fest. Josh hatte in seinem Leben noch nie das Meer gesehen. Und obwohl es hier in der San Francisco Bay eingerahmt war von Festland und Halbinseln, überwältigte Josh die weite Sicht dennoch. Die Strahlen der tiefstehende Sonne reflektierte auf dem leicht gewellten Wasser und blendete die beiden.

Mindy musste zugeben, dass sie den Ozean etwas vermisst hatte in den letzten Wochen. Wenn man ihn immer genau vor der Nase hatte, verlor man schnell das Interesse.

Hinter ihnen hupten die Autos, und Josh, mehr aufs Meer konzentriert als auf den Verkehr, holte wieder zu den vorausfahrenden Fahrzeugen auf.

Mindy fühlte sich erleichtert, endlich hier zu sein. Bald würde sie endlich ihren Dad wiedersehen. Sie drehte die Musik von *Pearl Jam* auf Josh's Kassette lauter und hob ihre Arme in den Wind. Der Stau zog sich bis aufs Festland und in den Financial District, den sie nun auch ansteuerten.

„Du musst hier nach links, glaube ich", manövrierte sie Josh durch den dichten Verkehr, vorbei an zahllosen Ampeln und Kreuzungen.

Mindy versuchte sich zu erinnern, wo genau das Büro ihres Dads lag. Es war definitiv hier in der Nähe. Als sie mal hier gewesen war, waren sie durch den belebten Stadtteil gewuselt, vorbei an Businesstypen und Freaks, und hatten in Chinatown Glasnudelsuppe mit Hühnchen geschlürft.

Josh fand nach einer halben Ewigkeit eine winzige Parklücke an einer viel zu steilen Straße, an der die Autos sicherheitshalber quer statt längs zur Fahrbahn parkten. Das war Josh auch lieber, er traute der Handbremse seines Schätzchens nicht mehr so ganz. Sie irrten eine Weile etwas orientierungslos durch die Gegend. Dabei hatten sie ihre Blicke immer mehr nach oben gerichtet, als auf die Straße.

Die Häuserzeilen verengten sich nach oben hin, sodass man nur einen Spalt blauen Himmel ab und zu hindurch blitzen sah. Sie warteten an einer Kreuzung auf das grüne Ampelsignal. Um sie herum, war es so laut, es wurde gehupt und Polizeisirenen waren aus der Ferne zu hören.

Ein paar dunkelhäutige Männer unterhielten sich lauthals über die Straße hinweg und neben ihnen telefonierte ein Geschäftsmann mit seinem Handy und bestätigte seinen letzten Termin für heute.

Mindy entdeckte schräg gegenüber auf der anderen Seite die Clay Street. Sie zog Josh am Arm.

„Dort in der Clay Street, da muss das Büro von meinem Dad sein. Jetzt fällt es mir wieder ein."

-

Sie liefen schneller als nötig über die Straße und hielten Ausschau nach dem richtigen Bürogebäude. In jedem der Wolkenkratzer waren natürlich zahllose, unterschiedliche Firmen untergebracht, wo manche nur eine Etage oder nur einzelne Büros angemietet hatten. Mindy dachte, sie würde den Eingangsbereich wiedererkennen, aber sicherheitshalber hielt sie auf allen Schildern, die unten neben der Tür alle Firmen aufführten, Ausschau nach *Stafford & Turner Immobilien*.

Ihr Dad hatte damals auf das *Mc* verzichtet, da er fand, so wäre der Doppelname aus seinem und Jonathans Namen flüssiger auszusprechen.

Sie latschten die ganze Straße auf der einen Seite rauf und auf der anderen Seite wieder herunter. Gegen Abend war es hier draußen ganz schön abgekühlt. Generell war es hier in San Francisco viel kühler und windiger als noch zuvor in Bakersfield oder Hope. Kurz bevor sie wieder am Ende der Straße angekommen waren, fanden die beiden endlich den Eingang zum richtigen Gebäude. Es sah noch viel unscheinbarer aus, als Mindy es in Erinnerung hatte und ähnelte all den anderen drum herum gebauten, weißen oder gläsernen, starren Türmen.

Sie betraten den Lobbybereich und es gab einen Empfang, an dem sich fremde Leute anmelden mussten. Die Frau mit viel zu stark geschminkten Augen und spießigem Bleistiftrock beäugte Mindy und Josh etwas skeptisch, als sie eintraten.

Es kam wohl nicht sehr häufig vor, dass ein Mädchen mit pinkfarbenem Top und Jeansrock und ein schlurfender Typ im Skater-Look und Flanellhemd hier hereinspaziert kamen.

„Wir möchten gern zu Clark McStafford, *Stafford & Turner Immobilien*", erklärte Mindy der Dame ohne Umschweife.

Die Frau suchte nach den richtigen Worten und war sich nicht ganz sicher, was sie machen sollte.

„Ja…, also…, wissen Sie…", stammelte sie.

„Ich bin Mindy McStafford und ich würde gern meinen Dad sprechen." Mindy bemühte sich ihre Stimme selbstbewusst klingen zu lassen, obwohl sie es in dem Moment in Wirklichkeit gar nicht war. Diese schnippisch aussehende Frau brachte sie ganz durcheinander.

Sie rückte ihre Brille zurecht und schaute auf ihren Schreibtisch in ihre Unterlagen, als ob dort die Antwort zu finden war.

„Ach so, na wenn das so ist. Zwölfte Etage, zweite Tür von rechts". Sie deutete hinter den Empfang neben zwei prunkvolle Blumenkübel auf den Fahrstuhl. „Versuchen Sie ihr Glück", murmelte die Frau ihnen noch hinterher und Mindy warf ihr einen skeptischen Blick zu.

Sie warteten auf die Ankunft des Fahrstuhls und fuhren mit einem gleichmäßigen Surren in das zwölfte Stockwerk. Mit einem *Ping* kündigte der Lift seine Ankunft an und die Doppeltüren öffneten sich langsam. Mindy und Josh fanden schnell die richtige Tür. Es war eine Tür, durch die man hindurch ins Innere des darauffolgenden Ganges sehen konnte. Sie zog an der Tür, aber sie war verschlossen. Es gab nur einen Schlitz zum Scannen der Mitarbeiterkarte und eine Klingel. Drinnen war es seltsamerweise dunkel, sodass es aussah, als wäre niemand dort. War es schon so spät und alle hatten bereits Feierabend? Mindy klingelte und wartete. Lange Zeit tat sich gar nichts und sie waren im Begriff resigniert zu gehen.

Dann lugte plötzlich ein Kopf vorsichtig um die Ecke des Flures. Es war nicht ihr Dad und bekannt kam ihr der junge Mann auch nicht vor. Aber er kam zur Tür getrottet und schloss den beiden auf.

„Hallo, wie kann ich euch helfen?", fragte er freundlich und machte eine Geste, dass sie eintreten durften.

„Ich bin Mindy McStafford, das ist Josh Evans, ich würde gern meinen Dad sprechen, Clark McStafford. Ist er hier?"

Der Typ streckte ihr die Hand hin.

„Hi, Adam Turner. Du bist also Clarks Tochter", stellte er fest und kratzte sich am Kopf.

Mindy dachte nach. *Turner* – der Name musste was mit Jonathan Turner zu tun haben. Vermutlich war es sein Sohn? Nach längerem Betrachten, glaubte sie auch, ihn schon mal gesehen zu haben. Er war etwa Anfang dreißig und sah aus wie ein Nerd. Adam schlurfte etwas gedankenverloren durch den Flur.

„Nein, er ist nicht hier. Eigentlich ist gar keiner mehr hier", erklärte er.

„Es ist Zufall, dass ihr mich überhaupt angetroffen habt." Mindy sah ihn fragend an.

„Nun, ich bin eigentlich nur hier, um meine restlichen Sachen einzupacken, die ich noch in meinen Schubladen vergessen hatte." Er führte die beiden herum. Jedes Büro, in das sie einen Blick warfen, war verwaist und fast leer, bis auf die Schreibtische und Aktenschränke dahinter. Die Türen standen teilweise noch sperrangelweit offen, vereinzelt standen dort noch ein Computer oder eine Telefonanlage. Aber das meiste war ausgeräumt.

„Wisst ihr, nachdem die Sache mit Clark aufgeflogen war und er sich gestellt hatte, haben wir dichtgemacht. Wir wurden freigestellt und als der Untersuchungsbeschluss durch war, wurden die Büroräume vom FBI durchforstet, tagelang. Alle Mitarbeiter wurden verhört, ich auch." Es war ihm sehr unangenehm davon zu sprechen. „Aber ich wusste von all dem nichts", fügte er noch schnell hinzu. „Ich pack' nur noch meinen Karton und dann bin ich weg. Gehe vielleicht nach Portland."

Das hätte Mindy sich ja eigentlich denken können, aber irgendwie hatte sie nicht darüber nachgedacht, dass ja auch seine gesamte Firma davon betroffen war und sich dadurch zumindest vorerst auflöste. Sie war davon ausgegangen, ihren Dad eher im Büro anzutreffen als zu Hause, so wie es sonst immer gewesen war. Aber es war ja schließlich nichts mehr so wie früher. Das wurde Mindy jetzt noch mal wieder besonders deutlich, als sie diese ganzen trostlosen Büros begutachtete. Hier und da stand noch ein Karton mit ein paar Bilderrahmen, Deko-Sachen und eine einsame Topfpflanze, die die Blätter hängen ließ.

Waren alle Mitarbeiter jetzt ihren Job los? Mindy taten Adam und die anderen ihr unbekannten Leute leid. An jedem dieser Schicksale war ihr Dad beteiligt und er hatte die ganze Zeit gewusst, was er da tat und wie gefährlich das für ihn und seine ganze Firma war. Das konnte Mindy einfach nicht begreifen, wie er so etwas tun konnte.

„Schade, dann haben wir hier umsonst gesucht, aber vielen Dank trotzdem, Adam", Mindy gab ihm zum Abschied erneut ihre Hand. Mindy holte tief Luft. „Dann fahren wir jetzt zu seiner Wohnung im Sunset District."

Adam schaute sie etwas verwirrt an. „Sunset District? Soweit ich weiß, wohnt Clark in Pacific Heights."

Das kam Mindy seltsam vor, sie war sich ganz sicher, dass ihr Dad vorher immer in seiner Zweitwohnung im Sunset District gelebt hatte.

Adam lief in sein Büro und kramte in einem zerknitterten Notizheft. „Ich schreibe dir die Adresse auf", bat er seine Hilfe an und reichte Mindy einen kleinen karierten Zettel mit einer krakeligen Handschrift.

Immer noch etwas durcheinander, nahm sie den Zettel und bedankte sich erneut bei Adam.

„Und viel Glück für die Zukunft", sagte sie aufmunternd, während die Tür schon ins Schloss fiel.

Josh, der sich die ganze Zeit zurückgehalten hatte, sah Mindy nun fragend an.

„Und was machen wir jetzt?"

„Jetzt fahren wir natürlich nach Pacific Heights. Aber vorher brauche ich frische Luft. Komm mit, ich zeig' dir was."

Sie zog Josh wieder zurück zum Fahrstuhl und drückte auf die Pfeiltaste nach oben. In der Kabine suchte sie nach der höchsten Zahl, die auf der Anzeige zu finden war. Wenn sie sich recht erinnerte und es immer noch frei zugänglich war, konnte man ganz nach oben auf das Dach des Wolkenkratzers fahren.

Sie drückte den Knopf mit der Achtundzwanzig und es dauerte wieder eine ganze Weile, bis der Fahrstuhl sie dorthin beförderte. Oben im letzten Stockwerk, gab es nur noch eine Tür.

Mindy zog daran und ihnen entgegen blies ein starker Windstoß. Sie liefen gegen den laut tosenden Wind an bis zum Geländer. Es war so hoch, dass Mindy fast etwas schwindelig wurde, als sie hinunter auf die belebte Straße schaute. Aber der Stadtlärm reichte nicht bis hier oben hinauf. Würde man sich das Rauschen des Windes wegdenken, wäre es völlig still gewesen. Man konnte über die ganze Stadt schauen und wie die Straßen wie ein Gitternetz miteinander in unendlich viele Quadrate verwoben waren, sich über die Hügel bergauf und bergab schlängelten. Sie sahen das Meer, die Golden Gate Bridge und Alcatraz.

„Vielleicht ist dein Dad ja dort", scherzte Josh und Mindy bedachte ihn mit einem finsteren *Echt-Jetzt*-Blick, musste dann aber auch grinsen. Diese ganze verworrene Geschichte war ja ohne Humor gar nicht mehr zu ertragen.

Der Wind wurde immer stärker und Mindy gab vor, etwas schwummerig zu sein, so dass sie sich an Josh's Arm festhalten konnte. Eine ganze Weile blieben sie da oben noch so stehen und beobachteten die Fähren auf dem Wasser und die Dachgärten der zahllosen Stadthäuser. Auf der anderen Seite der Bay konnte sie Oakland und Berkely erkennen. Dort gab es auch ein gutes College. Vielleicht sollte sie sich tatsächlich an der Universität dort bewerben, wenn sie hier in San Francisco bei ihrem Dad blieb. Auch wenn er dann vermutlich in einem Jahr schon nicht mehr auf freiem Fuß war. Und wovon sollten sie das jetzt noch bezahlen? Mindy schaute in den Himmel.

„Wir sollten aufbrechen, es scheint bald Regen zu geben." Außerdem sehnte sie sich danach, endlich ihren Dad wiederzusehen.

Oktober 1991, Topanga State Park, Los Angeles

„Da oben ist es endlich, Honey", Mindys Dad war ihr schon einige Meter voraus, den hügeligen, schmalen Pfad hinaufgestapft, dann wartete er auf seine Tochter. Das war aber auch unfair, dachte Mindy schließlich hatte er viel längere Beine als sie. Bestimmt musste sie doppelt so viele Schritte machen wie er.

Das letzte Stück lief sie mit ihrem kleinen Micky-Mouse-Rucksack, in dem ihre Trinkflasche hin und her schwappte, während sie über Stock und Stein hopste. Sie hatte ihren Dad eingeholt und gemeinsam liefen sie die letzten Meter bis zum Plateau.

Zwischen all den Pinien und Steinen war es total warm und ab und zu konnte man eine Eidechse entdecken, die sich zwischen den Kieseln hindurchschlängelte. Mindy hatte keine Angst vor ihnen. Sie versuchte sie sogar noch mit einem trockenen Zweig anzulocken.

Ihr Dad nahm sie an die Hand, damit sie nicht wegrutschte. Vor ihnen ging es ganz schön steil bergab. Und während Mindy noch damit beschäftigt war, auf dem Sandboden Krabbeltiere zu suchen, deutete ihr Dad auf die weite Ebene vor ihnen.

„Schau mal, Honey, was für eine Aussicht", er sog die frische Luft tief ein und wieder aus.

„Wooow", rief Mindy gedankenverloren und kam aus dem Staunen gar nicht mehr heraus.

Von der Aussichtsplattform hatte man eine wahnsinnig tolle Sicht auf Los Angeles, die Hollywood Hills und den Pazifik.

Die Stadt lag zwar unter einem diesigen Nebel, aber Downtown konnte man erkennen. Und in der Ferne auch die startenden Flugzeuge am Flughafen sowie den Pier in Santa Monica mit seinem Freizeitpark.

„Ich wette, das da vorne ist unser Haus." Clark versuchte mit seinem dicken Finger, einen winzigen Punkt irgendwo zwischen unzähligen, kleinen roten und schwarzen Dächern anzuvisieren. Mindy kniff die Augen zusammen und folgte dem Finger ihres Dads.

„Haha, als ob du das sehen könntest."

Ihr Dad konnte sie doch nicht mehr für dumm verkaufen, immerhin war sie schon zehn – fast elf.

„In L.A. gibt's bestimmt eine Trillion Häuser", rief Mindy und versuchte diese Weitsicht zu begreifen. Clark lachte lauthals auf.

„Ja, so kommt es mir manchmal auch vor."

„Komm, Dad, wir machen unser Picknick", rief Mindy und Clark setzte seinen Rucksack ab und kramte die Decke heraus, die Debbie ihnen mitgegeben hatte. Mit einem Schwung breitete er sie auf dem Boden aus. Mindy und er aßen ihre Sandwiches, tranken Limo und naschten Erdnussbutterriegel.

Mindy liebte diese Tage, wenn ihr Dad mal Urlaub hatte.

Aber selbst, wenn ihr Dad frei hatte, bedeutete das nicht, dass er dann Zeit für sie hatte. Meistens musste er dann doch zu Hause in seinem Büro arbeiten. Und wenn sie gerade zu Abend aßen, klingelte oft sein Telefon und er verschwand manchmal für eine Ewigkeit und sein Essen wurde kalt. Dann saßen ihre Mom und sie schweigend da und stocherten in ihrem Essen herum.

Manchmal war er auch in San Francisco oder so. Er hatte immer so viel zu tun. Das machte Mindy traurig.

Denn wenn er dann mal etwas mit ihr unternahm, war es das Coolste, was man machen konnte, und ihre Freundinnen waren immer ganz neidisch. Erst neulich hatte er ihr ein Surfbrett gekauft und ihr ein wenig das Surfen beigebracht. So gut war sie aber noch nicht.

Ihre Mom machte nie so coole Sachen mit ihr. Und zu ihrem zehnten Geburtstag hatte Clark sie alle zusammen ins Disneyland nach Anaheim eingeladen. Sie durfte sogar noch Nicole, Brad und noch zwei weitere Klassenkameradinnen mitnehmen.

Ihre Mom fand das furchtbar, aber widerwillig kam sie mit. Sie wollte schließlich ein Auge darauf haben, dass die Kinder keinen Unsinn anstellten. Mindy konnte gar nicht verstehen, was ihre Mom gegen Schlösser und Prinzessinnen hatte.

Sie durften nicht mit der Achterbahn fahren und auch nicht in den Flugsimulator, der sie ins Weltall beförderte. Deborah hatte Angst, dass sie dort zu viel über die Entstehung des Universums und der Erde erzählten. Als ob Mindy nicht schon längst in der Schule gelernt hatte, dass die Frau nicht aus der Rippe Adams geformt wurde. Allein der Gedanke war voll eklig, fand Mindy. Die Geschichte mit den Affen und den Dinosauriern gefiel ihr viel besser. Sogar an ihrem Geburtstagsmorgen musste sie früh aufstehen und mit ihrer Mom gemeinsam in die Kirche gehen. Mindy war viel zu aufgeregt, wegen Disneyland und konnte sich gar nicht darauf konzentrieren, was der Pfarrer vorn erzählte und stillsitzen konnte sie auch nicht. Sie zündeten eine Kerze für Mindys neues Lebensjahr an und Deborah sprach ihr einen Psalm vor und Mindy murmelte ihn nach. *„Du hast mich geschaffen – meinen Körper und meine Seele, im Leib meiner Mutter hast du mich gebildet. Herr, ich danke dir dafür, dass du mich so wunderbar und einzigartig gemacht hast!"*

Deborah gab Mindy einen Kuss auf die Stirn, dann düste Mindy schon zur Kirchentür heraus.

Aber auch wenn sie in manche Fahrgeschäfte nicht hineingehen durften, war es ein super Geburtstagsgeschenk. Sie liefen den ganzen Tag meilenweit herum, soweit die kleinen Füße sie tragen konnten und aßen so viel Pommes mit Ketchup und Softeis, wie die kleinen Mägen vertragen konnten und Clark kaufte ihr am Abend noch im Souvenirshop den Micky Mouse-Rucksack. Ihre Mitschüler würden vielleicht neidisch sein.

Abends im Bett war Mindy so müde und zufrieden. Als ihr Dad ihr einen Gute-Nacht-Kuss gab, schlug sie die Arme um seinen Hals und flüsterte: „Danke, Dad."

Nächstes Jahr würde sie in die Universal Studios wollen. Dort konnte man E.T. und King Kong sehen.

Clark alberte noch mit der Micky Mouse an ihrem Rucksack herum und Deborah im Flur musste hinnehmen, dass Mindy sich für diesen einzigen Tag, den er gelegentlich mal opfern konnte, mehr bedankte, als für all die Zeit, die Deborah für Mindy da war. Vierundzwanzig Stunden am Tag, seit zehn Jahren. Aber Deborah fuhr mit ihr halt auch nicht nach Disneyland. So war das eben. Den Kindern von heute musste immer etwas ganz besonders geboten werden. Und vor allem den Kindern aus Brentwood Park. Konnte dort jemand nicht mitreden, war dieser unten durch.

Mindy und ihr Dad hatten ihr Picknick beendet und machten sich auf den Rückweg. Mindys Füße wollten sie nicht mehr den Berg hinab tragen und so nahm Clark seine Tochter auf seine Schultern.

„Was hältst du davon, wenn wir noch einmal bei Peanut vorbeischauen? Und nachher bestellen wir Pizza mit Käserand und schauen Actionfilme. Das bleibt aber unser kleines Geheimnis. Deine Mom ist ja noch länger in der Kirchengemeinde heute wegen den Vorbereitungen für die Thanksgiving-Messe. "

„Aber nur wenn ein Superheld dabei ist", forderte Mindy.

„Und ich will Thunfisch-Pizza."

Clark musste lachen. „Na klar doch, Miss. Und ich bin doch schon dein ganz persönlicher Superheld, der dich den steilen Berg zurück ins Tal befördert", er fing ein bisschen an zu laufen und Mindy hüpfte auf seinen Schultern auf und ab.

„Ja, los Dad. Du bist *Superdad*. Flieg mich schnell zu Peanut."

Um die nächste Kurve konnten sie schon Clarks roten Porsche entdecken.

Vom Parkplatz des Topanga State Park war es nicht weit, bis zur Ranch, auf der Peanut untergebracht war. Der Araber Peanut war ein erdnussbraunes, etwas verhätscheltes Reitschulpferd und Mindy teilte sich die Reitbeteiligung mit anderen Mädchen. Von der Besitzerin erfuhren sie, dass Peanut gerade noch auf der Weide war. Sie und ihr Dad lehnten am Gatter und versuchten ihr Pferd mit einer verschrumpelten Mohrrübe anzulocken. Tatsächlich kam Peanut auf sie zu getrabt und Mindy streichelte ihm die Nüstern. Schon seit einigen Monaten hatte Mindy Reitunterricht dort auf der Ranch am Stadtrand. Es brachte ihr furchtbar Spaß und sie war wirklich talentiert.

Es dauerte nicht lange, da schlug ihre Reitlehrerin ihr vor, sie bei einem anstehenden Springturnier anzumelden.

Mindy war ganz aus dem Häuschen und redete von nichts anderem mehr. Sie trainierte wochenlang und wollte ihre Eltern begeistern.

Peanut mampfte die Möhre mit einem malmenden Geräusch und schnaubte.

„Dad, denkst du daran, dass am Dienstag mein Turnier ist?"

„Als ob ich das vergessen würde", flötete Clark und klopfte seiner Tochter auf die Schulter. „Komm, Zeit nach Hause zu fahren." Mindy machte einen Schmollmund und verabschiedete sich von Peanut, indem sie ihm durch die Mähne wuschelte.

-

Am Tag des Turniers putzte und striegelte Mindy Peanut stundenlang und band ihm pinke Schleifen ins Haar obwohl er ein Wallach war.

Deborah half ihr und kurz bevor es losging, begab sie sich zur Tribüne. Immerzu hielt Mindy Ausschau nach ihrem Dad. Er war schon früh morgens nach San Francisco aufgebrochen, um rechtzeitig zurück zu sein. Sie beobachtete alle Menschen dort auf der Tribüne. Vielleicht hatte er keinen Platz mehr bekommen und schaute vom Rand aus zu.

Kurz bevor Mindy auf den Platz hinausmusste, verließ sie der Mut und sie war sich sicher, dass ihr Dad mal wieder sein Versprechen nicht eingehalten hatte.

Sie belegte den vierten Platz und bekam eine Urkunde.

Am Abend legte sie die Urkunde böse auf den Sessel ihres Dads und als er später nach Hause kam, fand er das Blatt Papier.

„Sei bitte nicht traurig, Honey. Mir ist ein Termin dazwischen gekommen und dann musste ich eine Maschine später nehmen."

„Das sagst du immer", Mindy verdrehte die Augen und stiefelte in ihr Zimmer.

„Minnie", er lehnte sich in den Türrahmen und lockerte seinen Krawattenknoten. Er war völlig ausgelaugt vom Tag und den Verhandlungsgesprächen.

„Weißt du, dein Dad muss doch arbeiten, damit wir so ein schönes Leben haben können und damit du Reitunterricht nehmen kannst."

Mindy saß immer noch geknickt auf ihrer violetten Tagesdecke.

„Ich mach' es wieder gut."

„Versprochen?", flüsterte Mindy mürrisch.

„Versprochen", Clark streichelte ihr über die Haare.

Am nächsten Tag kaufte er als Wiedergutmachung Peanut der Ranch für einen unverhältnismäßigen Preis ab und mietete eine Box im Country Club an. Ein Jahr später wurde Reiten aber dann ziemlich uncool.

Oktober 1998, San Francisco, Kalifornien

Josh manövrierte den röhrenden Oldtimer quer durch die in Quadraten angeordneten Straßen. Auf der einen Seite ging es teilweise so steil hinauf, dass Mindy Sorge hatte, der Mustang würde es nicht schaffen und man konnte an der Kuppel nicht erkennen, was sich dahinter versteckte. Erst als sie wieder ganz oben auf der Spitze waren, sah man, dass es dort wieder steil hinunter ging. Zwischendurch kreuzten sie zahllose Autos an den Kreuzungen oder die Cable Car hatte Vorfahrt. Es war noch ziemlich viel los, dafür dass es schon abends war.

Mindy und Josh mussten sich immer wieder durchfragen, wo es nach Pacific Heights und zur Fillmore Street ging und sie fuhren bestimmt zigmal im Kreis ohne es zu merken, da die Straßen auf den ersten Blick alle identisch aussahen. Hoch und runter, links, rechts, quer, geradeaus.

„Wollen wir nicht lieber erstmal ein Motel suchen, ist schon voll spät", schlug Josh vor.

„Eben, ist schon voll spät. Ich will nicht mitten in der Nacht bei meinem Dad auftauchen. Ich muss ihn jetzt endlich sehen."

Josh gab nach. Er wusste, dass er sie, so entschlossen wie sie war, nicht mehr umstimmen konnte.

Die ersten Regentropfen landeten auf Mindys Unterarmen und sie mussten rechts ranfahren, um das Verdeck des Cabriolets zu schließen.

Während sie weiterfuhren, prasselten die Tropfen mit einem gleichmäßigen Geräusch über ihnen. Mindy drehte die Musik leise, schloss die Augen und lauschte nur diesem entspannenden Geräusch. Regen. Wie lange hatte sie keinen Regen gehört? Sie kurbelte das Fenster herunter und streckte ihren Arm in den Wind hinaus. Das Klima war hier so ganz anders als in Los Angeles oder in Arizona.

Josh durchbrach ihre Gedanken indem er aus dem Nichts rief:

„Dort, Fillmore Street", und mit beinahe quietschenden Reifen rechts um die Ecke bog. Die Seitenstreifen waren fast schon alle zugeparkt und sie fuhren mit Schritttempo die Straße entlang.

„Nr. 1278", Mindy deute auf ein hellblaues, schmales, viktorianisches Haus mit einem kleinen Erker. Alle Häuser hier sahen sehr schick und gepflegt aus. Nur wenige Leute waren auf den Fußwegen unterwegs. Spaziergänger mit Schirmen, die ihre Hunde ausführten, oder genervte Jogger, die während ihrer Runde in den Regenguss geraten waren.

Josh quetschte sich auf eine Ecke im Halteverbot, unmittelbar vor der besagten Hausnummer.

„Ich warte hier", erklärte er. Er wollte sich in diese Familiengeschichte nicht einmischen. Dieser Moment gehörte Mindy.

Während Mindy im strömenden Regen um das Auto herumlief, machte sich ein Kribbeln in ihrem Magen breit. Was war denn nur los? Es war doch nur ihr Dad. Wenn sie das Gefühl bei Miguel hatte, oder wie sie immer öfter feststellen musste, auch bei Josh, konnte sie sich das ja noch erklären.

Sie atmete mehrmals tief ein und wieder aus und war jetzt schon klatschnass, während sie auf das Haus zusteuerte.

Es brannte Licht im Erdgeschoss, aber Mindy traute sich noch nicht zu klingeln. Eine Weile stand sie etwas ratlos vor der Tür. Sie hörte Stimmen von innen durch die Fenster und machte einen Satz nach links. Sie sprang über die Sträucher vor dem Haus, kletterte auf einen Mauervorsprung und linste durch das eine Sprossenfenster.

Innen sah es gemütlich aus. Es war ein Wohnzimmer mit einer offenen Küche. Sie hörte Musik. Dann kam plötzlich eine Frau in den Raum und ging in Richtung Küche. Hatte sie das falsche Haus erwischt?

Die Frau sprach mit jemanden und kurz darauf trat durch die Wohnzimmertür ihr Dad hinein. Er lachte über irgendetwas und in seinen Armen hielt er ein kleines Kind von etwa drei oder vier Jahren. Er hob es immer wieder in die Luft und wieder herunter und das Mädchen schien vergnügt.

Genau dieses Spiel hatte er früher auch mit Mindy gemacht.

Das Mädchen sah fast so aus wie Mindy, als sie in dem Alter gewesen war. Die Frau kam zu Clark und er gab ihr und dem kleinen Mädchen jeweils einen liebevollen Kuss auf die Stirn.

Mindy stieg trotz der Kälte die Hitze in den Kopf und sie konnte das alles zunächst gar nicht zusammensetzen, was sie da gerade sah. Wer war diese Frau und was machte er mit diesem Kind? Er führte sich ja fast so auf, als wäre es *seins*.

Als Mindys Kopf diesen Gedanken ausspuckte, rutschte sie vor Schreck von dem nassen Mauervorsprung in die Büsche. Scheinbar stieß sie einen kurzen Laut aus, denn die Frau und ihr Dad schauten fast gleichzeitig aus dem Fenster mitten in Mindys Gesicht.

Da stand er tatsächlich und sah Mindy direkt in die Augen. Sie war so perplex, dass sie seinem Blick nicht ausweichen konnte und sie hatte keine Ahnung, wie lange dieser Moment anhielt. Sie sah ihren Dad, wie er entgeistert das Mädchen auf seinem Arm heruntersacken ließ, die Frau nahm es ihm schnell ab. Und sie erkannte, wie er ihren Namen mit den Lippen formte.

Clark löste sich aus seiner Starre, setzte sich in Bewegung und trat durch die Wohnzimmertür.

Mindy brauchte ein paar Sekunden zu lange, um zu begreifen und befreite sich aus dem Gebüsch. Sie stolperte und in dem Moment kam ihr Dad durch die Haustür nach draußen in den Regen gelaufen.

„Mindy, Honey", rief er, erst erfreut, dann verunsichert, als er ihre Miene bemerkte.

„Ist es *deins?*" Mindys Stimme bebte und sie musste aufpassen, dass ihre Zähne nicht aufeinander klapperten. Von der feuchten Kälte und von der Angst vor der Antwort.

Clark stand unbeholfen auf dem Gehweg und senkte den Blick. Das genügte Mindy bereits als Antwort und sie hatte keine Worte dafür. Ihre Füße setzten sich unmittelbar in Bewegung in die entgegengesetzte Richtung. Fort von ihrem Dad. Als sie ihn immer wieder ihren Namen rufen hörte und seine polternden Schritte ihren folgten, begann sie sogleich schneller zu werden, bis sie beinahe rannte. Aber sie drehte sich nicht zu ihm um und blendete seine und auch Josh's Rufe aus, an dem sie blind vorbeilief, obwohl er noch versuchte, sie am Arm festzuhalten. Ihre Schritte wurden zu einem Rennen und in ihren Ohren pulsierte das Blut. Die Umgebung herum drehte sich und sie lief immer weiter die Straße hinab.

-

In Mindy fiel innerlich alles in sich zusammen. All die Spannung und die Vorfreude auf ihren Dad und die Wut auf ihre Mom wandelten sich plötzlich in reines Entsetzen. Konnte das wirklich so sein, wie sie es gerade dachte?
Ihr gingen wieder die Worte ihrer Mom durch den Kopf.
Dein Dad ist nicht so perfekt, wie du ihn immer gesehen hast.
Hatte sie davon etwa auch gewusst? Sie wollte Mindy vor der Wahrheit beschützen, hatte sie gesagt. Und was war die Wahrheit?
Dass ihre Mom von diesem Doppelleben wusste, und es vor Mindy verschwiegen hatte, um sie nicht zu verletzten? Um ihr Bild von ihrem eigenen Dad nicht zu zerstören?
Oh, Mom.
Und sie konnte nicht mehr zwischen den Regentropfen und ihren Tränen unterscheiden, die ihr die Wange hinabliefen.
Sie hatte es also doch nur gut gemeint mit ihr, trotz all den Lügen, die sie Mindy aufgetischt hatte. Mindy hatte sie damals auf der Ranch einfach nur nicht ausreden lassen, um sich weiter zu erklären. Hätte sie es ihr dann gesagt? Die *ganze* Wahrheit?
Hatte Deborah sie jetzt extra nicht aufgehalten, ihren Dad aufzuspüren, damit Mindy diese Wahrheit selbst herausfinden konnte? Mindy hörte die Stimme ihres Dads nur noch ganz weit entfernt durch die Häuserzeilen hallen. Als sie um die nächste Ecke bog, kauerte sie sich in einen Hauseingang.
Wie konnten sie nur? Wie konnten Erwachsene bloß so einen Mist bauen? Hintergangen zu werden war das beschämendste Gefühl, wie Mindy gerade feststellen musste. Hintergangen sowohl von ihrer Mom, die ihr viel zu lange diese Hiobsbotschaft vorenthalten hatte. Als auch hintergangen von ihrem Dad, der seine Familie anscheinend gegen eine neuere, bessere Familie eingetauscht hatte und dann noch zusätzlich in den Knast musste. Kein Wunder, dass ihre Mom ihn vor die Tür gesetzt hatte.

Das wurde ihr allmählich klar und sie fragte sich, wie ihre Mom sich wohl dabei gefühlt haben musste. All die letzten Wochen hatte sie sich nichts anmerken lassen.

-

Clark blieb ganz aus der Puste stehen, stemmte die Hände auf die Oberschenkel und atmete keuchend ein und wieder aus.
Er wischte sich die nassen Haare aus der Stirn. „Mindy", murmelte er ein letztes Mal so leise, dass nur er es noch hören konnte und obwohl sie längst nicht mehr in Sichtweite war.
Er musste sie laufen lassen. Das hatte keinen Zweck jetzt.
Er würde alles nur noch schlimmer machen.
Auf der einen Seite war er so froh, nach so langer Zeit wieder in Mindys hübsches Gesicht schauen zu können. Er hatte sie so sehr vermisst und befürchtet, er würde sie gar nicht mehr zu Gesicht bekommen, bevor er seine Haftstrafe antrat.
Die letzten Wochen hatte er Debbie immer wieder angefleht, noch mal das Gespräch zu suchen und sich noch mal zusammen zu setzen.
Er selbst wollte es Mindy erzählen und Debbie hatte ihm das Versprechen gegeben, ihr nichts davon zu sagen. Das hatte sie offenbar auch gehalten, so wie er Mindys Verhalten deutete.
Er hatte nicht gewollt, dass sie es so erfährt. Wieso tauchte sie hier auch einfach so aus dem Nichts auf? Er hätte sich doch ganz anders vorbereitet, hätte er gewusst, dass seine Tochter auf dem Weg zu ihm war. Woher wusste sie überhaupt, wo er steckte?
Er trottete zurück zu seinem Haus, wo auf der Treppe unter dem Vordach bereits Rachel mit Ava auf dem Arm auf ihn wartete.
Erst jetzt bemerkte er den Jungen, der sie die ganze Zeit, an ein Auto gelehnt, beobachtete. War das etwa Mindys Freund?
Josh schaute Clark und Rachel an. Auch er hatte aufgrund von Mindys Verhalten und der Situation schnell kombiniert, was hier gerade los war.
 „Das haben Sie ja wohl mal richtig verbockt", bemerkte er nur und trat seine Zigarette aus.

Clark verzog das Gesicht. Er war jetzt nicht in der Stimmung, sich von irgendeinem Halbstarken, was sagen zu lassen

„Ach, und wer bist du, wenn ich fragen darf?" Clark bäumte sich vor Josh auf, aber der blieb nur unbeeindruckt dort stehen.

Josh hatte schon selbst so viel Familienscheiße erfahren, da brachte ihn das hier gar nicht mehr aus dem Konzept. Er hatte sogar irgendwie so etwas kommen sehen. Die ganze Zeit schon hatte er das Gefühl, dass Mrs. McStafford mehr vor Mindy verheimlichte, als sie zugegeben hatte. Warum sonst hätte sie Mindy verschweigen sollen, wo ihr Dad steckte?

„Ich bin der Einzige, der sie nicht nach Strich und Faden belogen hat", kommentierte er trocken.

Clark sah verzweifelt aus, aber Josh's herablassende Art machte ihn rasend. „Was nimmst du dir raus, Freundchen…?" Clarks Stimme erhob sich, aber Rachel kam, ohne ihr Kind zu ihnen hinaus und versuchte Clark zu beruhigen und ins Haus zurück zu befördern.

Clark gab es auf, etwas zu erwidern und Josh setzte sich in Bewegung und stieg in seinen Wagen, um Mindy hinterher zu fahren. Allzu weit konnte sie noch nicht sein. Kurz bevor er aus der Lücke herausrangierte, kam Clark noch mal aus dem Haus und klopfte an die Beifahrerscheibe. Widerwillig kurbelte Josh die Scheibe einen Spalt herunter. Ein bisschen tat er ihm ja auch leid. Aber im Grunde waren Erwachsene doch immer selbst für die Scheiße, die sie verzapften, verantwortlich. Und die Kinder mussten dann drunter leiden. Es war doch immer dasselbe.

„Sorry, Junge, ich wollte dich nicht angehen. Es ist nur…", Clark brach ab und schaute eine Weile auf den nassen Asphalt.

„Kann ich dir vertrauen?"

„Sicher", entgegnete Josh überzeugend, aber skeptisch.

Clark beugte sich zu ihm ins Auto hinein und reichte ihm einen üppigen Umschlag. Josh nahm ihn etwas misstrauisch an.

„Was ist das?"

„Mindys College-Fond. Das konnte ich noch rechtzeitig retten. Ich wollte es ihr eigentlich persönlich geben, bevor ich…naja…", Clark schaute zerknirscht. Die Tatsache, dass er schon bald kein freier Mann mehr war, nagte an seinem Gemüt.

Josh biss sich auf die Lippe und nickte ernst.

„Bitte gib es ihr und sag ihr, dass ich sie liebe, egal, was passiert ist und was sie nun von mir denkt." Dann erhob Clark sich wieder und war im Begriff, Josh fahren zu lassen.

„Eine Sache noch." Er schaute Josh durchdringend an. „Bitte pass gut auf meine Tochter auf."

-

Mindy wurde aus ihren Gedanken gerissen, als jemand sie am Arm packte. Gerade wollte sie schon im Abwehrposition gehen, da stellte sie fest, dass es bloß Josh war. Er hatte sie ein paar Straßen weiter bergab in einem Hauseingang gefunden, völlig durchnässt.

Er nahm sie an der Hand und zog sie hoch. Ihre Beine wollten sie fast nicht tragen, aber er hielt sie fest. Mindy sagte nichts und er sagte auch nichts. Er führte sie zum Wagen zurück und sie setzte sich wie in Trance auf den Beifahrersitz. Josh stieg ein und ließ den Wagen an.

Sie fuhren in der Dunkelheit und im strömenden Regen ziellos durch die Straßen. Die Scheibenwischer quietschten bei jeder Bewegung. Mindy ließ den Kopf an die Seitenscheibe sinken und ihren Tränen freien Lauf. Die Lichter der Ampeln und Scheinwerfer verschwammen. Josh nahm ihre Hand und hielt sie fest.

Oktober 1998, Pacific Heights, San Francisco

Clark schaute in Gedanken versunken durch das Wohnzimmerfenster nach draußen in die Nacht. Der Regen prasselte auf den Asphalt und lief die steile Straße hinab, während die Gullis überquollen.

Der Typ mit seinem Mustang hatte Recht. Er hatte es so richtig verbockt. Und es war ihm natürlich die ganze Zeit mehr als bewusst gewesen. Aber er hatte weiter und weiter gemacht. Ohne daran zu denken, wie Mindy reagieren würde, wenn sie es herausfinden würde.

Das hatte er nun am eigenen Leib erfahren und es war sogar noch schlimmer als erwartet. Sie hatte ihm ja nicht mal zugehört. Wegzulaufen, ihn zu ignorieren und einfach so stehen zu lassen, war das schlimmste, was sie ihm antun konnte. Aber er hatte es verdient.

Was hatte er auch gedacht? Mindy war schon immer sehr impulsiv gewesen. Und sie war schließlich kein Kind mehr. Das durfte er nicht vergessen. Man konnte sie nicht einfach mehr für dumm verkaufen und ihr irgendwas erzählen. Sie war klug, sie war selbstbewusst und sie war fast erwachsen. Jetzt drehte sie den Spieß um und ließ ihn schmoren und das geschah ihm ganz recht.

Er ließ seine Stirn gegen die kalte Scheibe fallen. Durch seinen Atem bildeten sich Kondensatflecken am Glas, die immer wieder verschwanden und sich neu bildeten.

Ja, sie war tatsächlich fast erwachsen. Er hatte auch das Gefühl, dass sie in den letzten paar Wochen, in denen er sie nicht sehen konnte, noch reifer geworden war. Das Kindliche in ihr war fast weg.

Meine Minnie.

Er hatte viel zu wenig Zeit mit ihr verbracht, sein ganzes Leben lang. Das wurde ihm nun immer wieder deutlich, wenn er jetzt Ava beobachtete und ihre Entwicklungen, die sie bereits in den letzten Jahren mitgemacht hatte.

Er hatte so viel bei Mindy verpasst. Immer stand die Arbeit bei ihm im Vordergrund. Und eigentlich hatten nur Debbie und

die Nannies sie aufgezogen. Er hatte immer nur eine Rolle gespielt, wenn es darum ging, ihr etwas zu kaufen. Aber diese Rolle
hatte er sich schließlich selbst auferlegt. Und obwohl er so viel
unterwegs gewesen und sich immer in seiner Arbeit vergraben
hatte, hatte Mindy es ihm früher nie nachgetragen.

Im Gegenteil. Wenn Clark dann mal Zeit hatte, hatte sie ihn vergöttert und er war das Wichtigste für sie. Ihre Mutter hatte immer
nur die zweite Geige gespielt. Sie war ja auch immer da und
sorgte für die Erziehung, war demnach auch öfter streng und
konsequent.

Clark selbst sorgte dann meist für die angenehmen Dinge,
die ihr Freude bereiteten oder kaufte ihr etwas Tolles. Ja, er hatte
sich wohl immer irgendwie ihre Liebe erkauft. Aber je älter
Mindy wurde, desto mehr hatte sie dieses Spiel natürlich auch
durchschaut.

Sie war ein Teenager und wollte sowieso, dass beide, er und
ihre Mom, sie bestenfalls in Ruhe ließen. Sie gab kaum etwas von
ihrem Leben preis und was sie so beschäftigte. Ihrer Mutter vertraute sie sich sowieso nie an. Vermutlich hätte Clark nur nach-
fragen müssen, ihm hätte sie vielleicht etwas erzählt, wenn sie mal
allein waren.

Hatte sie Stress mit ihren Freundinnen? Was trieb sie an ihren
freien Nachmittagen nach der Schule? War sie verliebt? Hatte
sie sogar einen Freund? Clark wusste nichts dergleichen.

Er fühlte sich wie der schlechteste Vater.

Und jetzt war sie weg und er wusste nicht, ob ihm noch mal eine
Gelegenheit geboten wurde, sich zu erklären und es wieder gut
zu machen.

Rachel kam zurück ins Wohnzimmer und legte ihren Kopf an
Clarks Schulter.

„Ava schläft endlich", flüsterte sie fast tonlos.

Clark löste sich für einen Moment aus seinen Gedanken und
strich Rachel über die Haare, die nachdenklich neben ihm stand.

Clark nickte nur und ein winziges Lächeln huschte über sein
Gesicht, wenn er an seine schlafende, kleine Tochter dachte.

Aber sofort mischten sich diese Bilder wieder mit Erinnerungen an Mindy als Baby. Wenn er abends spät um neun oder zehn Uhr nach Hause kam, lag Deborah meist zusammen mit Mindy in ihrem Ehebett und schlief friedlich.

Er ging in die Küche und schenkte sich ein Glas Rotwein ein.

Er dachte an sein letztes Glas Wein, das er in seinem alten Haus in Brentwood Park getrunken hatte und er sah Deborahs ernste Miene vor seinem geistigen Auge.

Er hatte sofort gewusst, dass sie es wusste, so wie sie ihn damals angeschaut hatte.

Debbie. Auch sie vermisste er mehr als erwartet. Sie war so entschlossen wie noch nie zuvor, als sie ihm das Ultimatum gesetzt hatte. Ihn quasi zur Trennung und zur Stellung vor der Polizei gezwungen hatte. Andererseits hätte Deborah Mindy von seinem Doppelleben erzählt.

Fast bewunderte Clark Debbie dafür, das sie diesen Schritt, sich von ihm zu trennen, gewagt hatte.

Das war eigentlich etwas, das sich außerhalb im Rahmen der mit ihrem strengen Glauben zu vereinbarenden Möglichkeiten befand. Und so berechnend kannte er sie eigentlich auch gar nicht. Um Mindy zu schützen, hatte er klein beigegeben.

Er hatte Deborah keine Argumente entgegenbringen können. In dem Falle hatte sie Recht und er war am Zug die Konsequenzen zu tragen. Er würde ins Gefängnis gehen. Für wie lange war noch nicht klar, aber er würde seine Familie eine ganze Weile nicht sehen. Er hatte seine Ehe zerbrochen und er hatte seine Tochter zutiefst verletzt. Schlimmer hätte das alles eigentlich gar nicht kommen können. Er hatte es zu weit getrieben.

-

Eigentlich hatte doch alles nur mit einer Affäre mit Rachel vor nun fast fünf Jahren angefangen. Sie war damals eine seiner Angestellten und war gerade frisch aus Washington für den Job in seinem Büro hergezogen.

Sie war fünfzehn Jahre jünger als er. Sie war motiviert und hatte einen fantastischen Job gemacht. Sie hatte Biss und

Durchsetzungsvermögen und war geschäftlich genauso ehrgeizig wie er selbst. Sie setzte sich damals bei den wichtigsten Deals durch und ihr Ehrgeiz setzte sich auch dorthin fort, indem sie nicht lockergelassen hatte, Clark für sich zu gewinnen.

Ja, und wie sollte man es anders sagen? Irgendwann war Clark dann doch schwach geworden. War eingeknickt.

Rachel war eine Powerfrau und sie war einfach klasse. Sie versprühte so viel Energie und teilte die gleiche Leidenschaft fürs Surfen.

Spätestens bei einem gemeinsamen Nachmittag am Ocean Beach in den besten, tosenden Wellen, die er seitdem in San Francisco erlebt hatte, konnte er ihr nicht mehr widerstehen.

Rachel war so anders als Deborah und es lief schon sehr viel länger nicht mehr gut zwischen ihm und Debbie.

Als er sie damals kennengelernt hatte in der Kanzlei in Tuscaloosa, hatte sie beinahe eine ähnliche Ausstrahlung besessen wie Rachel heute. Sicherlich war sie erzkonservativ erzogen worden, aber sie hatte immer diesen offenen Blick gehabt für die kleinen Dinge im Leben und sich für sie begeistert. Da reichte schon ein tolles Buch, was sie in der Frühlingssonne lesen konnte oder ein wohlduftender Tee.

Ihre braunen Augen leuchteten dann. Und sie leuchteten von Anfang an für ihn, als er als junger Mann von gerade Mal siebenundzwanzig Jahren dort durch die Tür geschritten war.

Er konnte sich so gut an dieses Leuchten erinnern. Denn seit er sie mit nach Los Angeles genommen hatte, war es nie wieder aufgetaucht. Außer, wenn sie in Mindys kleines Gesicht geschaut hatte. Vielleicht sah er es aber auch nicht mehr, weil er sich immer tiefer in seine Karriere gestürzt hatte und sich nicht mehr die Zeit für seine Frau genommen hatte, die sie verdient hätte. Er hätte sich so sehr gewünscht, dass sie den Lebensstil in Kalifornien lieben lernt. Aber das hatte sie nie geschafft. Erst recht nicht, als sie nach Brentwood Park umzogen. Statt dem Leuchten, konnte er fortan in ihren Augen nur noch Resignation und Trübsinnigkeit entdecken.

Leider war Clark zu der Zeit viel zu sehr mit sich und dem

Aufbau seiner eigenen Firma beschäftigt, dass er ihre Sorgen nicht anhörte. Er hatte sie sich selbst überlassen, in einer Welt, die er liebte und in der sie sich nie wohlfühlen würde.

-

Mit einem Glas Rotwein intus, das er viel zu schnell in sich hineingeschüttet hatte, wählte er mit zittrigen Händen Mindys Handynummer, aber sie ging nicht ran. Er versuchte es mehrmals. Er versuchte es auch auf der Festnetznummer aus Arizona, über die er ein paar Mal mit Deborah im Austausch gestanden hatte. Aber auch dort nahm keiner ab. Es war auch schon fast elf Uhr abends.

Im Nachhinein tat es ihm ehrlich leid, wie die letzten Jahre verlaufen waren. Aber Deborah war in ihrem Innersten immer noch so konservativ gewesen, dass sie sich einfach nicht hatte öffnen können für diese freie Welt an der Westküste.

Sie konnte das wohlhabende Leben nicht schätzen, für das er so viel arbeitete. Clark hatte doch immer nur gewollt, dass alles perfekt ist.

Er hatte nicht gewollt, dass seine Frau unglücklich in ihrer Haut ist und dass sie und Mindy dadurch eine schlechte Beziehung zueinander haben. Er wollte seiner Familie doch immer das Beste bieten können und ein tolles Leben führen ohne Einschränkungen. Dass sein Leben selbst aber seine größte Einschränkung war und er dies fast nur arbeitend verbracht hatte und ihm kaum Zeit blieb sein wohlhabendes Leben auch in vollen Zügen zu genießen, war ihm in den letzten Monaten immer deutlicher geworden. Was hatte ihm der ganze Erfolg letztendlich genützt?

Die ganze Zeit hatte er die Sache mit Rachel wieder beenden wollen, da ihn das schlechte Gewissen fast umgebracht hatte.

Debbie war immer so gutgläubig gewesen und hatte ihm jede seiner Lügen einfach geglaubt. Er hatte sich noch nicht mal anstrengen müssen. Das trieb ihm jedes Mal die Tränen in die Augen, weil er sie eigentlich gar nicht verdient hatte und er sie so hinterging.

Dabei vertraute sie ihm blind, da sie sich schließlich vor einigen Jahren, besagtes Versprechen gegeben hatten. Für sie hatte die Ehe immer solch ein Gewicht und er trat es mit Füßen.

Aber dann war Rachel plötzlich schwanger und das stellte ihn vor weitaus größere Probleme als bisher erahnt.

Es lief gerade zusätzlich nicht ganz rosig in der Firma, da sie ein paar wichtige Klienten verloren hatten. Aber Clark wollte in keiner Beziehung Abstriche machen. Deborah sollte weder von seinem Doppelleben noch von dem finanziellen Engpass etwas mitbekommen. Und so hatte er begonnen, ein paar Gelder hier und da abzuzwacken und auf andere Konten zu transferieren. Ein paar falsche Zahlen bei der Steuererklärung hier und ein paar manipulierte Rechnungen da.

Alle profitierten schließlich davon. Er musste keinen seiner Angestellten entlassen und er konnte sein Leben so weiterführen wie bisher. Oder besser gesagt, seine beiden Leben. So ein Doppelleben bedurfte schließlich auch einer finanziellen Grundlage.

Rachel hatte, nachdem sie erfahren hatte, dass sie schwanger war, gekündigt, bevor es auffliegen würde, dass das Kind von Clark war. Das wäre in der Firma sicherlich nicht gut angekommen. Nur sein jahrelanger Freund Jonathan wusste davon.

Clark fühlte sich natürlich verantwortlich und unterstützte Rachel während ihrer Arbeitslosigkeit und der Schwangerschaft finanziell. Er mietete ein größeres Apartment an, wo auch Platz für ein Baby war, und als die kleine Ava dann auf die Welt kam, legte er ein Sparkonto für ihre Ausbildung an.

Er wusste ja nicht, wie das Ganze ausgehen würde, oder ob er und Rachel für immer zusammenbleiben würden. Aber immerhin für seine zweite Tochter wollte er sorgen und ihr und Rachel Sicherheit für die Zukunft verschaffen.

Immer wieder sagte er sich, dass er mit den Geldunterschlagungen und Steuerhinterziehungen aufhören musste. Aber es war so einfach und er konnte es nicht lassen. Es war wie ein Rausch, alle zu täuschen und keiner bemerkte es.

Jonathan beäugte dieses Spiel zwar mittlerweile eher misstrauisch. Hatte er sich am Anfang auch noch bei den Machenschaften beteiligt, so wurde ihm die Sache zusehends ungeheuerlich. Aber auch er profitierte davon. Wo das Geld erstmal war, da floss es schließlich auch immer wieder hin.

Nach wie vor blieb es ihm ein Rätsel, wie das FBI letztendlich davon Wind bekommen hatte. Irgendein Angestellter musste ausgepackt haben. Oder hatte sogar Jonathan alles erzählt?

Er wusste es bis heute nicht und hatte keine Ahnung, ob er es je erfahren würde. Aber Fakt war, dass sie ihn erwischt hatten und nun musste er es ausbaden.

Das war wohl die Rache für alles. Für seine Karrieregier, seine Zuneigung zu einer anderen Frau und die Vernachlässigung seiner eigenen Familie und seiner geliebten Mindy.

Er hatte alles kaputt gemacht. Und bis zum Gerichtstermin waren es noch einige Monate. Die durfte er zwar auf freiem Fuß verbringen, aber er durfte den Bundesstaat Kalifornien nicht verlassen.

-

„Komm, Clark, es ist schon spät, versuch etwas zu schlafen", flüsterte Rachel. „Ava wird uns morgen früh wieder ordentlich auf Trab halten." Clark sah sie sehnsüchtig und mit glasigem Blick vom vielen Wein an.

„Ich bin so froh, dass ich dich habe und dass du bei mir geblieben bist, egal, was alles passiert ist."

„Aber Clark…", Rachel kam ein paar Schritte auf ihn zu.

So emotional hatte sie ihn noch nie erlebt, stellte sie fest. Aber es war wohl auch der Wein, der aus ihm sprach.

„Ich habe dich gar nicht verdient. Ich habe *euch* nicht verdient", seufzte er. „Versprich mir, auf Ava aufzupassen, während ich nicht bei euch sein kann und bitte versprich mir, ihr von Anfang an immer die Wahrheit über ihren Dad zu sagen. Man sieht ja, wie das sonst endet."

Rachel nahm ihn bei der Hand und führte ihn etwas holperig ins Obergeschoss.

„Clark, beruhig dich, du redest ja gerade so, als müsstest du lebenslänglich ins Gefängnis. Ava und ich, wir werden es schon überstehen und ich werde da sein, wenn du wieder frei kommst, versprochen." Sie gab ihm einen Kuss auf die Stirn.

Und so sehr sie versuchte, ihn zu besänftigen, wusste er doch genau, dass sie Angst hatte.

Jetzt würde ich auch noch die zweite Frau verlassen müssen, dachte Clark resigniert.

Er beschloss für sich, so lange er noch die Möglichkeit dazu hatte, jede einzelne Sekunde mit Ava zu verbringen, um das wiedergutzumachen, was er bei seiner älteren Tochter versäumt hatte. Ihr *echte* Zuneigung zu schenken und nicht nur ihre Liebe zu erkaufen. Wovon auch? Er war nun ein gebranntes Kind und quasi mittellos. Ihm blieb nur noch, zur Abwechslung mal ein guter Mensch zu sein.

Oktober 1998, San Francisco, Kalifornien

Nachdem Josh mit Mindy ziellos durch die nächtliche Stadt umhergefahren war, hatte er letztendlich auf einem öffentlichen Parkplatz am Fisherman's Wharf angehalten.

Um ein Motel zu suchen, war es eh viel zu spät und Mindy war gerade sowieso nicht in der Verfassung überhaupt irgendwas zu tun.

Seit Josh sie ins Auto manövriert hatte und sie vom Haus ihres Dads davongefahren waren, hatte sie kein Wort mehr gesprochen.

Josh starrte auf die von links nach rechts schwenkenden Scheibenwischer und drehte den Knopf am Radio, um den rauschenden Sender richtig einzustellen.

Der Nachrichtensprecher berichtete über eine schlimme Flut in der Nähe von San Antonio in Texas.

Josh musste sofort an seine Mom und seine Geschwister denken. Hoffentlich ging es ihnen gut? Lebten sie überhaupt noch in Austin? Josh hatte lange nicht darüber nachgedacht, zu seiner Familie zurückzukehren. Aber nach all dem, was gerade bei Mindys Familie passiert war, kam in ihm immer öfter der Gedanke hoch, seine Mom um Verzeihung zu bitten.

Wie sollte es morgen weitergehen? Wo sollte er hin? Wo würde Mindy hinwollen? Es standen ihm förmlich alle Möglichkeiten offen und doch fühlte er sich unbehaglich, was die Zukunft brachte.

Der Parkplatz war wie ausgestorben, wenige Laternen beleuchteten den Asphalt mit seinen gelben Begrenzungslinien.

Josh sah, wie Mindy fror und er fischte vom Rücksitz ein paar Klamotten und eine Mütze. Mindy ließ sich immer noch wortlos in einen seiner Pullover einhüllen.

Er versuchte, an den Fischbuden noch etwas zu trinken oder zu Essen zu bekommen, aber alles war bereits verschlossen. Josh rauchte eine Zigarette und starrte über die Mauer auf den schwach zu erkennenden, schwarzgefärbten Ozean.

Er versuchte, Mindy die Zeit zu geben, die sie brauchte, um mit ihm darüber zu sprechen.

Er fühlte, dass sie sich vor ihm für die ganze Geschichte schämte. Dabei war das völlig unberechtigt. Aber sie hatte ihren Dad immer in den höchsten Tönen gelobt und dass sie ihn viel mehr liebte als ihre Mom. Und nun fiel sie aus allen Wolken und alles stürzte in sich zusammen.

Josh konnte nur zu gut verstehen, wie es Mindy gehen musste. Als Josh realisiert hatte, dass seine Familie zerbrochen war, seitdem sein Dad abgehauen war und seine Mom der Alkoholsucht verfallen war, da war er auch in ein tiefes Loch gefallen.

Es hat eine ganze Weile gedauert, bis er da wieder herausgekommen war und beschlossen hatte, aus Texas wegzugehen. Er wollte sich sein eigenes Leben nicht von seinen Eltern kaputtmachen lassen.

Aber diesen Schritt zu gehen, hatte ihn unendlich viel Kraft und Mut gekostet. Und genau das musste Mindy auch gerade im Kopf herumschwirren. Sie hatte all ihren Mut zusammengefasst, um sich von ihrer Mom zu lösen und hier her nach San Francisco zu fahren, um dann von ihrem Dad, von dem sie immer geschwärmt hatte, so enttäuscht zu werden.

Wo sollte sie jetzt hin? Wen hatte sie jetzt noch?

Mich, dachte Josh und trat seine Zigarette aus.

Er schlenderte zum Mustang zurück. Er war die ganze Zeit in Sichtweite des Autos geblieben, damit Mindy sich keine Sorgen machen musste. Aber als er die Fahrertür öffnete, bemerkte er, dass Mindy im Sitzen eingeschlafen war.

Er beobachtete sie eine Weile, dann kletterte er umständlich und bemüht, leise zu sein, auf die Rückbank und kauerte sich zwischen ein paar Cola-Flaschen und seinen Rucksack. Für ihn war das kein Problem, er hatte so manche Nächte schon ungemütlicher verbracht.

Aber er bekam ein Ziehen in der Magengegend, wenn er daran dachte, dass er Mindy vermutlich morgen zurück nach Los Angeles fahren würde. Da war sie schließlich einmal zu Hause. Sicher gäbe es irgendeine Freundin oder diesen Miguel, bei dem sie erstmal unterkommen konnte. Es war sicherlich keine Option, dass Mindy zurück zu ihrer Mom fahren würde. Weder nach Hope noch nach Alabama. Das stand fest. Und was würde er dann machen? Er könnte auch in Los Angeles bleiben.

Die *City Of Angels* hatte schon so manchen verlorenen Typen wie ihn aufgesogen und etwas aus ihnen gemacht. Es gab so viele unzählige Möglichkeiten. Mit dem Gedanken an all die neuen Türen, die ihm offenstanden, schlief auch er irgendwann ein.

-

Mindy hatte nicht wirklich geschlafen. Immer wieder waren ihre Gedanken, um all die Vorkommnisse aus den letzten Wochen geflogen.

Josh schnarchte auf der Rückbank und Mindy starrte durch die Frontscheibe in die frühmorgendliche Dämmerung. So ganz ohne die Touristen, die hier tagein, tagaus am Pier entlang schwirrten, wirkte es hier plötzlich unheimlich. Es war so ausgestorben, nur ein paar Obdachlose wühlten in den überquellenden Mülleimern nach etwas Essbarem. Ab und zu hörte sie Sirenen oder Pöbeleinen und Glasflaschen, die auf dem Gehweg klirrten. Mindy starrte aufs Meer und beobachtete, wie der Verkehr langsam zunahm. Die ersten Busse hielten schräg gegenüber an der Haltestelle und die Einheimischen waren schon jetzt in der Früh auf dem Weg zur Arbeit.

Mindy duckte sich tiefer in den Sitz. Sie wollte nicht, dass sie irgendjemand sah. Sicherlich sah sie ganz schrecklich aus mit verweinten Augen und verschmiertem Mascara.

Am Fisherman's Wharf öffneten die ersten Fischrestaurants, es waren unzählige nebeneinander. Die Rollgitter der Imbisse und Souvenirshops wurden mit einem Rauschen hochgefahren und über der San Francisco Bay lugte die Sonne orangerot hervor.

Dieses Gefühl eines neuen Tages tat Mindy gut. Sie merkte, wie sie wieder tief durchatmen und sich neu ordnen konnte.

Sie kramte in ihrer Tasche und spähte auf ihr Nokia.

Fünf Anrufe in Abwesenheit von ihrem Dad. Und weitere Anrufe von ihrer Mom. Na klar, beide wollten unbedingt mit ihr sprechen. Aber Mindy nicht mit ihnen. Noch nicht. Es war einfach alles zu viel. Sie brauchte Zeit.

Als sich der Parkplatz langsam füllte und wieder mehrere Passanten über den Platz wuselten, stieg Mindy vorsichtig aus dem Wagen, während Josh noch tief und fest im Sitzen schlief.

Es war sehr windig hier und Mindy hüllte sich in ihre drei Jacken, die sie übereinander trug, und warf die Kapuze über ihre zerzausten Haare.

Sie hatte Hunger und musste sich bewegen. Eine Nacht auf dem Beifahrersitz und sie fühlte sich wie ein Zombie. Ihr tat alles weh. Bei einem Imbiss namens *Henry's Lighthouse* kaufte sie sich ein Shrimp-Brötchen und eine Limo.

Sie setzte sich in die Nähe des Yachthafens auf den Holzsteg und ließ die Füße herunterbaumeln. Die Möwen kreischten über ihr und die seichten Wellen schwappten immer wieder an die zahlreichen Boote, die mit ihren Masten hin und her schwankten.

Sie dachte an den Ausflug vor zwei Jahren, als sie mit der eigenen Yacht mit ihren Eltern nach Catalina Island rausgefahren waren. Die Yacht hatte ganz genauso ausgesehen, wie die Boote hier. Aber solche Erinnerungen kamen ihr nun so falsch vor. Wandelten sich vor ihrem geistigen Auge nun in gefakte glückliche-Familie-Erinnerungen.

Wie hatte sie all die Jahre nichts davon merken können? Sie musste raus aus dieser Stadt, hier hielt sie nichts mehr.

Ihr kleiner Roadtrip war anders ausgegangen, als sie gedacht hatte und nun war er schon wieder vorbei. Sie musste dahin zurück, wo sie hergekommen war. Nach Los Angeles. Was blieb ihr auch anders übrig?

Und es gab nur einen, auf den sie noch bauen konnte, zu dem sie zurück und Halt finden konnte. Und das war Miguel. Noch sträubte sie sich gegen das Herzklopfen, das sie bekam, wenn sie in Josh's Nähe war. Sie war ihm so unendlich dankbar, dass er sie hierher begleitet hatte. Dennoch wählte sie nun mit zittrigen Händen die Nummer von Miguel auf ihrem Handy.

Oktober 1998, Inglewood, Kalifornien

Miguel wurde davon geweckt, dass seine Mutter, temperamentvoll wie sie war, an seine Tür hämmerte. Er stöhnte und wälzte
sich herum, um sich aus seinen Laken zu befreien.

Er schloss die Tür auf und seine Mom bedachte ihn mit strenger
Miene und hielt ihm den Telefonhörer hin.

„Es ist Mindy", sagte sie barsch und ihre Augen sprachen Bände.
Im Weggehen hörte er sie noch murmeln: „*La pobre chica.*" Das
hieß so viel wie *das arme Mädchen.*

Miguel stieß laut den Atem aus und raufte sich das Haar. So früh
am Morgen schon so viel Aufruhr. Er war noch völlig verschlafen
und musste sich kurz darauf vorbereiten. Dann setzte er den
Hörer an.

„Hey Mindy", er wusste nicht, was er sagen sollte oder wie er
seine Stimme klingen lassen sollte.

„Hi, Mig, hab' ich dich geweckt?"

„Nee, schon gut", log er.

Mindy holte tief Luft.

„Mig, ich wollte mich bei dir entschuldigen, dass ich dich neulich so angefahren habe. Ich habe zu viel von dir erwartet. Schon
klar, dass du mich nicht immer retten kannst. Ich muss mir auch
mal selbst helfen können."

Miguel sagte nichts und hoffte, dass sie weitersprach. Jede Sekunde,
die er hinauszögern konnte, war ihm recht.

„Hör mal, ich bin gerade in San Francisco – ja, ich weiß, lange
Geschichte – aber ich wollte dir sagen, dass ich zurückkommen
werde. Zurück nach Los Angeles und zurück zu dir. Du hast mir
so gefehlt."

Er hörte, wie ihre Stimme fast brach. Sie hörte sich sowieso
ganz anders an. Irgendwas hatte sie verlassen. Sie war nicht mehr
so entschlossen und selbstbewusst, wie sie es noch vor wenigen
Wochen gewesen war.

„Mindy…ich…", fing er an.

„Ich will auch nicht mehr mit dir abhauen, versprochen. Wir
bleiben in L.A. und bauen uns was auf. Meine Eltern werden uns

nicht mehr im Weg stehen und außerdem bin ich bald achtzehn", unterbrach sie ihn.

„Mindy…ich", setzte er erneut an. „Ich kann das nicht. Ich meine, du kannst nicht zu mir zurückkommen."

„Miguel, bitte, es tut mir leid, dass ich neulich einfach Hals über Kopf abhauen musste, und wir uns so lange nicht sehen konnten, aber ich mach's wieder gut, ehrlich."

Miguel schaute auf seine nackten Füße und holte tief Luft.

„Mindy, es liegt nicht an dir. Pass auf, als du weg warst, ist viel passiert. Ich hab' dir doch mal von Camila erzählt, meiner Ex-freundin."

Er machte eine kurze Pause, um abzuwarten, ob Mindy bereits ausrastete. Aber am anderen Ende der Leitung, blieb es ruhig. Er konnte förmlich ihren Blick sehen, der sich in sein Herz bohrte.

„Mindy, ich bin Vater. Camila hat einen kleinen Sohn von mir, er ist jetzt eins, und ich hab's erst neulich erfahren. Wir wollen es noch mal miteinander versuchen. Das bin ich ihr und dem Kleinen schuldig." Immer noch hörte er nur Schweigen.

„Es tut mir so leid, Mindy, ich wollt's dir persönlich sagen, nicht am Telefon, aber das ging ja nicht und jetzt…" Jetzt musste er wieder abbrechen. Nach einer gefühlten Ewigkeit hörte er plötzlich Mindys Flüstern.

„Deswegen warst du neulich schon so komisch", ihre Stimme klang fast völlig abwesend, als hätte sie das gerade alles gar nicht wahrgenommen, was er ihr gestanden hatte.

Er hatte damit gerechnet, dass sie ihn anschreien und ihm vor-halten würde, wie er ihr das antun könne. Es war schlimm, dass er sie dabei nicht sehen konnte. Er hätte anders reagieren können, wenn er ihre Mimik und ihre Körperhaltung hätte sehen können. So schien alles so kalt und emotionslos. Und so hörte sie sich auch an.

„Dann war's das wohl jetzt, oder was?", wollte sie wissen.

„Ich glaube schon", murmelte Miguel und kam sich selbst dumm vor, das so vage zu formulieren. Als ob es das irgendwie besser machte? Natürlich war es das jetzt. Es war vorbei.

„Ich wollte dich nicht verletzen, Mindy", sagte er noch, obwohl er nicht mal sicher war, ob sie noch dran war.

„Da wärst du heute nicht der Erste."

Was meinte sie jetzt damit?

„Tja, dann wünsch' ich euch nur das Beste", murmelte Mindy.

„Und denk nicht an mich." Dann brach die Leitung ab.

Miguel bemerkte erst jetzt, wie er die ganze Zeit seinen Körper angespannt hatte, nun fiel alles von ihm ab. Aber er war auch völlig durcheinander, wegen ihrer Reaktion. Sie hatte so gleichgültig, ja fast abgestumpft, geklungen. Irgendwas musste vorher schon passiert sein. Sie klang gebrochen. Und jetzt hatte er dem ganzen noch die Krone aufgesetzt. Das hatte sie nicht verdient. Aber was hätte er tun sollen? Das Leben spielte eben so, wie es spielte.

Er schmiss sich zurück aufs Bett und warf das Telefon mit Schwung neben sich. Er schloss die Augen. Hinter ihm regte sich Camila, die ihre Arme um seine Schultern legte.

Oktober 1998, San Francisco, Kalifornien

Mindy wusste nicht mehr, wie lange sie so da saß. Die Füße über den Steg baumelnd und das Handy so fest in der Hand, dass sie dachte, die Plastikhülle müsste jede Sekunde zerspringen.

In dem Moment fühlte sie gar nichts mehr. Ihr Kopf und ihr Herz waren leer. Wie konnte sich das Leben in kürzester Zeit um hundertachtzig Grad drehen?

Innerhalb weniger Tage hatte sie sich von ihrer Mom abgewandt, ihren Dad an eine andere Familie verloren und ihren Freund an eine andere Frau. Irgendwie hatte sie ja schon geahnt, dass es zwischen Miguel und ihr vorbei war, aber diese Geschichte war noch mal ein doppelter Schlag ins Gesicht.

Komischerweise hatte sie dafür aber keine Tränen mehr übrig. Jetzt konnte sie doch nicht mehr zurück nach Los Angeles.

Dort wartete doch niemand mehr auf sie. Niemand ihrer angeblichen Freunde hatten versucht, sie anzurufen. Und Miguel brauchte sie auch nicht mehr. Sie hatte niemanden mehr.

Doch. Ich habe noch jemanden.

Josh bedeutete ihr sehr viel und er ihr auch. Das hatte sie in den letzten Wochen natürlich gemerkt. Sie selbst hatte sich innerlich aber immer noch etwas gegen ihre Emotionen gewehrt, weil sie ja eigentlich noch immer mit Miguel zusammen war. Das hatte sie zumindest bis eben gedacht, aber wie sich mal wieder gezeigt hatte, konnte man sich auf nichts wirklich verlassen.

Aber auf ihre Gefühle, die seit Tagen schon in ihr herumschwirrten, konnte sie sich verlassen. Sie musste die Gelegenheit ergreifen, jetzt, wo sie so offensichtlich vor ihr lag.

Mindy stand mit einem Ruck auf. Während sie über die Bohlen des Steges hüpfte, warf sie ihr Nokia, ohne lange darüber nachzudenken, einfach ins Meer.

Sie war mit allen fertig, die sie verletzt hatten, und wollte nichts mehr davon hören. Sie musste nach vorne schauen.

Sie steckte ihre Hände in eine ihrer Jackentaschen und erfühlte etwas Eckiges. Sie holte es heraus. Es war der gefälschte Pass, den Miguel ihr für ihren Plan besorgt hatte. Auf dem trug sie einen anderen Namen und war zwei Jahre älter. Sie lächelte in sich hinein und in ihr keimte ein ganz neuer Gedanke auf.

Sie begann schneller zu laufen, sprang ein paar Betonstufen herauf zum Pier und lief auf den Mustang zu. Sie sah Josh, wie er an der Mauer lehnte und rauchte.

Auch er entdeckte sie, kam in ihre Richtung und lächelte ihr zu. Ihr Herz fing an zu pochen, vom Laufen, aber auch wegen ihm.

„Ich hab' dich schon die ganze Zeit gesucht", rief er über den Parkplatz, bis Mindy ihn endlich erreichte.

„Ich dachte schon, du wärst ohne mich abgehauen."

Sie sah seine besorgte Miene und zugleich sein sich aufhellenden Blick, als sie endlich wieder bei ihm war.

„Wo warst du?"

Ohne ihm darauf eine Antwort zu geben, legte sie die Arme um seinen Hinterkopf, zog ihn zu sich heran und küsste ihn lange und sehnsuchtsvoll. Eine Träne lief ihr vom Wind an der Schläfe entlang. Endlich konnte sie wieder etwas in sich fühlen.

Und es fühlte sich so was von richtig an. Das war ihr jetzt erst bewusst geworden. Die ganze Zeit hatte sie sich innerlich dagegen gewehrt. Aber wozu eigentlich? Wenn hier jeder machte, was er wollte, dann konnte sie das schon längst.

Sie standen ewig so da, neben dem Mustang auf diesem völlig unromantischen Asphaltplatz. Die Menschen um sie herum hatten sie gar nicht wahrgenommen.

Sie sahen beide fürchterlich übermüdet aus von den letzten Nächten und alles hatte ein gewaltiges Gefühlschaos in ihnen ausgelöst. Momentan hatten Josh und Mindy nur sich selbst.

Und sie brauchten auch nicht mehr. Sie waren wie zwei Magnete, die immer wieder voneinander angezogen worden und andere nicht passende Objekte abstießen. Sie brauchten sich, um weitermachen zu können.

Mindy löste ihre Hände aus Josh's strubbeligem Haar und schaute ihn vorsichtig an.

Wegen ihr hatte er rote Wangen bekommen und schaute ziemlich überrumpelt. Aber er wollte locker wirken und sich nicht anmerken lassen, wie sie ihn gerade mit ihrem Kuss aus der

Fassung gebracht hatte.

„Und jetzt? Zurück nach Los Angeles?"

Er befürchtete, die Antwort bereits zu kennen, aber inständig hoffte er, dass sich nach diesem innigen Moment irgendwas geändert hatte. Sie hatte so einen neuen Blick in ihren Augen. Ganz anders als gestern, wo sie noch völlig aufgelöst gewesen war.

„Nein, ich hab' *unsere* Pläne geändert."

Hatte sie gerade unsere Pläne gesagt?

Sie lächelte leicht. Aber eigentlich hatte sie keine Ahnung, wo es hingehen sollte.

Mindy war die erste, die sich wieder von Josh löste und zur Fahrertür des Mustangs lief. Sie streckte die Hand aus, damit Josh ihr den Schlüssel zuwerfen konnte, was er auch ohne Umschweife tat.

Ohne weiter zu fragen, wo es nun hingehen sollte, schritt er ums Cabrio herum auf die Beifahrerseite und schwang sich auf den Sitz. Auch wenn er keine Ahnung hatte, was sie vorhatte, vertraute er ihr und er würde mit ihr sowieso überall hinfahren. Das war jetzt mal klar. Mit einem Röhren sprang der Oldtimer bereits beim ersten Mal an.

Nach dem nächtlichen Regen von gestern war der Himmel wieder wolkenlos und bevor sie losfuhren, öffneten sie noch das Dach.

Mindy steuerte vom Fisherman's Wharf, auf die Embarcadero und dann immer geradeaus die Lombard Street entlang.

Die Sonne war mittlerweile ganz aufgegangen und als sie wieder am anderen Ende der Stadt auf das Meer und die Golden Gate Bridge trafen, erleuchtete sie die gesamte Bucht.

Mindy und Josh waren völlig beeindruckt und fühlten sich ganz ehrfurchtsvoll als sie dieses weltbekannte Bauwerk passierten.

Josh zog seine Jacke über, da es auf der anderen Seite ziemlich windig geworden war.

Dabei fiel plötzlich der Briefumschlag, den Mindys Dad ihm gestern Abend in die Hand gedrückt hatte, zwischen seine Füße. Das hatte er ja völlig vergessen. Schnell hob er ihn auf.

„Was ist das?", wollte Mindy wissen, die ihn aus dem Seitenwinkel beobachtet hatte.

Josh öffnete die zugeklebte Lasche, spähte hinein und lachte dann lauthals auf. Er konnte es kaum fassen.

„Was ist?", rief Mindy ungeduldig.

Er hielt Mindy den Umschlag unter die Nase.

„Dein College-Fond. Hat dein Dad mir gestern mitgegeben."

Als sie die endlosen Scheine sah, machte sie beinahe eine Vollbremsung.

„Oh mein Gott", schrie sie und fuhr rechts ran. Sie fingerte durch die Geldscheine und versuchte, die Summe zu überschlagen.

Mit dem Geld könnten wir bis zum Mond fliegen.

Naja, vielleicht nicht ganz.

Aber das war die Lösung für all ihre Probleme. Sie waren frei und reich. Ihnen standen wieder alle Wege offen.

Mindy scherte wieder in den Verkehr ein und beide waren völlig perplex und wussten eine Weile nicht, was sie sagen sollten.

Erst als sie die Bay hinter sich gelassen hatten und auf der anderen Seite angekommen waren, wo es etwas ruhiger wurde, fragte Josh nach einiger Zeit: „Und was ist jetzt *unser* Plan?"

Mindy grinste.

„Weißt du, ich habe *unseren* Plan gerade nochmal geändert. Mir ist da nämlich was eingefallen."

„Und das wäre?"

„Ich war auch noch nie in Kanada", sie zwinkerte ihm von der Seite zu. Josh musste lachen und seine Augen fingen an zu leuchten. Endlich hatte er wieder einen neuen Sinn, ein neues Ziel vor Augen.

Und dass Mindy sich ausgerechnet für das Land entschied, von dem er immer geträumt hatte, zeigte ihm noch mal mehr, dass er ihr wirklich was bedeutete und dass sie ihm immer zugehört und ihn verstanden hatte. Er beugte sich zu ihr und gab ihr einen Kuss auf die Wange.

Er konnte es immer noch nicht begreifen, dass dieses besondere Mädchen sich tatsächlich für ihn interessierte und ihn an ihrer Seite haben wollte. Josh zeigte nach vorn auf ein grünes Hinweisschild.

„Das trifft sich ja gut, bis Vancouver sind's knapp tausend Meilen."

Mindy drückte aufs Gas und der Mustang heulte auf.

„Na, das klingt doch gut."

Mindy setzte sich ihre Sonnenbrille auf und Josh drehte die Musik auf der Kassette laut. Es lief *Creep* von *Radiohead.*

I'm a creep. I'm a weirdo. What the hell am I doing here? I don't belong here.

„Wie war das noch gleich? Leben ist das zu machen, was man will, auch wenn es völlig bescheuert ist?", zitierte Mindy sich selbst. Josh lachte. „Ich find's überhaupt nicht bescheuert. Ich find's genau richtig."

Epilog
Zwei Monate später, Montgomery, Alabama

Deborah schaute gedankenverloren aus dem Küchenfenster.
Nathan, der kleinste ihrer beiden Neffen, stibitzte sich schon wieder ein Plätzchen aus der Schale auf dem Küchentisch.
„Tante Debbie, du musst wieder zu uns ins Wohnzimmer kommen. Du verpasst ja das Ende von unserem Film."
Nathan klammerte sich an Deborahs Arm.
„Ich komm' gleich, mein Schatz", flüsterte sie. „Geh zurück zu deinem Bruder. Und nasch nicht so viele Kekse."
Nathan trottete davon und Deborah huschte ein leichtes Lächeln über das Gesicht.
Draußen war es regnerisch und kalt. Aber ihre Schwester Suzanne hatte es im Haus wohlig warm, der Kamin, an dem dieses Jahr ausnahmsweise vier Strümpfe hingen, brannte und alles war weihnachtlich geschmückt.
Nach der tagelangen Fahrt bis hier her vor einigen Wochen mit ihrem endlich wieder fahrtauglichen Wagen, hatte Suzanne sie zu ihrer Überraschung mehr als erfreut empfangen.
Sie hatten viele Jahre nicht gerade das beste Verhältnis gehabt und sich lange nicht gesehen, das war Deborah klar. Aber in den vergangenen Wochen und Monaten war ihr noch einmal mehr bewusst geworden, wie wichtig Familie war. Jetzt, wo ihre eigene sich förmlich in Luft aufgelöst hatte.
Sie hatte Suzanne um Verzeihung gebeten, aber für sie war es gar nicht der Rede wert gewesen und selbstverständlich, dass Deborah vorerst bei ihr unterkommen konnte.
Ihre beiden Neffen Nathan und Noah vergötterten sie und umso mehr schmerzte es sie, dass ihre eigene Tochter nicht bei ihr war. Sie hatte sich, seitdem sie aus Hope verschwunden war, nicht mehr bei ihr gemeldet. Clark hatte jedoch bei Deborah angerufen, um ihr zu berichten, dass Mindy ihn in San Francisco angetroffen hatte. Er aber von ihrem anschließenden Verbleib auch nichts wisse. Immer wieder gestand er, dass es alles seine Schuld war. Das stimmte sie jedoch nur wenig milde, brachte

ihr das schließlich ihre Tochter auch nicht zurück. Sie war krank vor Sorge und das seit Wochen. Sie schlief nicht richtig und war immer irgendwie nur halb anwesend. Suzanne wusste auch keinen Rat.

Mindy war jetzt Achtzehn. Und Deborah war klar, dass sie viele Fehler gemacht hatte, ebenso wie ihr Dad und dass das sicherlich alles ziemlich viel auf einmal war.

Deborah bemühte sich, an das Gute zu glauben und Mindy die Zeit zu geben, die sie brauchte. Wenn sie soweit war, würde sie sich melden. Da war sie sich sicher. Dafür betete sie jeden Abend. Clark meinte, man könne ja einen Detektiv auf sie ansetzen, aber Deborah war sich nicht so recht sicher. Außerdem hatten sie beide dafür kein Geld.

Clarks Verhandlung war für Anfang Januar angesetzt und danach würde er seine Haftstrafe antreten. Wie lange er dann weg sein würde, wusste er nicht genau. Auch wenn sie ihm nie verzeihen würde, was er ihr und ihrer gemeinsamen Familie angetan hatte, so wünschte sie ihm doch viel Kraft, all das durchzustehen.

Nun kam Suzanne in die Küche. In der Hand hielt sie einen Stapel Weihnachtspost. Sie lächelte Deborah an.

„Schau mal, Post für dich."

Mit großen Augen griff sie nach dem Brief.

War er von Mindy?

Zu ihrer Enttäuschung kam der Brief dem Poststempel nach aus Arizona. Sie ahnte schon, wer ihr stattdessen schrieb und es stimmte sie trotzdem ein klein wenig fröhlich.

Deborah faltete den Brief auseinander und las einen Moment stumm vor sich hin.

„Und?" Suzanne stupste sie von der Seite an. „Von wem ist der Brief?"

„Von Ian", murmelte Deborah.

„Ui, dein heimlicher Verehrer." Suzanne machte ein verschwörerisches Gesicht, aber Deborah verzog den Mund, fühlte sich aber doch etwas geschmeichelt.

„Er fragt, ob wir uns Anfang des Jahres treffen wollen. Er würde nach Alabama fliegen – wenn ich das möchte."

Ein Augenblick herrschte Schweigen, nur die beiden Rabauken im Wohnzimmer tobten auf dem Sofa herum und kreischten. Anscheinend war ihr Film vorbei.

„Und, möchtest du?", fragte Suzanne fordernd.

Deborah schloss die Augen und hielt den Brief eine Weile ruhig in ihren Händen.

Eine Antwort ihrerseits blieb aber aus, denn das Telefon klingelte und Suzanne schritt in den Flur.

Ian.

Deborah würde ihn gern wiedersehen und sie war selbst überrascht über ihren klaren Gedanken dazu. Erst jetzt bemerkte sie, wie sehr sie seine Gesellschaft und seine Gespräche in den letzten zwei Monaten vermisst hatte. Und dass er extra zu ihr fliegen würde, zeigte ihr, dass es ihm ganz offentlich nicht anders ging.

Sie wurde aus ihren Gedanken gerissen, als Suzanne sie in den Flur ans Telefon rief.

Schon wieder lächelte Suzanne ihre Schwester über beide Ohren an. „Für dich."

Deborah nahm verunsichert den Hörer in die Hand und Suzanne ließ sie allein im Flur zurück.

„Hallo?", fragte sie zögerlich.

Einen Moment zu lange herrschte Stille am anderen Ende.

Dann hörte sie diese leise, vertraute Stimme.

„Hey, Mom, frohe Weihnachten." Deborah schlug die Hand vor den Mund und brachte kein Wort hervor. Sie konnte förmlich das Zittern in der Stimme ihrer Tochter hören. Bei ihr selbst hätte es sich in dem Moment sicher nicht anders angehört. Ihr stiegen die Tränen in die Augen. Und vermutlich schlugen in diesem Moment ihre beiden Herzen genau gleich schnell. Einerseits vor lauter Überwindung, andererseits vor purer Erleichterung.

Nachwort & Dank

Die Inspiration, dieses Buch zu schreiben, kam vorrangig durch eine Reise an die Westküste der USA, die ich 2019 unternommen habe. All diese Orte und Städte, wie Los Angeles und vor allem San Francisco haben mich sehr fasziniert, ebenso die weite Landschaft und die Vegetation in der Wüste Arizonas.
Da war klar, dass meine Story in in dieser Gegend spielen muss, um mich gedanklich noch mal dorthin zu versetzen.

Ein großer Dank geht an all die fleißigen Leser, die meinen Roman vorab gelesen und mir noch viele gute Anregungen zur Optimierung sowie Zuspruch mit auf den Weg gegeben haben. Dazu gehören meine Familie, Freunde und meine lieben Kollegen, meine Lektorin Alena sowie mein Freund, der die Entstehungsphase geduldig mit durchlebt hat. Nach positivem Feedback war ich bestärkt, meinen ersten Roman über Self-Publishing zu veröffentlichen und bin nun gespannt, wohin die Reise gehen wird.

Über die Autorin

Jessica Stute wurde 1991 in Hamburg geboren. Schon im Teenageralter beschäftigte Sie kreativ sich mit dem Illustrieren und Verfassen von Geschichten. Sie studierte an der Kunstschule Alsterdamm in Hamburg Kommunikationsdesign, und arbeitet heute in einer Werbeagentur. Jessica Stute lebt mit Ihrem Partner in der Lüneburger Heide. *Hope* ist Ihr erster veröffentlichter Roman.

Besucht mich auf Instagram: *frollein_jessy_schreibt*